ヒデキ・スミスと日本の妖怪

ヒデキ・スミスと日本の妖怪

A・J・ハートリー、ヒサコ・オオサコ、クマ・ハートリー
著

丹羽正之
訳

世界は自分のことを理解してくれないと感じている人々へ

英希　1

僕の名前はヒデキ・スミス、負け犬の中の負け犬だ。

　ただし、誰も僕をヒデキとは呼ばない。みんなはケイレブと呼ぶ。神に誓って本当の話だけど、親は僕が生まれた年に一番ありふれた男の子の名前を検索して、それに決めた。ヒデキはミドルネームで、オバアチャン（日本人の祖母）が怒らないように付け加えられたものだけど、ママはパパのアングロ系を完全に受け継ぐつもりだったので、僕にはケイレブという名前が付けられたわけだ。ママの目標は、僕らを近所で一番『普通のアメリカ人』家族にすることだった。それがどういうものかは別にしてだ。僕らの家に来ても、家族の片方が日本人であることを示すものはない。本当にないんだ。たぶん僕は学校でただ一人の漫画もアニメも見ていない子供だった。箸を使ったのは祖母の家で一度しかなくて、その時はダイニングルームの壁に食べ物を飛び散らかした。寿司は食べたことがない。グレート・スモーキー山脈の端っこでは生の魚がごちそうなわけないからね。僕が知っている日本語の単語は今話したものくらいだ。

　それは親心によるものだったと思う。ノースカロライナ州ポーターズビルは、国際色豊かといえるような場所ではない。目立ちたくないという親の気持ちを責めることはできない。僕と姉を除けば、中学、高校ともにアジア系の生徒はスー・パークという韓国人の女の子だけだった。彼女とは話したこともないけど、誰もが彼女を僕のいとこだと思っていた。この町にあるのは、鉄道の踏切と、半分空っぽの小さなショッピング街に囲まれた中央広場だけだ。人口は6732人。僕がこの数字を正確に知っているのは、町議会の誰かが半年に一度、高速道路脇の『ポーターズビルへようこそ』という看板の数字を塗り替えるために給料をもらっているからだ。おかしくないか？　ここに住んでいる人の数を正確に示せば、ここに留まってくれるとでもいうのだろうか。この20年くらいで、綿花やタバコの畑はすっかり枯れ果てて、家具産業は交通事故よりも多くの人を失ったというのに。唯一ありつける仕事は、サザン・シェール・ガスのために働くことだけど、連中は山の頂上を吹き飛ばすことに労力を費やしていて、バカげている。僕に言わせれば、グレート・スモーキー山脈こそが、みんながここに住みたいと思う唯一の理由なのだから。

僕の両親は採掘会社のために働いているのではない。不便なコンビニを経営している。いや、便利なコンビニのはずなんだけど、一年前に閉店したウォルマートの裏側という町はずれにあるので、便利な店とは言い難い。負け犬の中の負け犬という僕の地位がややこしくなった時、つまりすべてが始まった時に、僕はそこにいた。

というか実際は、そこにいたのではなく、そこを去ろうとしていた。全速力でね。いつも放課後は不便なコンビニで働いていた。棚に商品を並べたり、ポテトチップやビーフジャーキーの梱包を開けたり、冷蔵ケースにソーダを詰めたり、クラスメートを避けながら、商品を崩さないように気をつけていた。夜９時の閉店までそこにいるのが常だった。でもその日は学校で嫌なことがあって、家に帰るとさらに嫌になった。

口論だ。ママはそれを絶叫バトルと呼んでいた。まるでガーデンパーティーか何かみたいだ。その口論とは、僕の成績のこと、宿題を忘れたこと、パパに説得されて挑戦したアメフトのトライアウトで大失敗したこと。たとえみんなの命がかかっていても僕がボールをキャッチできないことくらいパパは知っていたのに。つまり僕のドジっ子としての全部のスキル、ありふれたスキルについての話というわけだ。要はいつもの話。しかし今日僕は、このウザイ話のミックスに、特別なスパイスを加えてしまった。それをここで話すつもりはないけどね。

とにかく、僕は飛び出た。ドアをバタンと閉めて飛び出したんだ。僕にはワイドレシーバーのスピードはないかもしれないけど、いざとなればポジションを変えられる。実を言うと、それがかなり必要なんだ。

そう、だから僕は走った。デズモンドの酒屋を通り過ぎた。この辺りでは数少ない繁盛している店だ。ドラッグストアのＣＶＳを過ぎて、マクドナルドの前庭を走り抜けた。この店は姉のエミリー（祖母にはもっぱらカズコと呼ばれている）が、来年の夏にアルバイトをしたいと希望しているんだけど、『ご一緒にポテトはいかがですか？』と尋ねることが大人になるためのちゃんとした準備ということらしい。メイン通りの角にある、板を打ちつけられた教会の脇を通り、のろのろ走っている２台のピックアップトラックの間をタイミングよく抜けて、古いウォルマートのそばの駐車場に入った。奥のチェーンでつながれたフェンスにたどり着くと、それはのツタでびっしりと覆われていてほとんど見えなくなっていたけど、誰も追いかけて来ないことを確認してから、ぎこちなくよじ登った。３回目に成功。少なくとも防犯灯はもう機能していなかったので、まるでナマケモノのように両手を揃えて向こう側の茂みに落ちていく僕の姿は誰にも見られずにすんだ。

暗闇はイヤじゃなかった。姿を消すのが簡単だし、それが僕の人生の目標だった。学校の生徒たちに見つかるのは一番避けたかった。たとえ僕には失って困るようなカッコいいポイントが皆無だとしてもだ。だから僕は急いで下草をかき分け、ツタウルシの群生地は注意深く避けて、町を囲んでいる森の丘へと続く鹿道に入っていった。

ここなら大丈夫、誰にも邪魔されることはない。もっと高い場所にはハイキングコースがあって、シャーロットからのバックパッカーや日帰り旅行者で賑わっているけれど、陽が落ちればそこにも人はいない。僕はアマガエルの鳴き声や虫の音に耳を傾けながら登っていった。家に帰った時にみんなが確実に寝ているためには、どれくらい遅くまで外にいなければいけないかをぼんやりと考えながら。しかしそれは難しい。ママとパパはずっと起きているだろう。もし僕が遅くまで外にいたら、警察を呼ぶはずだ。そしてマーク・ハルパーンの父親がパトカーでやってきて、僕の両親を哀れみとあざけりの入り混じった目で見ることだろう。僕がポーターズビルのバカの王様なのは親のせいだと言わんばかりに。

でもそうじゃないんだ。

パパは、まるで何かを失くしたかのように、こわばって無口になって、周りを見回すクセがあり（実は、ゲーム機の電源を入れたり、鉄道模型に取り組んだりすることでその何かを見つけることができるのは、誓って本当の話だ）、ママは料理や掃除を見るに堪えないほど効率的にこなしたりするけれど、僕は両親を責める気にはなれなかった。メアリー・モントジョイの父親は酔っぱらいで、月に一、二回は彼女や母親をベルトで攻撃するらしいし、ジェイミー・フォーステッグの家族は家の裏にある古い納屋で覚せい剤を作っているらしいけど、僕の両親はそんなことはしていなかった。確かに怒られたりしたけど、たいていは困った顔をして優しかったし、僕やエミリーに手を出したこともなかった。だから、僕はもっと悪く育っていた可能性もあったけど、奇妙なことに、そうなるのは難しかったというわけだ。自分のバカさの責任は自分にしかない。

いつも以上にヘマをしてしまった理由を話すつもりはないと言ったけど、それを話してもこれ以上ひどくなることはないよね？　それに、あんたがどんなオリンピック級のバカを相手にしているのかを知っておくのは、フェアなことだと思う。

中学校と高校が共有するグラウンドの端に古い納屋がある。古いといっても特別なものじゃないけど、南北戦争の少し後に建てられたので、ポーターズビルに現存する最古の建造物だ。エンパイア・ステート・ビルディングやギザのピラミッドのように、人々は大文字を使ってそれを表現する。町の外から人が訪れると、彼らは納屋のそばを律義にゆっくりとドライブされるので、納屋を見てうなずき、微笑みながら、できるだけ早くここから出ていく方法を考え始める。6年生の始めに、社会科のヘンダーソン先生が遠足で僕らをそこへ連れていってくれたけど、それは草の成長を見るために連れ出されたようなものだった。つまり、学校から納屋を見ることができるのに、まるでタージ・マハルか何かのように、そこまで連れていかれて、ぽかんと眺めたんだ。

それはともかく、その日（今にして思えば運命の日）は、出入口にダイヤル錠がかかっていて、ヘンダーソン先生が僕らを中に入れるために数字を合わせるのを見た。中には古い荷車と干し草用のロフトがあって、ピッチフォークと熊手が壁に掛けられているだけで、見るべきものは何もなかった。でも僕らはまるでルーブル美術館にいるかのように歩き回って、そのあと教室に戻ってから『私たちが学んだもの』という作文を書いた。

僕が学んだものは、鍵の数字だった。数週間後、休み時間の寄せ集めサッカーの人数合わせに選ばれないよう、忙しいふりをしている時に、僕はふらふらと納屋へ行って中に忍び込んだ。そこには干し草置き場の明かりを灯すために、小さな時計仕掛けのタイマーが設置してあって、５分ほどで明かりは消えてしまったけれど、釘を使って回転軸を固定してやれば、屋根のランプを好きなだけ点いたままにできることが分かった。そこは良い隠れ場所であり、読書スペースでもあった。僕は学校の図書館で見つけた本を持って、こっそりとそこに行く習慣を身につけた。『スーパーヒーロー・パンツマン』から始まって、ついには『シャーロック・ホームズ』まで読んだ。

４年経っても、一人の時間が必要な時はそこへ行く。今日のような時だ。タイラー――タイラー・Ｊ・ミラー３世というそうだ、信じるなら――は市長の息子で、自分こそが一番の人気者だと信じ切っている奴だけど、そのタイラーが僕に何かを電話してきた。彼は前からそれを何度も言っていたので、なぜ僕が今日それが気になったのかは分からないけど、とにかく気になった。それが何だったかは言わないから、聞かないでくれ。

僕にはフットボールチームのトライアウトを受けるような筋合いはなかった。やりたくもなかった。それはアメリカンドリームに溶け込みたいという両親の願いの一つに過ぎなかった。『ただ参加して楽しめばいい。そうすればすぐに溶け込める』とパパは言った。それでうまくいったと――自意識のかけらもなく――宣言した。パパはイングランド出身で、もう誰にも気づかれないと思っていたようだけど、パパが誰かと初めて言葉を交わしたり、僕の『マム』と呼んだりした時の人々の顔を僕は見ていた。『あなたはこの辺の人じゃない』という顔は、面白がっているか、好奇心があるか、敵意があるかによって違っていた。パパは気づかないか、気づかないふりをして、笑顔でうなずきながら、すぐに溶け込んでいた。

とにかく、僕には溺れたネズミ程度の力と敏捷性しかないにもかかわらず、パパはくだらないアメフトのトライアルに参加するよう僕を説得した。ポーターズビル・イーストはそれほど大きな学校ではないから十分な人数が揃わないのに、そこの権力者たちは代表チーム、ジュニア代表チーム、新入生チームを編成することにこだわっていた。だから仮に僕がチームに入っても、人数合わせとしてベンチに座ることにはなるだろうけど、明らかな力不足によって実際にプレーを求められることはないと考えた。もっといいのは、いくら選手が足りなくても僕のような奴を採用するほど必死になることはないだろうと監督が判断して、僕を家に帰してくれることだ。そうすれば、パパに対する僕の義務は何の害も及ぼさずに果たせるし、もう二度とその話は出なくなるだろう。

しかし残念なことに、監督は僕に解雇通知を下すよりも先に、世の中にはこれほどの下手くそがいるのかと静かに驚く必要があった。つまり実際にやって見せなければいけないんだ。分かるよね。だからやった。途方もない異臭を放つヘルメットをかぶって、走力を競い（ビリ！）、フットボールをキャッチし（落球！）、ランニングバックをブロックして（タッチダウンされた！）、誰も失敗したことのないような失敗をことごとく繰り返した。ある時点で、僕は観客席で困惑している女の子たちの注目を集めていることに気づいた。みんなが一種の怖いもの見たさの興味を持って見つめていた。そこにはマディソン・ヘインズもいて、ちょっと最悪だった。つまり、僕は自分でバカをすることには慣れていたけど、マディソンの前では、あまりあからさまにはしないようにしていた。彼女は姉と同じ高校３年生で、少なくとも女神の一人なんだ。彼女はアイシャと一緒にいた。アイシャはデマーカス・マーフィーの双子の姉で、二人は僕と同じ高校２年生なんだ。デマーカスはジュニア代表チームのクォーターバックになりたい、そしていつか代表チームのクォーターバックになりたいという思いを隠そうとしなかった。しかしこれまでポーターズビル・イーストには黒人のクォーターバックはいなかった。そして彼はタイラー・J・ミラー３世と競っていた。どうなるかは予想できるはずだ。

僕にパスを投げたのはデマーカスだった。僕らは『ゲーム形式の練習』をしていた。さまざまな練習やドリルの後、監督が考えたご褒美のゲームプレーだ。僕は実際には参加しないように忙しく振る舞っていたけど、突然デマーカスの周りのポケットが崩れて、彼は逃げ場を失った。ただ一人オープンワイドな状態で開いているのは、誰もカバーしようなんて思わない人物、そう、ほかでもない僕だ。デマーカスはもっとましなターゲットがいないか、ぎりぎりまで粘っていたけど、やむなく僕の方へパスを投げた。彼は嬉しそうではなかったけれど、ボールは彼の手から美しく放たれ、完璧な荷重のスパイラルを描いて、僕に向かってきた。ディフェンスを完全に出し抜いて、まるでリボン付きのクリスマスプレゼントのように僕が伸ばした手の中にストンと落ちた。

どのようにして失敗したのかは分からない。たとえ何時間練習しても、顔から地面に落ちて、ヘルメットでボールを跳ね返すような動きを再現できるとは思えない。僕はその場で動かなかった。顔を上げて、マディソンが笑ったり、デマーカスが激怒したり、相手チームが難なくボールを戻して楽々と試合を決めるタッチダウンをするところなどは見たくなかった。けれども、これらのすべてが起こったことは知っていた。僕はそこに横たわったまま、今いる場所から更衣室まで潜って行けないだろうかと思った。そしてみんなが僕の存在を忘れるのを待ってから、立ち上がってとぼとぼと歩き出し、できるだけ自分を小さくしようとした。

その時タイラーが口を開いた。彼はさりげなく、にやにや笑いながら、僕がデカいことをやったら、おごってくれと言った。デマーカスを見ると、彼はタッチダウンパスを成立させなかった僕に腹を立てて、ぷいっと目をそらした。タイラーのスポーツ仲間たちもにやにや笑っていて、そのうちの一人——小学３年生から僕をいじめていたボビー・ダベンハム——が目尻を引っ張って、「ボク、ケイレブ。ボク、アメリカンのフットボール、理解デキナイヨ」と間抜けな偽アジア風アクセントで言った。顔が熱くなった。彼らのバカげた試合なんかどうでもよくて、僕の方が連中よりもずっと英語が上手だと言いたかったけど、ほてった顔ではどうすることもできず、その代わりに僕は古い納屋へ行った。

僕は納屋の中に閉じこもってじっと座っていた。納屋でネズミの増殖を抑えているキングスネークを見つけるんだ、と自分に言い聞かせるふりをしたけど、僕は本当にただ座っていることしかできなかった。干し草用のロフトは暑かった。たぶん顔と同じくらいの熱さだ。僕はただそこに座って微動もせず、涼しくなるのを待ちながら、ずっと蛇を探したけれど、それは現れなかった。とにかく、時がたつのを忘れた。昼休みになったと思ったら、次の瞬間には数学に遅刻していた。数学は僕の学年では、マジで、おろそかにできない科目だ。

僕は干し草用ロフトから梯子を滑り降りて、時計のタイマーから釘を抜いた。ところが針は、カチッと音を立てて明かりを消すかわりに、そのまま動かなくなった。触ってみると、それは情けないほど空回りした。僕が壊してしまった。

さて、もし僕がもっと賢くて勇敢だったら、すぐに校長室へ行ってグリーリッシュ先生に自分のしたことを話しただろう。４年前にダイヤル錠の番号を覚えたところから始めて、今に至るまでの経過を話したはずだ。それくらいのことはしてもよかったけれど、タイラー・ミラーがあざ笑うのは目に見えていた。僕が彼から隠れて何かを壊したと聞いたら、何を言うかは十分に想像できた。たとえ僕がやっていなくても。

だから僕は何も言わなかった。数学の授業に行き、ホワイトボードいっぱいに書かれたわけの分からない数式を見つめながら、自分がタイラー・Ｊ・ミラー３世になったらどんな感じだろうと想像したけど、自分が嫌っている人物に嫉妬していることに気づいて、胸くそが悪くなった。

学校の敷地内に監視カメラがあるなんて知ったのは、明らかにあとの祭りだ。そんな映像は誰も見たことがないだろう。たぶん何かが起きない限り、見られることはないものだ。だから、僕が背後で納屋のドアを注意深く閉めて、小走りで学校へ戻っていく様子は、消防車が去った後で再生された。その時まで僕はホームルームにいて、みんなと一緒に窓に顔を押し付けて、ポーターズビルで最も古い現存建造物が焼け落ちるのを見ていた。それはほぼ１５０年間生き残った後に、僕と出会った。

校長がやって来た。消防署長と保安官の制服を着たマーク・ハルパーンの父親が到着した。それから両親が来た。親は僕を座らせて、なぜこんなことをしたのか、何に腹を立てているのか、何に反抗しているのかを尋ねた。グリーリッシュ先生は、騒乱や破壊を起こすのが面白いのか、それともフットボールチームに入れなかったから暴れたのかと聞いてきた。ホームルームの担任のマリンスキー先生は、納屋が僕にとって何を象徴しているのかを尋ねた。僕はしばらく何も理解できず、さらに２回、何があったかを話したところで、彼らは僕がわざとやったと思っていることに気づいた。そして動揺した。以前にも動揺したことはあったけど、今回は違った。まず、何時間も感じていた自分の愚かさと罪悪感を、あらためて感じた。その後、僕はある種ワイルドな感情で怒り、悲しくなった。前にクラリー夫人が亡くなって、彼女の犬が１週間ずっと、夫がその犬をウィンストン・セーラムの家族に譲り渡すまで、自宅のポーチで空に向かって吠え続けた時のような気持ちだ。僕は犬のような気分だった。悲しくて、混乱して、噛みつきたいほど腹が立った。タイラー・Ｊ・ミラー３世については何も言わなかった。

つまり、君は僕に何も言ってない、だろ？

だから、僕が負け犬の中の負け犬だと言ったのは、冗談じゃなかったんだ。学校の子供たちはみんな、あのバカげた納屋と、それを偉大なランドマークのように扱うやり方が大嫌いで、もしクラスの誰かがあの納屋を処分してくれたなら、ひそかに祝福の声が上がったはずだ。そんな退屈で迷惑なものをこんな派手な方法で取り除くなんて、ちょっとクールじゃないか？　ところが、それは僕だったので、クールではなかった。いじめっ子や落ちこぼれたち――今年すでに２回も停学処分を受けたバリー・ジョンストンや、誰も覚えていないほど多くの留年をしたクリントン・ウィークス――さえも、まるで僕が家宝におしっこをかけたかのように、僕をにらんでいた。おまけに放火だ。タイラーはほんの一瞬僕の目を見ただけで、にやにや笑いは憎しみや怒りに変わっていた。自分の怒りの奥底でも、僕はその変化に驚いた。彼は僕のことが決して好きではなかったし、僕も彼のことが好きではなかったけど、今回は違うものを感じた。動揺と、少しの恐怖さえも。

そして家に帰ると、親の涙、困惑した怒り、説明の要求がさらに増えて、僕は走って森に入った。そこにずっといたいと感じた。森は僕が考えることのできる場所であり、何が起きたのか、これから何が起きるのかを整理できる場所だった。森は世界が意味をなす場所であり、僕がひとりになれる場所だった。

ああ、僕はやってしまった。

別の場所　１

上級技師のジェド・アシュクロフトは、コンピューターの端末で圧力の測定値をチェックし、別の端末で地震計の表示をチェックした。

「いい感じだ」と彼は言った。

レッド・スカー・マウンテンでのガス生産は遅れ気味で、地元政府、安全衛生検査、業界基準などのチェックによる通常の遅れも加わっていた。環境保護主義者によるお決まりの妨害もあったが、ポーターズビルではそれほど問題にはならなかった。ここの人々は仕事を必要としているからだ。サザン・シェール・ガスは何年も前からこの地域に進出していたが、水圧（※岩盤に人工的な割れ目を作って大量の水と化学薬品を流し込みガスを採取する）作業が始まってまだ２年しか経っていない。今のところ生産量は少ないが、大規模な埋蔵ガスに迫りつつあった。この山ではかつて金やダイヤモンドが採掘されていたとジェドは耳にしたが、それらが見つかることはまれで、現在のメタンガス埋蔵量とは比べものにならない。それに環境保護主義者が何と言おうと、天然ガスは石炭や石油よりもずっと優れているのだ。

ジェド・アシュクロフトは、今働いている場所から15キロも離れていない所で育った大男で、会社の誰よりもこの山や森を知り尽くしている自信家だ。

「圧力を上げる」と、彼はキーボードを叩きながら、スクリーンを見つめた。「現在、50メガパスカル、7500PSI（ポンド／平方インチ）で、毎秒130リットルの混合スラリーを送出」

夜のカロライナ。外では、ミキサーとスラリーポンプを使って、水、砂、添加剤を、井戸の地下2700メートルまで送り出すトラックのエンジン音が響いていた。彼は力強い振動の高まりを感じて、満足げな笑みを抑えることができなかった。

「こちらすべて良好です」と、アシスタント技師で地震学者のビビアン・シンが言った。

長い一日だった。ジェドは遅い夕食と一、二本のビールを楽しみにしていた。しかし今この時こそが、仕事の中で一番好きな瞬間だった。帯水層の奥の岩を破壊できるほどの、十分な圧力に達する直前の爽快感だ。その桁外れの力強さが、こちらに伝わってくる。そして、井戸の頭からガスが吸い上げられ、貯蔵タンクに送られると、仕事がうまくいったという満足感に包まれる。圧力が100メガパスカル、15000PSIに近づくと、それは本当の突破だ。

「70メガパスカルまで上げる」とジェド。

外のうなり音が大きくなり、地面を伝ってブーツの中まで響いてくる。

「75」とジェドは続ける。

「すべて予定通りに進んでいるのか？」

ジェドが振り向くと、会社に任命された監督官のクリス・コリントンがすぐそばにいた。彼はいつものパリッとしたスーツを着ていて、まるでテレビの法廷ドラマから抜け出してきたようだった。ジェドの好みからすると、派手すぎる。

「すべて制御できています」ジェドは少しイライラしながら言った。彼はこれを何十回もやっている。いやもっとだ。自分のしていることは分かっている。会社のお目付け役が彼を見張っている必要はないのだ。

「あれは何？」

ビビアン・シンの声だ。ジェドは彼女に目をやった。彼女はモニターをじっと見つめて、顔を強張らせていた。

「何だ？」と彼は尋ねた。「こちらは見たところ正常だ。80メガパスカルまで上げる」

「だめ」と彼女。「待って。第12区画で予期しない地震活動が見られます」

「リヒター値（※地震のエネルギー量の指標）は？」とジェドは聞いた。小さな振動が、動作パラメーターの標準範囲内であれば、正常と見なされる。結局のところ、彼らは地下深くの岩を砕こうとしているのだから。

「1.7」とシン。「シャットダウンするべきです」

1.7！　ジェドがこれまで見てきたものよりもはるかに高い数値だ。しかし、これまでにすべての地質調査を行っているのだ！　意味が分からない。

「別の地震です。今度は1.9」とシン。「シャットダウンを」

ジェドは小声で悪態をついたが、彼女の言うとおりにした。辺り一面に鳴り響いていたエンジン音と、スリリングなエネルギーの高まりが、静まり返った。気まずい静寂の中で、ジェドはモニターをにらみつけた。

「いったい何が起きたんだ？」

「私たちが特定していなかった、不安定な領域があるに違いありません」とシン。「機材の故障でなければ」

「確認した方がいいな」とコリントンは人ごとのように言った。まるでジェドたちがそれを思いつかないかのような口ぶりだ。

「すぐに、チームを連れて行きます」とシン。「第12区画へは、掘削現場の南側にある洞窟から行けます。10分で着きます」

「そうしてくれ」とジェドは言った。

それからドサッと腰を下ろして、コンピューターの画面を見つめた。

「こういうこともある」とコリントンはそっけなく言った。「今すべきことは、決められた手順に忠実に従うことだ。うまくいけば、朝までに現場を再稼動できるだろう」

ジェドは何も言わなかった。大きな地震は悪い知らせだ。もし周辺の誰かがそれに気づいていたら、数週間かそれ以上も活動できなくなる可能性がある。時間と金をドブに捨てるようなものだ。

「コーラを買ってくる」とジェドは言った。

それから30分、彼はピックアップトラックの荷台に座り、コーラの缶を手で温めるようにして、遠くを見ていた。すると電話が鳴った。シンからだ。

彼女は言った。「ピーターソンとロドリゲスが一緒です。手分けして地震計をチェックしていますが、ちゃんと動いているようです」

くそっとジェドは思った。さらに遅れる。

「新しい機材をいくつか設置して様子を見るつもりですが、余震があるかどうかを待つ必要があります」

「どのくらい？」とジェドは尋ねた。

「念のため一週間」と彼女。

ジェドはため息をついた。

「一週間？」彼はプロ意識を保とうとしながら言った。「その前に地震が収まりそうになったらどうする？」

「それは状況によりますが……」彼女の声が途切れた。「ちょっと待って。また来ます」声が緊張している。「ええ、大きいです」

その瞬間ジェドは、足元の地面が不気味に揺れ動くのを感じた。まるで、動くはずのない大地が、彼を漂流させようとしているかのように。

「落石よ！」電話越しにシンの叫び声が聞こえる。「全員外へ！急いで！」

さらに地面が揺れると、それに続いて、別の音が聞こえた。奇妙な、遠くから響いてくる、雷のような音で——あり得ないことだが——まるで声のように聞こえた。ただし、そのうなるような声は不可解だった。

「ハナシテクレ！」

そのあとは無音。

「ビビアン？」ジェドは叫んだ。「聞こえるか？　何が起きたんだ？」

しかし電話は切れていた。

英希　2

「ケイレブ！」

森の中で座っていた僕は顔を上げた。こちらにやって来るのは16歳の姉エミリーだ。僕は何も言わずに背を向けた。

「よう、破壊者！」と彼女は近づいてきた。

僕はひとにらみしてから、力を抜いた。

「やあ、エム」と僕。

「楽しい夜を過ごしてる？」と、彼女はやけに明るく聞いた。「リアル燃える男？」

「笑える」と僕が言うと、彼女は僕の隣の倒れた木の上に座った。「どうしたの、水泳の練習は？」と僕。

「家に帰された。たぶん、私がプールに放火すると思われたのよ」

「水を燃やすのは難しいよ」

「あなたの才能ならできる」

「ごめん」

「問題ないって。あなたがしたことで、私が罰せられるわけがないから」

「いや自分の気持ちを口にしただけ」

「とにかく、ポーターズビルには19世紀の大事な建物なんて、たくさんあるし……、あ、やめよ……」

「僕をほっといてくれない？」

「それは絶対にだめ。私がここに来たのは、弟が列車に飛び込んだり、熊に食べられたりしていないことを、ママとパパに報告するためなんだから」

「この時期、熊はもっと高い所にいる」

「じゃあ、アライグマとか、ポッサムとか」

「僕はそれほど危険な状態じゃないから……」

「家に帰った方がいいよ」

僕はベンチ代わりに使っていた苔むした幹から、生えている葉を数枚ちぎりながら、夜の森の音に耳を傾けた。しばらくの間、僕が何も言わなかったので、エミリーは顔をしかめて、心配そうにこっちを向いた。

「何があったの？」と彼女。

「もう十回くらいみんなに言ったよ」

「ええ、聞いた」と彼女。「で、何があったの？」

僕は反抗して怒ったような顔をした。よくまあ……という顔だ。でも、それは効果がなかった。

「ケイレブ」と彼女は言った。姉は僕より一つ年上なだけなのに、まるでアイゼンハワー政権の時代に生まれたかのような、重みのある話し方をする。いろんな事情に通じているみたいに。

「何？」

「なぜ納屋にいたの？」

「どこかへ行きたくなった時に、あそこへ行くんだ」僕は顔を赤くしながら言った。

「知ってる」と彼女は言った。

これは驚きだった。納屋に入る方法を僕が知っていることは誰にも話していなかったから、昼休みのちょっとした遠出は完全な秘密だと思っていた。

「知ってるの？」と僕は聞いた。

「何ヵ月か前に、あなたがあそこから戻ってくるのを見た。それ以来、ずっと監視している」

「スパイだ！」と、僕は反撃したけど、まるで鎧を着た騎士をスポンジ銃で撃つようなものだった。

「ケイレブ」と彼女はもう一度言った。

「何？」

「なぜあそこにいたの？　喧嘩したんだって、タイラー・ミラーと？」

「３世」と僕。

「そうだったの？」

「ちがうよ！」と僕は言った。僕の顔はまた赤信号のように森を照らしていたに違いない。それか、燃えさかる古い納屋のように。

「そうじゃないとも聞いたわ」

「喧嘩じゃないだ」と僕は言った。

「じゃあ何？」

「彼が言ったんだ……」

口の中が乾く。僕は木々の暗がりに目をやった。

「彼は何て言ったの、ケイレブ？」

エミリーは銅像が動くのを待つことだってできるだろう。

僕は小さくつぶやいた。

「何？」彼女はしつこく繰り返した。「聞こえない」

「彼は僕をそう呼んだ」と僕。「分かった？」

「彼はあなたを何と呼んだの？」

「どうでもいい」

「どうでもよくはないみたいだけど」

「本当にどうでもいいんだ。本当に侮辱されたわけじゃない」

「ケイレブ？」

「僕を変なジャップって呼んだ、これでいい？」

エミリーはじっと座って、考え込むようにうなずいた。

「大したことじゃない」と僕は言った。それは嘘だったけど、大したことにするべきじゃないとは感じた。だって、ジャップは単に日本人という意味だよね？　ただ短いだけ。問題は、短くしただけって感じじゃないことだ。「僕は本当の日本人ですらないからね」

「ハーフよ」と彼女は言った。

僕は彼女の顔を見て、その表情を読み取ろうとしたけど、彼女は急に遠く離れたように見えた。ハーフは本当だろう。日本人の親が一人。白人の親が一人。だからハーフだ。でも、それは奇妙な感じがした。まるで自分が完全な人間じゃないみたいだ。もちろん、それはバカげた話だけど、僕はその考えを振り払うことができなかった。そして、これこそママがいつも、日本なんて聞いたこともないように振る舞う理由なんだと思った。でも、それはうまくいかなかった。だって、僕を見れば誰でもそれが分かるんだから……。

ハーフ。不完全。どっちつかず。

「わざと納屋を燃やしたわけじゃないんだ」僕は静かに言葉を加えた。「つまり、そう、そこに行った理由は嘘だった。なぜ行ったかは自分でも分からないんだ。でも燃やしてはいない。そのあとは僕が話した通りだ」

「分かった」と彼女は言った。その声は柔らかくなっていた。もしあんたが僕の姉を知っているなら、それがどんなに変なことか分かるだろう。そのせいで、僕が次に発した言葉は、まるで何週間も何カ月もそれを待っていたかのように、僕の口から一気に出てきた。電車からどっと人が降りてくるみたいに。

「他の誰かになりたいと思ったことはない？」と僕は聞いた。

「ジェダイの騎士とか？」

「いや、実際の人間という意味で」

「たとえば誰？」

僕は肩をすくめて目をそらした。「特に誰ってことはない」と僕は嘘をついた。

「ケイレブ」と彼女は僕を促すように、口角を下げて半笑いを浮かべた。

「分からないけど、ジェイク・サンダースとか」

「ジェイク・サンダース？」エミリーは驚いて繰り返した。「通りの向こうの、あの痩せた子？　なぜ彼？」

言わなきゃよかったと思いながら、僕は肩をすくめた。

「分からない」と僕は言った。「彼はただ……普通なんだ」

「彼は白人という意味？」とエミリー。

「ちがうよ！」と僕は答えた。「まあ、部分的にはそう。でも、それだけじゃない。彼は野球で打てるんだ、そこそこ。頭はいいってほどじゃないけど、クラスではまあまあの成績を取る。ボトルのキャップを集めていて……」

「ただの人か！」

「その通り！」と僕は言った。「それが僕のなりたい人。誰にも注目されない人。普通の人」

「ジェイク・サンダース？」彼女は信じられないという困り顔で繰り返した。

「もういいよ」

「ボトルキャップを集めるような人になりたいの？」

「それは趣味だよ。人には趣味がある」

「あなたは本当に変わってる」

「ありがとう。僕が変人のハーフ・ジャップだということがはっきりした」

「私はそんなこと言ってない。でも、もしあなたがそうだというなら、私も同じよ」

「君は理解してくれないと思っていた」

「私はよく理解している」と彼女は言い返した。「私はあなたがバカだと思っているだけ」

「いや、エム、君には分からないよ、君は君だから」

「自分がどうあるべきかを知ってるからね」と彼女は皮肉った。

「僕が何を言いたいか分かるだろう。君は優等生で、競泳選手だ。友達もいるし……」

「あなたも友達がいるでしょ」彼女は考えるより先に言い返した。

「たとえば誰？」

「あのゴス系の子は？　ジョーイなんとか。彼女は友達でしょ」

「まあ、そうかな」と僕は認めた。「お互いをほとんど知らないけどね。そして『彼人（かのひと）』だよ」

「何それ？」

「ジョーイの代名詞。『彼女』じゃなくて『彼人』」

「了解」とエミリーが言った。「ほら、友達いるじゃん」

「僕が何を言いたいか分かるだろう」僕は彼女を見ないで、薄暗い森をじっと見つめたまま、もう一度言った。顔がまた熱くなって、目が泳ぐ。

「ケイレブ、人と違うことは何も悪くないよ」

「ママとパパにもそう言ってよ」と僕は、暗い森の奥から目を離さなかった。

「ああ、お願いだから！」と彼女は言い返した。「ママとパパは、あなたが人と違うから怒ってるんじゃない。あなたが歴史的な建物を燃やしたから怒ってるのよ。はっきり言って、当たり前でしょ。あなたが誰とも話さず、廃屋にこもって本を読んでいるから怒ってるのよ」

「本が好きなんだ」と僕はつぶやいた。

「素晴らしい！」と彼女は言った。「私もよ。本は最高！　でも、普通の人になりたいなら、たまには本をしまって、人とおしゃべりしたり、ボールを蹴ったり、何か……普通のことをする方がいいと思う」

「励ましの言葉が欲しかったら、家に帰ってたよ」と僕は言い返した。

「いい考えね。そうしましょう」

「じゃ君が先に行ってよ」僕は無理やり明るく言った。「僕はすぐ後ろをついて行くから」

彼女は顔をしかめた。

「あなたがずっと一緒に生きていく人が、ちっとも好きじゃない人って、おかしいと思わない？」と彼女は言った。

ここまでは気楽な戦いだったけど、これには気持ちが揺れた。

「それって僕のこと？」僕は言葉に詰まった。「ばからしい」

「そうかな？」

「ねえ」僕は彼女を見つめて言った。「いま僕は本当に一人でいたいだけなんだ」

「残念でした」と彼女は僕の膝をポンポン叩きながら、僕の憎まれ顔に向かって狂ったように笑った。「私はあなたを守るためにここにいるのよ」

僕はため息をついた。

「ポッサムから守るためか」と僕。

「それにネズミも」と彼女は同意した。「ネズミだっているでしょう」

僕は降参した。

「分かったよ」と僕は言った。「ありがとう。ところで、エム？」

「何？」

「僕らにお金を払わせると思う？」と僕は、潜在意識の端に潜んでいた、もう一つの懸念を口にした。

「納屋の？　そうならないことを祈りましょう」

「払えないよ」

「そうね」と彼女は言った。

不便なコンビニは実のところ儲かってはいない。

「本当に信じられないよ、実際は……」と僕は話し出す。

しかし最後まで言えなかった。地面が揺れ始めた。静かな森を強風が吹き抜けるように、木々がざわめき、きしんだ。低いうなり声が足元の山から聞こえてくるようで、まるで雷が大地から鳴り響くようだった。その音は次第に大きくなり、最後にはくぐもったドーンという音が響き渡った。虫もカエルも不気味なほど静かになった。そして突然の静寂の中で、僕は別の何かを聞いた。うなり声と叫び声の中間のような、首筋の毛を逆立てた、恐ろしい、狂った動物の鳴き声のような、はるか遠くから聞こえる叫び声だ。

「今のは何だ？」僕は立ち上がって、まわりを見回しながら言った。

「岩盤の破砕？」とエミリーは言ったが、納得していない口ぶりだ。

僕らは、山の反対側から聞こえる爆発音や絶え間なく鳴り響く機械の騒音には慣れていたが、これは違うと感じた。

「あっちから聞こえた」僕は山頂へと続く道を指差して、その方向へ数歩進んだ。

「あっちへ行くんじゃないでしょ」とエミリーは言った。

彼女が命令しているのか、質問しているのか、僕には分からなかった。

「ちょっと見るだけだよ」と僕。「僕らは遠くへは行かない」

「僕ら？」

「ポッサムがいるかもしれない」と僕は言って、初めて彼女に笑いかけた。

彼女はじっくりと探るような目で僕を見つめてから、少し不機嫌そうに微笑んでうなずいた。

「でも、あまり遠くまでは行かないわよ」と小道を歩き始めた。「もう真っ暗だし、何よりも迷子にはなりたくないから」

「ならないよ」僕は道を曲がりながら言った。「僕はこの森をよく知っているからね。まるで家の裏の……あれ？」

「何？」とエミリーが尋ねた。

「変だな」と僕。

「だから何よ？」と、彼女はもっと強く尋ねたが、僕が見ている先に気づいて、立ち止まった。

10メートルほど先には、奇妙な門があった。電柱ほどの太さの二本の赤く塗られた木製の門柱が石の土台の上に立ち、先端には二本の赤い木が横に架けられ、その両端はわずかに跳ね上がっている。それは僕がこれまでに見たこともないような神秘的なもので、少し不気味でもあった。だから、突然、そこを通り抜けたいという衝動にかられたことを、とても不思議に感じた。

「こんなの見たことある？」と僕は尋ねた。

エミリーは首を振った。

「僕もない」

「戻らないと」とエミリーが言った。「私たちは……」

彼女は言葉を失った。僕は彼女の不安を感じとって、そちらに振り向いた。彼女は薄暗闇の中で、僕らが来た道を見ようとしたのに……そこにはそれがなかった。松、ヒッコリー、モミジバフウ、カエデ、シャクナゲなどの見慣れた木々の群れは消えていた。代わりに竹が生えていた。ホームセンターで見かける、鉢植えでしおれかかっているような小さな竹ではない。森の木の幹のように太く、高さは倍もある青々とした竹がそびえ立っている。

「ケイレブ」とエミリーは言った。「私たちどこにいるの？」

僕は息をのんで見つめていた。

「さっぱり分からない」

英希　3

「どこへ行くつもり？」とエミリーは強く聞いた。

「上」と僕。

それは当然の選択に思えた。いや、そうしたかっただけかもしれない。目の前の道は広々とした静かな竹林の中を曲がりくねっている。今まで気づかなかった満月の下で、竹の幹は銀色に輝き、その葉はそよ風に揺られてサラサラと波のような音を立てている。山を下りればポーターズビルに戻れるけど、奇妙な赤い門をくぐって進む道は、まったく別のどこかへ……僕が行かなきゃならない場所へ、きっと導いてくれるはずだ。全財産を賭けてもいい。

こう言うと間抜けに聞こえるのは分かっているけど、僕はまるで中学校の理科の授業で磁石の働きを見せてくれた鉄粉みたいだった。何かに引っ張られるように、僕はその門をくぐった。僕の心、僕の魂のすべての小さな鉄粉が、そこにたどり着こうと曲がったり、引っ張られたりしているのを感じた。両親のことも、タイラーのことも、納屋の大失敗も、僕の頭から吹き飛んで忘れてしまった。その代わりにあったのは、ただひとつの願望、ただひとつの必要性だった。僕はその道を上がって行かなければならない。

「これって……アジアっぽいね？」と僕は尋ねた。

「日本よ」とエミリーが言った。

僕らは門を前にしてお互いの顔を見合わせた。

「鳥居」とエミリー。「儀式用の道しるべの一種だと思う」

僕は彼女を見つめた。

「どうして知ってるの？」

彼女は肩をすくめて、この奇妙な状況の中でも、気まずそうにしていた。さきほど、僕らが日本人のハーフであることについて話し合ったのは、数年ぶりのことだ。

「社会科で世界の宗教を習った」と彼女。「教科書でこんなのを見たの。でも、私が知ってるのはそれだけ」

僕は彼女の言うことを信じていいものか分からなかったけど、その言葉がこの奇妙さをさらに増した上に、もっと知りたいという気持ちをいっそう募らせた。僕は門をくぐって一歩を踏み出した。すると、二つのことが起きた。まず、それまで気づかなかったものが見えた。その門――鳥居としよう――は、多くの鳥居のうちの最初の鳥居に過ぎず、それぞれが５メートルほど離れた場所に立っていた。もうひとつは、鳥居と鳥居の間の道の両側に一つずつ、一対のが地面に立てられていることだった。僕が最初の門をくぐると、これらの松明が緑がかった炎を揺らした。

エミリーは息をのんだ。

「何かの人感センサーで動いているに違いない」と僕は言ったものの、自信はなかった。僕は近くの松明にかがみこんでから、困惑した顔をエミリーに向けた。何の仕掛けも、導火線も、燃料も見当たらない。ふぞろいのエメラルド色の小さな火の柱は、まるで目に見えないガスを燃やしているかのように、ただ地面の上に立っていた。

「こんなのは知らないわ、ケイレブ」とエミリーが動転した声で言った。

「そうだね」と僕は言った。

とにかく数歩、歩く。次の鳥居をくぐる。その次の鳥居も。

松明の炎がパチパチと音を立てて道を照らし、周囲に生い茂る竹林にこの世のものとは思えない緑色の光を投げかけている。ほかには何の動きもない。山腹の曲がりくねった道を慎重に進んでいく。僕ら二人以外は、この世に誰も生きていないような気がした。

時折、鳥居が密集しすぎて、長く赤いトンネルになった。その中を進んでいると、エミリーはここ何年もしていなかったことをした。彼女は僕の手を握った。僕をなだめてくれているのか、それともその逆なのかは分からないけど、引き返そうとは言わなかった。僕らは何も話さなかったけど、彼女も同じことを感じていたのだと思う。それは奇妙な、登りたいという衝動、道がどこに続くのかを知りたいという衝動だった。それは奇妙という以上のものだった。それは……必要なこと。まるで僕らはこうする運命にあったような気がした。なぜかは分からないけど。

僕らは曲がり角を何度も曲がりながら登っていった。ところどころで土を木ので固めた階段になり、あるところでは古く苔むした石がばらばらに敷き詰められて道を成していた。常に松明が道を照らし、鳥居が僕らを導いていたけど、そのどれもが、前日にはなかったものだと僕は断言できる。何一つだ。もちろん、そんなことはあり得ない。なぜなら、石が苔やちいるい地衣類で覆われて緑色になっていたとしたら、それは何年も前からそこにあったことになるからだ。いや数十年か、それ以上だろう。突然そこに現れるものではない。

でも、僕はこの丘を知っていたし、この経路も知っていた。きのうも先週も去年も、こんなものはなかった。僕の言葉通り、これはあり得ないことだ。

そして、赤い門が連なる長く奇妙な通路に慣れてきた時、突然、僕らは角を曲がって凍りついた。

「うわっ！」と僕は言った。

目の前には鳥居の代わりに、鮮やかな緑色の苔と地衣類に覆われた腰ほどの高さの石の台座が一対あって、その上には犬か狼のような石造りの動物が二体、道の両側に一体ずつ座っていた。動物たちはお座りをして、ふさふさした尻尾をまっすぐ後ろに伸ばし、歯をむき出して僕らをにらんでいた。

犬でも狼でもないことに気づいた。狐だ。間違いない。

まわりの空気には祖母の家を思い出させるような、どこかエキゾチックで複雑な香りが漂っていた。神秘的だ。石造りの狐たちの向こうには、さらに一番大きな鳥居があって、その向こうには、急勾配の屋根を持つ木造建築があった。それは庭の倉庫ほどの大きさの、特大のドールハウスのような外観だった。太い縄と、紅白の紙をねじった螺旋、そして古そうな青銅の樽のようなもの、たぶん鐘、が吊るされていた。

「お寺かな？」と僕は尋ねた。

「神社よ」とエミリーが言った。「ケイレブ、あり得ないわ。昔からここにあったわけがない。前に見てるはずよ。どうなってるの？」

「さあね」と僕は言い、正面の開口部に近づいて、中を覗き込んだ。メインの構造物の周りには、さらに多くの神秘的な緑色の松明があって、その明かりで黒い金属の大釜に灰のようなものがいっぱい入っているのが見えた。大釜の中ではお香が燃えている。その香りはさっき僕が感じたものだった。神社の中央には、教会で見る祭壇のようなものがあり、その上には真鍮のついた黒光りする箱が置かれて、太い縄が複雑に結ばれていた。その箱には金色のエンブレムが付いていて、円の中にダイヤモンドが描かれていた。僕はしばらくそれを眺めてから、背伸びをして高く手を伸ばした。

「何する気？」

「誰かいないか確かめたい」と僕は言い、縄を引っ張って中世の巨大な木づち棒のような長い梁を引いた。そして離すと、それは大きな青銅の鐘に突き当たり、ゴーンという深い音が数秒間空中に響き渡った。

悪い考えだったかもしれないけど、それは鐘だ。鐘は鳴らさなきゃならない。でしょ？　一種のお約束だ。

「ケイレブ！」エミリーが叫んだ。

「何だよ？」僕は思ったより軽く言った。「何も起きやしない」

しかし、厳密にはそうじゃなかった。

最初は何も起きなかった。予想通り、鐘の音は鳴り止み、やがて消えていった。しかし、完全に消えたのではなく、消えたと思ったら、まるで録音を逆再生するかのように、再び鳴り始めた。

その音は、最初に鐘を打った時と同じくらいの音量まで大きくなり、さらに鳴り続けた。エミリーは目を大きく開いて僕の方を見ている。鐘の音はますます大きくなって、腹と頭蓋骨が震えるのを感じるほどになった。僕らはどうしたらいいのか分からず、ただそこに立っていた。すると、風が竹の周りで巻き起こり、まるで嵐の中にいるかのように竹があちこちに傾いた。これはまずい。僕は両手を耳に当てて、地面にうずくまった。竜巻が目の前にやって来て、森全体をマッチ棒のように吹き飛ばすのではないかと、半分期待した。

風が松明を吹き消すかと思ったけど、松明はより大きく、より強くなって、色あいも変化して濃くなり、人ほどの大きさの光の柱になった。今は緑色ではなく、金色や琥珀色だ。松明の光は建物やその周りのすべてのものを影の中に落とした。ただし神社の中心にある黒光りする箱を除いてだ。箱と蓋の継ぎ目には、まるで中で何かが燃えているかのような、黄色の強い光の線が現れた。それは見ていられないほど明るく膨張すると、結び目のある縄を弾き飛ばして蓋が開き、世界を輝きで満たした。

僕は目をかばいながら、身をすくめるエミリーの方に目をやったものの、光を見ずにはいられず、光の中心で何かが箱から出てくるのを見た。

それはただ明るく光り、大きな輝きの真ん中で、どういうわけか人の形をしていた。そして箱から浮き上がると、僕らの頭上まで滑空した。僕は走りたいのに、足が動かない。そしてさらに奇妙なものを感じた。光の中の人影を見ているだけじゃない。僕はその人の思いを感じていた。僕が感じたのは……混乱と、疑念だ。

その正体が何であれ、その人は僕らを予想していなかった。たぶん、完全には。

そして僕は自分の名前を聞いた。エミリーの名前も。ただし、本当に聞こえたわけじゃない。僕の頭の中で、まるで逆再生された鐘の音のように広がった。その名前はケイレブとエミリーではなく、ヒデキとカズコだった。

その光は僕らの間に漂ってから、まるで何かを決断したかのように二つに分かれて、稲妻のごとく僕らの胸に突き刺さった。

僕は足から吹き飛ばされて仰向けに倒れ、痛みを感じる前に世界が真っ暗になった。

英希　4

どれくらいそこに横たわっていたのか分からない。目を開けると、木々の生い茂った葉によって空が覆われていた。竹ではない。オーク、モミジバフウ、シャクナゲなど、ノースカロライナの普通の木々だ。僕は体を起こして、周りを見回した。神社も、石造りの狐も、山に続く鳥居の列も、すべて消えていた。実際には、エミリーが倒木の上で、僕が家に帰るのを待っていた、あの場所に戻っていた。セミが鳴いていたあの夜だ。すべてが以前と同じだった。

エミリーをつついて起こすと、彼女は頭を抱えて座り込み、目をぎゅっと閉じた。まるで誰かにバールで殴られたみたいに。

「何？　どこ？」と彼女は口を開いた。

「僕も同じ状態」と僕は言った。

「とても変な夢を見たの」と彼女。

「鳥居があって、神社があって、大きな鐘があって……」

「それをあなたが鳴らして……」

「トラブルになったのは僕だけの記憶かと思ったら、違う。それは夢じゃないよ。僕も同じことを経験したから」

「あなたも同じことを……？　夢じゃなくて」

「経験したんだ」と僕は言った。「そう、竹と、神社と、嵐と、奇妙な箱。その中に奇妙なものが入っていた。そうだよ。僕もそこにいた」

「ケイレブ」と彼女は立ち上がった。「これは本当に、とても不思議だわ」

「エミリー、まさに君の言う通りだよ」と僕は言った。

僕の言い方が気にさわったのか、彼女は口を止めた。そして僕を厳しい目で見つめた。僕は無理やり彼女の目を見つめようとしたけど、それは簡単ではなかった。僕はあるものを見たからだ。

「何よ？」と彼女は尋ねた。

「いいかい、ここで大事なことは、僕らが無事だってことだよね？」と僕は念を押して言った。

「どうしたの？」と彼女は疑いと不安を同時に感じながら、もう一度尋ねた。「ケイレブ？」

「そうだな」と僕は言った。「パニックにならないでよ、分かった？」

これは効果がなかった。

「だから何よ？」彼女は怒鳴った。

穏やかに言う方法はなかった。

「まあその」僕は言った。「君にはちょっとした……尻尾がある」

一瞬、彼女から恐怖が消えた。

「面白い」と彼女は言った。

「いや、エム、僕はマジだよ」

「そうね、私が振り返って見れば……」と彼女はニヤニヤしながら動き始めた。そして彼女の手がそれに触れると、顔が真っ青になった。それから、まるで犬が自分を追い回すように、それを見ようと体をくるくる回転させた。僕は笑わずにはいられなかった。

「尻尾がある！」彼女は叫んだ。「どうして私に尻尾があるの？！」

「いい尻尾だよ」と僕はなぐさめた。

それは長くふさふさしたオレンジ色で、先端はきれいに白かった。僕はそれが狐の尻尾だと気づいて、面白さは一気に吹き飛んだ。神社を守る石像になっていた狐だ。エミリーはそれを手に取って、恐る恐る見つめていた。試しに引っ張ってみて顔をしかめると、ジーンズの後ろから蛇のように伸びているところを手ではたいた。

「なぜ私が尻尾をつけられたの？」と僕に食ってかかった。「全部あなたのせいよ、ケイレブ！　私たちがここにいるのはあなたのせい。あなたがあの道をたどった。あなたが鐘を鳴らした。あなたが納屋を燃やした。なのに私が尻尾をもらうなんて、不公平じゃないの？」

「救急病院に行くべきかな？」と僕は尋ねた。

「人だらけの病院に入っていくの、この格好で？」と彼女は言い返した。「カイル・リチャーズの母親があそこで働いてる。ジェニー・アスターのおしゃべりな従妹も。あなた正気なの？　このことを誰かに知られたら

——それが誰であっても——私は二度とこの町に足を踏み入れることはできなくなる。そしてその責任が誰にあるのか、分かってるの？」

「目には見えない日本の神社で君を呪った狐の霊かな？」と僕は言ってみた。

「違うでしょ！」

「なんで僕のせいなんだよ？」僕は言い返した。

どういうわけか、いま起きたあり得ないことを扱うよりも、誰の責任かを追及する方が簡単だ。

「これってジョークじゃないよね？」彼女の声は悲壮だった。「もしそうなら、言ってほしい。怒らないから」

「ジョークって？」

「たとえば、食べ物に何かを入れて私を気絶させてから、バカみたいに接着剤で尻尾をお尻にくっつけて……」

しかし、彼女の言葉は続かなかった。尻尾が彼女の手の中でピクピクと動いたからだ。自分がそうしたことに気づいて、じっとそれを見つめてから、両手で顔を覆って、再び丸太の上に座った。

「こんなことが起きるはずがない」と彼女はささやいた。

僕はただうなずいた。こんなはずはない。でも、これが何なのか分からない。彼女には尻尾がついた、すると僕も……いや、何もない。自分が知りうる限りは。でも、箱の中にいた何かは僕ら二人の体に入った。それを否定することはできないように思う。すると僕の場合は、これから寝ようという時に、自分の体が毛皮とかで覆われているのを見ることになるのだろうか？　素晴らしいよ。まさに僕に必要なもの。今とは違う目立ち方だ。僕はおそるおそる自分の体をなでて、とりあえず大丈夫だと感じた。

実のところ、大丈夫以上の気分だった。納屋の件に対する混乱した怒りや悲しみは、いま起きたことの奇妙さで燃え尽きて、僕は珍し

く……落ち着いていた。それは奇妙なことだった。僕はこれまでの人生で一度も落ち着いたことがなかったから。

とにかく、ここにいる僕は、数時間前に人生で最悪のトラブルを経験し、数分前には存在しない場所でシュールな出会いがあり、一緒にいた姉には狐の尻尾が生えてしまったのに……大丈夫だ。ありがたい。あんたはどうだい？

何度も言うけど、実に奇妙だ。

「どうする？」エミリーは泣きそうに言った。

「まあ、お尻を調べてもらうのはいやだろうね、尻尾を切り落とせるかどうか……」

「絶対にいや」

「じゃあ家に帰ろう」

「何事もなかったように？」

「何事もなかったように」

「でも何事かがあったのよ」とエミリーは言った。「私にはそれを証明する尻尾がある」

「あの神社は普段はあそこにないと断言できる」と僕は言った。「鳥居の道も。あの森はよく知っているから」

「だから、あれは現れて、それから消えたのね？　でもどうやって？」

「たぶん僕らは移動したんだよ。あの竹林。あの場所全体が……異質だった」

「穴みたいなものに入り込んだのかしら、平行次元か何かへ通じる？」とエミリー。「科学的に説明できる何かに？」

「ぶっちゃけ」と僕。「違うだろうね。科学では、それが僕らのために、そこにあるように感じられたのを説明できない。特に僕らのために、ってところがね。それに、君の尻尾も説明できないし」

「じゃあ、あれは何だったの？　魔法？」

「たぶん」

「そんなものじゃない」エミリーは自信たっぷりに言った。

「尻尾のある女の子にしては、かなり自信家だね」と僕は言った。

「じゃあどうしろっていうの、ケイレブ？　まじめな話よ。これはわけが分からない！　まったく意味不明。私が16年間生きてきたこの世界に対して、これまで信じてきたことの全てと真っ向から矛盾している。現実のはずがない。薬物による幻覚かもしれないし、ほら、森の中の変なキノコかもしれない。あれって、細かい花粉みたいなものを持ってるでしょ。何て言うんだっけ？」

「胞子？」

「胞子、それよ。それを吸い込むと脳がおかしくなって……」

「同じ夢を共有するの？」

「分かった、ちょっと無理があるのは認める……」

「それに君は尻尾が生えた」

「確かに。でも、まだ眠っているとしたらどう？　自分が目覚めていると思ってるだけで、実はすべてが夢で……」

彼女は懇願するように僕を見た。でも、言葉が続かなかった。

「行こう」と僕は言った。彼女はしぶしぶ立ち上がって、僕らは思いを巡らせながら黙ってしばらく歩いた。

「君は日本のことを読んでたんでしょ」僕は、会話の方向を変えようとした。

彼女は僕をちらっと見た。

「少しね」と彼女は言った。「それで？　何か知りたいことがあるの？」

「いや」と僕は言った。「正直言って、今知っている以上のことは知りたくない……」

「何も知らないんでしょ」とエミリーがツッコミを入れた。

「実質何も知らない」と僕は同意した。「それでいいんだ。これが何であれ、乗り越えていこう。そうすれば、また普通のアメリカ人になることに集中できる」

「数週間後には、すてきなボトルキャップのコレクションができるわね」とエミリーは言った。

「いつも笑かしてくれる」と僕は暗く言った。

「まあ、少なくともあなたには尻尾がないから」とエミリーは悲しげに言った。その尻尾はまるで句読点を打つようにヒュッと動いた。それは感嘆符だったかもしれない。

「朝には消えてるかもしれないよ」と僕は肩をすくめながら言った。「しぼんで落ちてしまうかもしれないし、ひょっとしたら、何か奇妙な幻覚が原因と分かるかもしれない、例の……」

「胞子」

「……か何かが原因で。僕が言いたいのは、僕らは何もする必要がないかもしれないってこと。もしかしたら、すべて自然に解決するか、何もなかったことになるかもしれない。慌てる必要なんてないかもしれないよ」

「もしもママに見られたら？」とエミリーは尋ねたが、すでに落ち着いた様子だった。

「家の中を裸で歩き回るつもりなの？」

「まさか」

「それなら見られないよ」と僕は言った。

「いま何時？」と彼女は携帯をチェックしながら尋ねた。「バッテリーが切れてる」

「僕のも」と僕は言った。「かなり遅いに違いない。ママとパパは取り乱してるかもね」

「最高」と彼女は古いミルクみたいに酸っぱく言った。「あなたはどうして取り乱してないの？」

「分からないよ」と僕は言った。「あまりにも不思議すぎるだろ？」

「たしかに」

「もちろん、僕は経験豊富な放火魔だし」と僕は冗談を言った。

「私はこれをどうすればいいの？」彼女は尻尾を振った。

「ジーンズの太ももに押し込んで」と僕は言った。「家に帰っても、何も言わなきゃいい」

「あなたは怒鳴られたでしょ、納屋を燃やした時」

僕はまた肩をすくめた。

「僕が火事の問題を引きずっている限り、親が君のお尻に注目することはないよ」

エミリーは僕を見て悩ましげに眉をひそめ、感心し、少し困惑しながら、うなずいた。

「分かった」と彼女は言った。「それは理にかなってる」

「気分を変えて」と僕は彼女の目を見て言った。彼女は自分に非が無いことを主張しようとしたけど、僕はじっと見つめて、分かってるよという笑みを浮かべた。「ほら、君もそう思うだろ」

「分かった、そうね」と彼女は認めた。「あなたが落ち着き払っているのに慣れてないだけ」

「かなりクールだろ？」僕はそう言って、家路を急いだ。

「どうでもいい」

エミリーは目を細めて、またあの目で僕を見つめた。まるで僕がケイレブ・スミスのスキンスーツを着たエイリアンであるかのように。僕らは森の中を抜けて、ウォルマートの駐車場の裏まで歩き、フェンスを飛び越えた。ここで『飛び越えた』と言ったのは、少なくとも僕の場合は、文字通りの意味だ。僕は片手をフェンスのてっぺんに置いて、20センチの余裕を持って飛び越えた。それはまるで人生で一番簡単なことのようだった。これは、僕が前に５分以上をかけて３回目の挑戦で乗り越えたのと同じフェンスなのに。

奇妙だ。

でも、何が違うのだろう？　僕はエミリーをちらっと見たけど、彼女は尻尾をジーンズに押し込むのに忙しくて気づかなかったようだ。だから僕は何も言わなかった。

町のすべてが以前とまったく同じに見えた。それがかえって僕らをさらに奇妙に感じさせた。僕は、焼け落ちた納屋の煙の臭いさえ感じた。この時間にしては思ったよりも交通量が多く、２台のパトカーが山道を上がっていった。たぶん事故の処理だろう。夜の幹線道路は長距離トラックで渋滞している。急勾配が多いために土手のように作られた緊急用の硬い路肩がたくさんあって、高速で走る18輪トラックのブレーキ故障に備えている。その時、やツルハシを持った人々が急ぎ足で同じ方向に向かっているが見えた。

何かが起きていた。それを言おうとした時、大通りにあるマラソン・ガソリンスタンドの上の時計に気づいた。

９時48分。

「そんなはずはない」と僕は言った。「僕らが会ってからまだ１時間も経っていない」

エミリーは首を振って、ジーンズの太ももに手をはわせた。まるで尻尾も、起きたと思っていたことも、すべてが現実ではなかったかのように。でも尻尾を見つけると、不満そうに顔をしかめた。

「少なくともママとパパは、僕らが何時間も行方不明になっちゃったほどは騒がないだろうね」と僕は言った。

「どうかな、様子を見ましょう」とエミリーは言った。

でも、そうはならなかった。帰り着くと、家も店も暗く静まり返っていたからだ。これは奇妙な状況で、エミリーは、尻尾とは別の、不安にかられた表情を浮かべた。彼女は携帯電話にコードを差し込んで、数件の未読メッセージが鳴るのをじっと見つめた。

「テレビをつけて」と彼女はこっちを見ずに言った。「何か起きた」

「ああそうだね、僕らが古代の神社に連れ去られて……」

「それじゃなくて、リアルなことよ」

僕はテレビをつけた。チャンネルはアクション・ニュース１２になっていて、音声はオフだった。真っ赤な口紅を塗って、スーツのジャケットを着た、すらりとした女性がマイクを持って、カメラに向かって真剣に話していた。入念な身だしなみにもかかわらず、動揺して、不安そうに見えた。彼女の背後には、緊急車両の青と赤の点滅に照らされた木々や岩山があった。オレンジ色のヘルメットをかぶった男たちが、工具や巻きケーブルを持って動き回ってい た。

「何が起きてるのかな？」と僕は尋ねた。

「音を大きくして」まだ携帯電話をスクロールしているエミリーが言った。

僕がそうすると、テレビのレポーターの声が聞こえてきた。

「……そして、３名はまだ行方不明です」とレポーター。「捜索を手伝うために町の人々が到着し始めています。捜索はポーターズビル保安官事務所と、事故現場を管理している水圧破砕会社サザン・シェール・ガスの協力で行われています。私たちは新しい情報を待っていますが、現在分かっているのは、今日の午後９時ごろ、ポーターズビルの住民が、爆発と思われる大きな音を通報したということです。どうやらレッド・スカー・マウンテンの作業現場からとみられます。当時は水圧破砕が行われていました。サザン・シェールは、何らかの不具合が発生して、掘削現場周辺の洞窟が崩壊し、作業員が閉じ込められたことは認めましたが、水圧破砕自体が崩壊の原因だという証拠はないと述べています」

「ああ、そうなんだ」と僕は言った。

「ママとパパが店から水やバッテリーを持ってきてくれたって」とエミリー。「みんながメッセージを送ってきた。みんな協力しているんだと思う」

僕の注意はテレビに戻っていた。画面では、タイラーの父親でポーターズビルの市長が、救助隊は全力を尽くしているので、皆さんは外に出ないほうがいい、道路を渋滞させて専門家の仕事の邪魔になる、と演説していた。僕は目を細めて彼の顔を見た。彼は息子と同じように大柄で、人当たりが良くて、ハンサムで、歯磨き粉のＣＭに出てくるような美貌と、あざ笑いにも見える冷たい目をしていた。

「ケイレブ？」とエミリーが言った。「さあ急いで。店に懐中電灯があるか見て。それから、ガレージから鋤か何かを持ってきて」彼女は狐の尻尾のことをすっかり忘れて、指揮官に戻っていた。市長――タイラー・J・ミラー２世ということになる――が、政治家らしい思いやりのある笑みを浮かべて、みんなに家にいるよう言っていたことには、僕は触れなかった。僕は言われた通りにして、後で役に立つかもしれないと思ったものをバックパックに詰め込んだ。

「ニュースでは爆発が９時だと言っていた」と僕。「僕らが聞いたのはそれだと思う？」

「かもね」とエミリーはこちらを見ずに、せわしなく動いていた。そのことには触れたくないかのように。

「だから、僕らの身に起こったことは何かの関連があると思えるよね……」

「人が行方不明になって、閉じ込められたり、もしかしたら死んだりしているのよ」と彼女は言い返した。「それに集中しましょう、いいわね、ケイレブ？」

僕は頭を垂れた。その時、パパのピックアップトラックのライトがリビングルームの窓から飛び込んできた。

「もう帰ってきた」と僕は言った。「終わったってことかな？」

エミリーは何も言わず、玄関のドアを開けに行った。僕はただその場に立っていた。両親が家に入ってくるまでにかなりの時間がかかったように思えた。僕は泣いたり叫んだりを覚悟していたのに、何も起こらなかった。ママは僕に疲れ果てたような笑顔を見せ、パパはうなずいてから両手に目をやった。

「ごめんよ、飛び出して」と僕は言った。「僕はただ……」

でもママはその言葉を振り払った。

「いいのよ、ケイレブ」と彼女は言った。

僕はママをじっと見つめた。これは彼女らしくない。

「納屋のことはごめんなさい……」僕は続けたが、彼女は両手を上げて制止した。

「本当に疲れたの」とママ。「あした話しましょう」

「行方不明の作業員は見つかったの？」とエミリーは尋ねた。

パパは首を横に振った。

「の周辺は構造が不安定すぎるんだ」とパパは言って、見通しが厳しい時に口にする、あの英国風の控えめな口調で、大したことではないかのように話そうとした。「地質調査機材が設置されていた洞窟が崩落した。男性２人と女性１人が中に閉じ込められているが、彼らに近づく方法がない。入り口は完全に塞がれていて、それをどかすには重機が必要だ。まずは重機を所定の位置まで移動させなければならない。普通の人が今できることは何もないよ」

僕はエミリーをちらっと見て、笑いたいという衝動をこらえなければならなかった。普通の人だって？　尻尾を見せてやれ、エム！　でも両親の顔を見て、その沈痛で不安そうな表情に事の重大さを感じ、今日初めてではないけど、愚かで恥ずかしい気持ちになった。

「そうだね」と僕は言った。「何か手伝えることがあれば……」

「寝なさい」とママが言った。「あしたどうなっているか見てみましょう」

「そうだね」と僕はもう一度言った。今日がこのまま終わるのは嫌だったけど、すぐに、あしたも良くはならないだろうと確信した。

別の場所　2

仰向けに横たわったハリー・ピーターソンはゆっくりと目を開けた。しかし、それが何の違いも生まないことに気づいて、目を閉じると、もう一度、痛みに集中した。痛みのほとんどは、右側の太ももと肩に集中している。洞窟の天井から落ちてきた石が当たった場所だ。彼は寝返りを打とうとしたが、足に力を入れるとすぐに膝から激痛が走ったので、力を抜いた。

少なくとも捻挫。たぶん骨折だ。

彼は口の端から少し砂を吐き出すと、左手で顔をぬぐって、砂の粒子や砕けた石をこすり落とした。それらはガラスのようにとがっていて、彼は顔をしかめた。一部は湿った粘液でくっついていることに気づいた。

血だ。

何が起きたのかはよく覚えていなかったが、落石が頭に当たって激しく倒れたに違いない。

おそらく脳震盪だろうが、これは舐めてはいけないものだ。ヘルメットをかぶっていたのは幸いだったが、倒れた時に脱げてしまった。もしもヘルメットがなかったら、ほぼ間違いなく……。

それは考えない方がいいだろう。

目の前で手を前後に動かしたが、何も見えなかった。崩落前も洞窟内は暗かったので、驚くにはあたらない。負傷した足を動かさないようにして、右手の指を広げて岩の床の周りを慎重にさぐり始めた。

何もない。

彼はもう一度試み、今度は少し手を伸ばしたが、はがれた石の塊を撫でただけだった。彼は暖かく埃っぽい空気をゆっくりと吸い込んだ。

大事なのはパニックにならないことだ。

彼はもう一方の手でも同じ動きを繰り返した。すると冷たくて硬いものが彼の手から離れていった。

懐中電灯だ！

それを掴むために、足の痛みが増すのもかまわず、体をねじるようにして手を伸ばすと、指先がマグライトの長いボディに触れた。ゆっくりと慎重に、押しのけないように注意しながら、指をボディにかけて、1センチ、また1センチと手前に引き寄せた。

動いてくれ、と願いながら手探りで電源ボタンを探す。頼むから、ついてくれ。頼む、つけ……。

カチッという音がして、突然、洞窟は青白い強い光に包まれた。あまりの明るさに、ハリーはたじろいたほどだ。肩が抗議の悲鳴をあげたが、ただの打撲傷に違いないと感じた。足ほどはひどくないし、考えないようにしている後頭部の傷ほどでもない。

彼は身を起こし、両腕を後ろにずらして肘で体を支え、マグライトのビームを洞窟内に振り回した。足は入ってきた方向に向いていた。入り口はもう見えなくなっていて、瓦礫や古いビュイック車ほどの大きな岩の塊で埋め尽くされていた。彼がチームのメンバーと確認しに来た地震計は完全に粉砕されていた。考えてみればおかしな話だ。地震を警告してくれるはずの機械が地震で破壊された。

笑える。

これでプラントは閉鎖されるのだろうか、と彼は思った。短期的にはそうだろう。そして、環境保護主義者たちが叫ぶ材料を増やしたことは間違いない。ハリーは暗闇の中で顔を曇らせた。彼にはこの仕事が必要だった。ポーターズビルはこのところ、雇用の場がたくさんあるわけではないし、妻のパティがまた妊娠したので、これ以上給料を失うわけにはいかなかった。

「男には仕事が必要だ」と彼は誰にともなくささやいた。

もちろん、彼が今本当に必要なのは、捜索救助隊が彼を見つけるまで生き延びることだった。数本のプロテインバーと水のボトルが入っている小さな非常用パックを持っていたが、それだけでは長くは持たないだろう。

どれくらい意識を失っていたのだろう？　と彼は思った。見当もつかなかった。数分かもしれないし、数時間かもしれない。意識が錯乱しているのだろうか？　仕事が必要だと口走ったのは、良い兆候ではない。

入口は一つしかないので、作業員たちは閉じ込めを救うためにどこへ行けばよいかは分かっているはずだ。もしかしたら、彼らはすでにドリルや掘削機を持って外にいるのかもしれない。彼は期待を込めて耳を澄ましたが、自分の呼吸音以外は何も聞こえなかった。地震が起きた時、チームは機材をチェックするために散らばって、少なくとも45メートルほど離れた場所にいた。一緒にここへ来た、ビビアン・シンやフリオ・ロドリゲスの気配はなく、彼らが瓦礫の下に横たわっているのか、別の空間に閉じ込められているのか、それとも無事に脱出できたのかは分からない。

冷静になれ、と彼は自分に言い聞かせた。最悪の事態はすでに起きたのだ。あとはみんなが自分を見つけてくれるまで冷静でいればいいだけだ。

「おーい？」と彼は呼びかけた。「誰かいるか？　ビブ？　フリオ？」

狭い空間には耳をつんざくほどの反響音があったが、それ以外の音は聞こえなかった。

「おーい！」彼が再び大声で叫んだのは、希望よりも必死の思いからだ。「ここにいるぞ！」

すると何か、小さくて用心深い音が聞こえた。それは足元の瓦礫だらけの通路からではなく、頭の後ろの、固い岩しかないはずの場所からだった。

彼は足の痛みにもめげず体をひねって、また同じことを思った。最悪の事態はすでに起きたのだ。

しかし、そうではなかった。マグライトの光が洞窟の奥深くから彼に向かってくる姿を捉えた時、ハリー・ピーターソンは悲鳴をあげた。

英希　5

両親は翌日、不便なコンビニを開けなかった。これは記録すべき出来事に違いない。エムと僕が起きたら、二人はすでに出かけていて、台所のテーブルにメモを残していた。いつものように学校へ行きなさい。夕方に救助現場から戻ったら会いましょうという内容だった。市長はそこを事故現場ではなく救助現場と呼んでいた。前向きな言葉というわけだ、分かるよね？　彼はそういうのが得意だ。

だから僕はウィーティーズ（※シリアル食品の商品名）を食べて、姉の背中の下にある膨らみは見ないことにした。なぜなら、彼女の狐の尻尾は一晩で落ちることもなかったし、あれは幻覚でもなかったからだ。尻尾は姉のガウンから垂れ下がり、悲しそうに床を指さしていた。僕がそれを見ているのに気づくと、エミリーは専売特許の必殺にらみを僕に向けてきた。僕がうんざりして毛嫌いしているヤツだ。だから僕は何も言わずに学校へ行く準備をした。

暦の上では秋だけど、外はまだ蒸し暑くて、風がやんだりすると、文字通り数秒でシャワーを浴びたくなるほどだった。僕は短パンとTシャツを着た。自分がかっこよくなることはないと分かっていたので、ファッションにストレスを感じる必要はなかった。僕は通学カバンを持って、エアコンの最後のひと時を楽しみながら待った。ここノースカロライナで、アマゾンの熱帯雨林に一番近い場所へ足を踏み入れる前にね。数分たって、僕は携帯電話をチェックした。

「エム！」僕は叫んだ。「もう、遅れるよ。それから、水着を忘れないで」

水曜日はイースト・ポーターズビル・ドルフィンズの練習日で、エムは代表チームに所属していた。彼らはオッターズ（※カワウソ）とかに名付けられるべきだと僕は思ってるけどね。スモーキー山脈にイルカはいないから。

「先に行って」と彼女は２階から返事をした。「私はすぐあとで行くから」

彼女は、友達の前で時々使うような、明るい作り声だった。僕はそれが気に入らなかったけど、少なくとも今回は理解できた。

「大丈夫」と僕は返事した。「待つよ」

重苦しい沈黙が続いた後、エムの部屋のドアがバンと開き、彼女は階段の上から顔を出した。

「行けって言ったでしょ、ケイレブ！」彼女は、愛情のこもった感謝というよりも、むしろ怒っていた。

「尻尾のことを気にしてるのは分かる」と僕は答えた。「でもうまくいくよ。きのうの夜はママもパパも気づかなかったし、見えないようにしてれば……」

「平気だって言ったでしょ！」と彼女は言った。いや叫んだ、本当に。顔は真っ赤になっていた。

「だから僕は待つのは構わないと言ったんだ。精神的なサポートみたいな意味で」

すると、彼女が抑えていたものが猛烈な勢いであふれ出した。

「あなたとは一緒に歩きたくないの、分かった？」と彼女は怒鳴った。「ヒントをあげる。納屋を燃やしたバカと一緒にいるところを見られたくないという、悩みをかかえているの。今日はダメよ、いい、ケイレブ？　あなたと違って、私はこの学校に友達がいるの。それをなくしたくないのよ！」

そして彼女は部屋に戻ると、ドアをバタンと閉めた。

「分かったよ！」僕は怒鳴り返した。最高の返しではなかったけど、ふさわしい軽蔑を込めて言った。「どうぞご自由に。いつもそうしてるじゃないか！」

僕は一人で出発した、って、この表現は、英語のスプリンガー先生が言うところの「含みのあるたとえ」みたいだね。歩きながら、バカな姉と、さらにバカな姉の友達のことをつぶやいた。みんな、姉のジーンズからはみ出した丸まったものを見たら、すぐに彼女を捨ててしまうだろう。でも結局のところ、僕ら二人のこれまでの経験から、姉は血のつながった弟と一緒に学校へ行きたがらない。なぜなら、デザイナーブランドのサングラスをかけて、ストラップ付のサンダルを履き、慎重にコーディネートされたサマードレスで着飾った姉の友達は、僕をクールじゃないと思うだろうからね。最高だよ、エム。

僕は思わず足を止めた。

大バカ者、と思った。

もちろん、彼女は怒っていた。でも、みじめだったんだ。一日の大半は狐の尻尾を隠せても、授業が終わったら水泳チームを辞めるしかない。それは彼女がこの世で一番愛していたものだ。イースト・ポーターズビルのドルフィンには尻尾が ない。

僕は家に戻って、理解したと伝えようかと思ったけど、そのまま歩き続けた。彼女の思いがどうであれ、彼女は明らかに自分の時間が必要だったし、僕が助けられるようなものは何もなかった。それに、彼女の頭の中で何が起こっていたにしても、彼女は僕をバカ呼ばわりしたし、もっとひどいことも言ったんだ。それを意地悪に感じた。というか、意地悪されたと感じたけど、同じことだ。

だから僕は、彼女が僕をバカ呼ばわりした後に何を叫んだかをぼんやりと考えながら、一人で学校まで歩いて行った。

『あなたと違って、私はこの学校に友達がいるの……』

間違ってはいなかったし、驚くようなことでもなかったけど、僕はそれについて考えていた。僕はスポーツでは選ばれない負け犬であることに慣れていたので、それに反対する気はない。僕が言いたいのは、気になるのは、誰だって自分が役立たずとは思われたくないってことだ。たとえば背水の陣で、キャプテンが本当に必要な子供、一番ダメージの少ない子供を選ぼうとしているような場合とかにね。でも僕は自分がかなり役立たずだと分かっているから受け入れはするってことなんだよ。とはいえ、友達がまったくいない……？

あれはつらかった。

ジョーイ・ファーガソン（本名はジョセフィーン、をそう呼ぶのはかなり危険だけど）がいるけど、正確には友達かどうかは分からなかった。彼人はどちらかというと少し僕に似ていて、ちょっと陰気なゴスかエモ（その違いが分かるほど僕はクールじゃない）で、クラスメートが夢中になっているもののほとんどをひどくダサいと思っていた。また彼人は、自分自身についても理解を深めようとしていて、それはポーターズビルが慣れ親しんできたものから大きくかけ離れていた。僕はもっとジョーイとつるむべきかもしれない。友達には共通点がないといけない、だって？　誰も友達になりたがらないという共通点だけで十分じゃないか？　どの友達グループからも相手にされなかった奴ばかりでグループを作れないかな？　自信はないけど。

よりによって特に今日は、そんなことをあれこれ考えるなんて奇妙な感じだ。破砕現場での事故は一夜にして全国ニュースとなり、町には衛星アンテナやラジオアンテナを取り付けたバンが並んでいた。まるで戦場か映画の中にいるかのように、ヘリコプターが上空を飛び回っていた。

学校はその話題で持ちきりで、ホームルームでは一日中更新されるニュース、カウンセラーの空き状況、連帯やコミュニティの声明などがアナウンスされた。生徒たちの意識を占めているのが、トラウマのような感覚か、それとも単なる興奮した好奇心なのか、僕には判断がつかなかった。高校１年生の女子生徒が行方不明になった男性の娘だったけど、彼女を僕は知らなかったし、今日は学校に来ていなかった。

他の人たちは、直接関係がないようなことを話していた。

「私の叔母は、洞窟が崩れる直前に脱出した技師と付き合っていた」

「私の父は破砕会社で働いていて、３日前に事故が起きた場所にいた。もし父がそこにいたら……」

「私たちの家の向かいには、救助隊員の一人が住んでいる。彼が言うには……」

人口6732人（看板を書いた人はペンキを出して塗り替えの準備をしているかもしれない）の町では、今やテレビが『レッド・スカーの悲劇』と呼ぶ今回の事件に、住民が何らかのつながりを感じるのは当然だ。しかし、ポーターズビルの人々がそのつながりを強く望んでいる様子は、見ていて違和感があった。廊下で泣いている女の子を見たけど、その対象は何だってあり得るだろう。身を寄せ合ったグループが低いヒソヒソ声で、ぼう然と心配そうに話しているのも見た。でも一部の人は、まるで災害がこの小さな町にスポットライトを当てたかのように感じられ、その光を浴びたくてたまらないようだ。僕らが住んでいる場所の平凡なディテールが突然ドラマチックで重要なものになった。僕はそれをどう考えたらよいか分からなかったけど、人々の関心を古い納屋の黒ずんだ残骸から遠ざけてくれたので、恥ずかしながら、それを喜んでいた。

でも結局、僕も考え違いをしていたことは、食堂でタイラーを見た瞬間、明らかになった。彼は、市長の息子から内部情報を聞き出そうとする熱心な生徒たちの中心にいた。まるで父親に向けられたスポットライトが彼にも当たっているかのように、彼はいつもより少し背が高く、輝いて見えた。彼が僕をにらみつけたので、熱心に聞き入っていたリスナーたちの小さな輪が崩れて、偉大な人物の長男をこれほど怒らせたのは何者かと、こちらに視線が集まった。彼らは僕を見て顔をこわばらせた。ミカンを食べていたボビー・ダベンハムは僕に向かって種を吐き出したけど、わずかに届かなかった。

「それで、お前は何を手伝ってるんだ、スミス？」とボビーは冷たく笑った。

「何って？」僕は本当に戸惑って、尋ねた。

「お前は気づいてないかもしれないが、ポーターズビルはきのう、悲劇に見舞われたんだ。お前が引き起こしたやつに加えてな」

「例の事故だろ」僕はすぐに言って、この場を収拾しようとした。「知ってるよ」

僕が食堂を見回すと、デマーカスに目が留まった。僕がパスを受けそこなったクォーターバック候補の男だ。彼はサンドイッチを口に運んでいた。僕と目が合うと、すぐに目をそらした。

「我々のコミュニティにとっては一大事だ」とタイラーは言い、その『我々』には僕が含まれていないことを明確にした。「みんなが手伝ってくれている。でも、きのうの夜、お前はあそこにいなかった」

「両親があそこにいた」と僕は言った。「店から物資を持って行って……」

「また金を稼いだんだろうな、間違いない」とタイラーは言った。

「え？　違う、寄付したんだ……」

「そうか」と彼は言った。「確かにそうだ。稼いだ金の一部を救出費用に充てることができるかもしれないな、全額を中国に送らないなら」

「彼らの出身は……」と僕は言いかけた。

「彼らは納屋再建キャンペーンに寄付をするべきかもしれない」とタイラーは主張した。「それがフェアだと思う。父は今朝、レッド・

スカーの労働者リカバリー計画を調整しながら、そのキャンペーンを立ち上げたんだ」

「そうだね」と僕は言った。他に言いようがない。「素晴らしい。いい仕事だ」

タイラーは突然、僕に向かって威嚇するような一歩を踏み出した。

「ふざけてるのか、ジャップ坊や？」彼は怒鳴った。

「何だって？　違うよ！」僕は思わず壁に後ずさりしながら言った。「僕は君に同意したんだ！」

彼は僕の胸を突いた。

「そうか」と彼は言った。「その調子だ」

そしてニヤニヤしながら背を向けた。ボビー・ダベンハムがこの瞬間、ミカンの残りを僕に投げつけた。

次に起こったことは……、予想外だった。

それは僕の顔を直撃し、やわらかで湿った果実が顔面に打ちつけられるはずだった。これまでならそうなる。でも今日は……。

僕はそれをキャッチした。大したことじゃないように聞こえるかもしれないけど、僕が何かをキャッチしたのは見たことがなかった。また、それは空中でバラバラに別れたので、僕は２回キャッチしなければならなかった。最初の破片は、まだ食べられていない房がいくつか残っていて重く、２番目の破片は皮だけでスピードが遅かった。僕は最初の破片が顔に当たる直前にキャッチして、次に胸に向かって来た２番目の破片をキャッチした。どちらも同じ左手でのキャッチだ。ちなみに僕は右利きだ。そして一連の動きで、僕はミカンの房をはずして口に放り込んだ。

「ありがとう」と僕は言った。

ボビーは口をぽかんと開けて目を見開いた。タイラーは不安そうな表情を浮かべた。その後ろのテーブルに一人で座っていた誰かが拍手を始めた。それはジョーイで、彼人はニヤニヤしていた。

タイラーは怒りの矛先をそちらに向けて「変人」とつぶやき、立ち去った。少し困惑した取り巻きたちが彼の後を追った。

僕はジョーイのところへ行って、２、３テーブル向こうのデマーカスを意識し、彼のサンドイッチに注意を集中した。

「やあ」と僕は言った。

「かなり器用だね、スミス」と彼人は言った。「手と目の連動を見せつける、すごい瞬間だった。それは、まあ、私の歴史に永遠に残るだろう」

「君は、未来の市長の側近たちの中に、新しい友達を作れなかったね」と僕は指摘した。

「あの船はだいぶ前に出航したんだ」とジョーイはモハーベ砂漠のように乾いた声で答えた。「船を走らせ、氷山にぶつかり、沈没して、全員が亡くなった。私は喪が明けたところ」

彼人は、まるでニュースキャスターが株式市場の動きを説明するかのように、まったくの無表情でそう言った。

「君は本当に変わってるね」僕は思わず本音を吐いて、ニヤリと笑った。

「それは分かってる」とジョーイは言った。「さあ座って、ボビーの弾丸ミカンを食べない？」

僕はプラスチックの椅子を引き出して座った。

「それで、今回の破砕について、君はどう思う？」と僕は尋ねた。

「事故が起きたことについて？　それとも、事故は十分に予測できたことについてかな？　だって、岩盤が割れるまで高圧の水を噴射するのがこの産業の基本なんでしょう？　その名前の通り『りくだ砕く』作業だから。でも、人々は驚いて、どうしてこんなことが起きたんだ？　岩盤に高圧の水を噴射しただけなのに、と言う」

「事故そのものについてだよ」と僕は口を挟んだ。ジョーイは走り出したら止められない勢いだ。皮肉なことに、高圧の水と似ていなくもない。「奇妙、だよね？」

「奇妙？」と彼人は言った。「どう奇妙なの？」

僕は、ハッと我に返った。

「いや正しくは奇妙じゃなくて」と僕は慌ててペダルを逆回転させ、前言を消そうとした。「ただ、何て言うか、精神的につらい。悲しい」

「行方不明者やその家族にとっては、そうだよね」とジョーイは言った。「でも、どうにかして自分のことにしたい人にとっては、そうじゃない。確かに、奇妙だと思うけど、君は別のことを言ってるんだよね」

「え、何？　違うよ」と僕は言ったけど、ペダルを戻すどころか、今や、ひとり逆ツール・ド・フランスみたいになってしまった。「言葉の選択を間違えたんだ」

ジョーイは納得できない様子で目を細めた。

「君は何かあったみたいだ」と彼人は言った。「ポーターズビルの歴史を塗り替える焦土作戦は別として」

僕はため息をついた。

「君はその話を聞いたんだね？」と僕は言った。

「すごいよ」と彼人は答えた。「ブラジルの熱帯雨林には、いわゆる先進国とは何の関わりもない部族がいてね、彼らがそれを聞きつけたのさ。今朝ニュース局のヘリコプターを見た時、君が次にやる素晴らしい芸術表現を彼らが見に来たのかと思ったよ」

「芸術表現？」

「ああ、この小さくつまらない町の、誰も口にしない歴史的ルーツに対する、大胆な政治的メッセージだ。納屋は当然の報いを受けた」

「君が冗談を言ってるのかどうか、いつも分からないよ」僕は困惑しながら正直に言った。

「よくそれを言われる」とジョーイは言った。「でも、君は私の質問に答えてないよ」

「どの質問？」

「君に何があったか？　君はなんだか……」

「奇妙？」

彼人は肩をすくめた。

「いつもより奇妙ってほどじゃないけど、明らかに違う」

僕は目をそらした。

「いいや」と僕は言った。「すべていつも通り」

「まあ、君が嘘をついていることは分かった」とジョーイは言った。「でもクールだ。準備ができたら教えてよ」

僕はまるで友達同士の冗談のように笑ったけど、彼人はただ僕を見て、思慮深くうなずくだけだった。

「それで、納屋のことは話してくれるの？」とジョーイは尋ねた。

「話すことは何もない」と僕は言った。「自動照明のスイッチが壊れて、何らかの電気火災が起きたんだ」

「そのあとはみんなが知っている歴史だね」とジョーイが口をはさんだ。「でもそうじゃないのかもしれない、だって君が焼き尽くしちゃったからね。だから君はそのストーリーにこだわっているのかな、スミス？」

「僕は弁護士が必要かな？」と僕は調子を合わせた。

ジョーイは立ち上がった。

「すべてを終わらせるには、必要になるかもしれない」と彼人は言った。「みんなあの納屋が好きだったから」

「真相は分からないよ」僕はまだ明かりを求めていた。

「あれが何を意味していたにせよ、あれは私たちのような人間じゃないからね」と彼人は言った。「また会おう、スミス」

そして彼人は去っていった。

見送った後、誰かがそばに立っていることに気づいた。デマーカスだった。彼は気まずそうな顔をしていた。

「やあ」僕は用心して言った。

「やあ」彼は僕を見ずに言った。少しの間があった。

「何か手伝おうか？」と僕は尋ねた。

「いや」と彼は答えた。「大丈夫だ」

「分かった」僕は、この会話がどこに向かっているのか分からなかった。「ごめんよ、君のパスを落としてしまって」

彼はまた目をそらして、僕と話しているのを誰が見ているか探るように、食堂を見回した。でも、すぐに僕をまっすぐ見た。

「大したことじゃない」と彼は言った。「でも、言いたかったのは……、つまり、姉が言ったのは……」

彼はまた口ごもった。デマーカスは背が高く、自信に満ち溢れ、人に好かれる気さくな男だった。彼がこんなに気まずそうな顔をしているのを見たのは初めてだと思う。

「君のお姉さんがが言ったのは……」と僕は促した。

「タイラーはクズだ」と彼は突然言った。「あいつのことは気にするな」

「ああ」僕は驚いて、そう言うのがやっとだった。「そうだね。ありがとう。気にしないようにするよ」

「クールだ」と彼は言った。「クールだよ。ああ、それからもう一度チームのトライアウトを受けるといい」

僕は彼をじっと見た。

「昨日の僕がどんなだったか覚えてるよね？」と僕は言った。

「ああ、覚えてる。でもたった今、君がミカンをキャッチしたのを見たんだ」と彼は答えて、突然、これまで見たことのない明るく大きな笑顔を見せた。「２回目のトライアルは、あしたの放課後」

「分かった」と僕は言った。「ありがとう。行くかも」

彼が去った後、僕は少しの間ぼう然として黙って座っていた。すると、全員の携帯電話が鳴った。

ニュース速報。

僕は見出しを表示して、まばたきをした。

意味が分からなかった。もう一度読み直して、記事をざっとスクロールした。ところが、記述ははっきりしているのに、やはり意味が分からなかった。今朝早く、救助隊員は大型の掘削機や土砂運搬機を使って、行方不明の作業員がいる洞窟の、崩落による閉じ込めを解消し始めた。救助活動によって、洞窟内に入れる程度に閉じ込めが解消されたけれど、行方不明の作業員はどこにもいなかった。

死体も何もない。彼らはただ消えた。

英希　6

誰もがどう反応したらいいのか分からなかった。作業員が死体で発見されなかったのは救いではあるけど、彼らがこつぜんと姿を消したことで謎は深まり、むしろ不安をかき立てた。テレビ画面には、半分ほど開かれた洞窟と、ヘルメットをかぶった救助隊員たちが、困惑して少し途方に暮れた様子でうろうろしている姿が映っていた。市長は冷静なスピーチをしていたけれど、外から来た記者たち——ポーターズビル・クロニクルやアクション・ニュース１２といった地元のメディアよりもはるかに無遠慮だ——が説明を求めだすと、市長は動揺し、深みにはまるように見えた。

「我々は彼らが中にいると確信していたが、それは間違っていたようだ」と彼は言った。

「ようだ？」と、入念に身だしなみを整えた、厳しい表情の記者が繰り返した。

「その通り」と市長は気持ちを立て直した。「だから今度は、我々が今まで気づいていなかった他の崩壊箇所を探さなければならない」

「気づいていない崩壊もあったんですか？」記者はさらに鋭く突っ込んだ。

「その可能性を調査している」と市長はずる賢く答えた。

「今回はもっと入念な調査を期待したい」と記者は言った。

タイラー・Ｊ・ミラー２世の顔に変化が現れた。檻から逃げ出す動物のような、いらだちと見苦しさだ。カメラのフラッシュが光る中、市長は補佐官の後ろに下がって、記者会見は終わった。

「すごく変だわ」と、すぐそばで声がした。僕はＡＶルームでニュースを見たので、自分一人だと思っていた。振り返ると、マディソン・ヘインズが僕の２メートルほど後ろに立っていた。まるで、音もなく漂い、宇宙的完璧さで浮遊する金髪の天使のようだ。彼女は僕を見てちょっと下がったように見えたけど、なんとか笑顔を作った。

「あら」と彼女は言った。「やあ」

「やあ」と僕も言った。

「ごめんね。邪魔するつもりはなかったの。でも、すごく変よ。どうしてそこにいないんだろう？」

「かなり変だね」と僕は同意した。

おい言葉よ、どこにいる？

「あなたは納屋を燃やした子でしょう？」

まるで金の延べ棒で頭を殴られたような気がした。

「その話を聞いたの？」僕はジョーイから何も学んでいない。

「ええ」とマディソンは言った。「みんなかなり怒ってたわ。でも私はそうじゃない」

この予期せぬ一筋の光は、僕に必要な命綱だった。

「違うの？」と僕は答えた。「どうして？」

「分かんない」と彼女は、国中を泣かせるような小さなえくぼの笑顔で言った。「私は古いものにそれほど興味がないの」

「そうだよね」と僕は言った。「古いものを、誰が必要とするのさ？」

「その通り」と彼女は言って、首をかしげた。「エミリー・スミスはあなたのお姉さんなの？」

僕はこの方向転換を予想していなかったけど、否定する意味はない。

「そうだよ」と僕は言った。「僕より１つ年上。どうして……？」

「彼女とてもかわいい！」

「彼女が？」

「エキゾチック。そしてクール」

「僕はあまり考えたことがなかった」と僕は言った。『エキゾチック』ということをあまり考えたくないから。

「彼女は水泳チームに所属してるんでしょ？」

「今は、そう」僕は、まだそうだろうかと疑問に思いながら言った。

マディソンは、僕を腰砕けにするようなキラキラした視線をこちらに向けた。僕は今まで誰からも、ましてやあのマディソン・激カワ・ヘインズからも、そんな視線を向けられたことはない。そして、彼女はこう言った。「それと、あなたはフットボールのトライアウトを受けるって聞いたわ」

僕はむせて咳き込んでから、冷静になろうとした。こんなのは今まで一度も経験したことがない。

「聞いた？」僕はなんとか返事した。耳が真っ赤になって、周りの世界が妙にこもった感じがした。

「アイシャからね」と彼女は説明した。「デマーカスが言ってたって」

「そうだね」と僕は同意した。「デマーカスは大した奴だよ」

「それで、トライアウトは受けないの？」と彼女は聞いて、一瞬、こっちが戸惑うほど、しょんぼりした。

「えっと、昨日は行ったんだけど……、君は僕を見なかったの？」

彼女は首を横に振った。

「私が到着する前にあなたは帰っちゃったのかも」と彼女は言った。

帰ってないけど、そういうことにした。僕がどれほどひどかったかを彼女に見られるよりは、何だっていい。

「そうに違いない」と僕は言った。

「でも、あしたの放課後はあなたを探すわ」と彼女は言った。

「そうかい？」僕は、彼女が突然ヒステリックに笑い出し、彼女の友達が机の後ろから飛び出して、9月だというのに『エイプリルフール！』と叫ぶのではないかと、彼女をじっと見た。そんな夢を見たことがある。

「分かった。じゃあ、いいよ。たぶん……そこで会おう」

彼女はまた心をとろけさすような笑顔を見せると、向きを変えて出て行った。しばらくの間、僕はただ彼女の後方を見つめていた。熱くて、おバカで、どこかウキウキした気分だった。それから、彼女が僕に話しかけてきたことや、笑顔をくれたこと、またいつか僕と話したいと思っているように見えたことに、ただ浸るだけではなく、マディソンが実際に言ったことを考え始めた。すべてがとても奇妙なんだ。

消えた破砕作業員。神秘的なあり得ない神社。魔法の狐の尻尾。さらに僕がフットボール・チームのトライアウトを受けるということも、どこか僕の中の深い所で、何かのつながりがあるのではないかという、突き刺すような奇妙な確信を感じていた。

頭上のスピーカーから『ピーンポーン』という、アナウンスを告げる聞き慣れた音が聞こえた。

「ケイレブ・スミス、すぐに校長室へ来てください。ケイレブ・スミスは校長室に出頭すること」

僕は目を見開いて、立ち上がった。ＡＶルームに残っていた連中が、軽蔑と好奇心の入り混じった表情で僕の方にさっと目を向けた。僕は頭を下げたまま、足早に立ち去った。

その視線は廊下でも続き、校長室までの道のりが急に長く感じられた。早くそこへ行きたいわけではなかったけどね。頭の中はぐるぐる回っていたけれど、はっきりした考えは浮かばなかった。僕は再び真っ赤になったものの、マディソンの時のような浮ついたものではなかった。今は、栓を抜かれた流しの中にいる虫のようなものだ。僕はもがきながら、排水溝の周りをぐるぐる回るだけで、何もできない。昨日の災害に対する罰は決まっていて、停学か退学かの判定を受け入れるしかないのだろう。めまいを感じた。15年間も目立たないように過ごしてきた結果が、これだ。この年月は知られざる存在だったけど、今日はその埋め合わせをしてやる。ちくしょう、破砕事故さえなければ、ポーターズビル・クロニクル紙の一面を飾れたのに！

校長室のドアを開けると、驚いたことに、シャツに汗がにじむ太ったグリーリッシュ校長だけではなくて、担任のマリンスキー先生、スーツを着た男性二人、茶色の制服で腰に拳銃を差した保安官がいて、さらに……。

「エミリー？」

彼女はただうなずいて下を向いた。暑いにもかかわらず、彼女はまたジーンズを履いていた。理由は知っている。彼女は顔色が悪く、不安そうだった。

「座って、スミス君」と校長は言った。

「なぜ姉がここにいるんですか？」と僕は問いただした。もはや失うものはないと思ったので、僕は反抗的になった。「彼女はこの件に関わっていない。僕がしたことで彼女を罰するべきではない」

「君はこのミーティングの趣旨を誤解している」と校長は少し微笑

んだものの、その目は笑わず、緊張して自信がなさそうに見えた。彼の視線は、静かで真面目そうなスーツ姿の二人に向けられたので、僕はふと、この場の責任者は誰なのかと思った。「こちらはサザン・シェール・ガスの方々です」と校長は、僕の表情を読んで言った。「あの破砕会社です。お二人はあなたとお姉さんに質問をしたいそうです」

僕は戸惑って顔をしかめ、エミリーにうながすような視線を向けた。彼女は目を伏せたまま、ほんの少し肩をすくめたように見えた。彼女も何が起こっているのか分からないようだ。

「我々が気になっているのは」とスーツ姿の一人で、大柄の男が言った。オレンジ色の迷彩柄のウィンドブレーカーを着て外にいる方がよさそうな人物だ。「これらのシンボルがあなた方にとって何か意味があるのかどうかです」彼の名札には『J・アシュクロフト』と書かれていた。

彼はタブレット・コンピューターを取り出して、タイプした。

「あなたの学校のメールアカウントをチェックしてください」と彼は言った。

どういうことだろう？

僕は携帯電話を取り出し、新着メッセージを見つけて、それを開いた。それには一連の写真が添付されていた。スクロールしてみると、すべて同じものの画像だった。それは、白地に黒い縁取りのある紙切れに見えた。一連の複雑な赤い文字がスタンプで押され、その上に黒い手書きの文字が書かれているようだ。紙は正確に半分に破られていた。

文字は日本語だった。

少なくとも僕はそう思った。中国語かもしれないけど、僕には違いが分からない。

僕は無表情で顔を上げた。彼らが僕に何を求めているのか、なぜ求めているのか、さっぱり分からない。

「これは読めません」と僕は言った。

「それが何かは分かりますか？」とスーツを着たもう一人の男が言った。顔は青白く、赤みがかった髪を短く刈っていた。彼は部屋の中でただ一人、フォーマルな服が似合うように見えた。彼は弁護士か、破砕会社に雇われて会社を守る人かもしれないと思った。何から守るのかは見当もつかないけどね。彼は捕食者のような静けさを漂わせていて、僕は警戒した。

僕は首を横に振った。

「君はあれだ、日本人、だろう、スミス？」と保安官が言った。マーク・ハルパーンの父親だ。彼は時々店に来ては、クッキーなどの棚の置き方に地元の条例違反がないかを探して、いつもパパを不安にさせていた。

「いいえ、違います」と僕は言った。「僕はアメリカ人です」

「分かるよ」と言って、彼は口の端でニヤリと笑った。「でも何が言いたいか分かるよな。君はどこから来たんだ？」

「ここです」と僕は言った。「ポーターズビル。他には行ったことがない」

マリンスキー先生はこの場を収めようとした。

「ハルパーン保安官が言いたいのは……」と彼女は話し始めたけど、僕はそれを遮った。

「何を言いたいのかは分かります」と僕は言った。

「君の両親はどこの出身だ？」ハルパーンは、面白くなさそうに続けた。

「父はイギリス、マンチェスター近郊の出身です。母はここの出身で、私たちと同じです」僕はエミリーにうなずきながら言った。

「君は協力的じゃないな、ケイレブ」とハルパーンは言った。「君はそんなつもりじゃないんだろうけど、政治的な正しさはひとまず脇に置かないか？」

「僕は政治的なことを言ってるわけじゃなくて……」

「母は日系アメリカ人です」とエミリーは突然、きっぱりと言った。「彼女はアメリカ市民で、ここノースカロライナで生まれました。でも母の両親は日本からの移民の一世です」

「このマークは君から見て日本のものに見えるかい、お嬢さん？」最初のスーツが言った。

エミリーは唇を噛んだ。

「そうかもしれない。よく分かりません。なぜ聞くんです？」と彼女は尋ねた。「これは何かと関係があるの？」

どこまで明かすか決めかねているように、沈黙が続いた。やがて弁護士と思われる人物が口を開いた。彼が責任者であることに驚きはなかった。しかし彼は他の人たちのように威張りはしなかった。

「洞窟で見つかったんだ」と彼はあっさり言った。「行方不明の作業員がいたはずの洞窟だよ。ラベルか、工具のロゴか何かだと思ったんだが、我々のシステムには記録がなかった。君たちなら助けてくれるかもしれないと思ったんだ」

「こんなのは今まで見たことがない」と僕は、正直に話せることを喜びながら言った。「それに、僕は読めないんです」

「君の母親なら読めると思うか？」と大柄なスーツ男が尋ねた。アシュクロフトだ。

僕は首を振った。エミリーが説明した。

「母は、先祖の文化に『触れる』ような人ではありません」と彼女は言った。

それは奇妙な言い回しだったので、僕は彼女をちらっと見たけど、彼女は反応しなかった。

「君の祖母もこちらに住んでるんだろう？」とアシュクロフトは言った。

「彼女が洞窟に入って大人３人を誘拐したと思います？」と僕は言った。「祖母は80歳くらいです」

「この紙が何かのスローガンではないかと疑っている」とハルパーン保安官は語った。「政治的な声明かもしれない。外国の環境保護主義者の何かかもしれん」

「分かりません」とエミリーは言った。「私は読めないので。ググってみたら？」

彼女はいら立ち始めたように聞こえた。または恥ずかしく思い始めた。何かを。そして、二つのことを考えて、それらを結び付けると顔を曇らせた。再び話し始めた時、彼女の声は少し硬く、甲高くなった。

「ちょっと待ってください、皆さんはあの事故が何らかのテロ行為だというのですか？」

またしても重苦しい沈黙が続いた。アシュクロフトの目は、弁護士風の――名札はない――人物に移って、何を言えるか、何を言うべきかを判断しようとした。

「今はあらゆる可能性を検討している」と彼は言った。「君たちのどちらかは最近、洞窟へ行ったかい？」と彼はおだやかに尋ねた。

「いいえ」とエミリーは言った。

「破砕施設が設置されてからは、一度も行ったことがない」と僕は付け加えた。「時々森の中を散歩するけど、ここ数年は近くには行ってない。あのヒメレンジャクの群れがあそこに巣を作って以来だ」

「レンジャク？」とアシュクロフトは困り顔で言った。

「鳥よ」とエミリーが口を挟んだ。「彼はバードウォッチングに行くんです」

ハルパーンは嫌そうな顔で僕を見た。まるで母親が店に置くことを拒否したような雑誌を僕が集めていると告白でもしたかのように。

「つまり、２年はあそこへ行ってないんだな？」と彼は言った。

「その通りです」と僕は言った。

「本当にそうなのか？」とハルパーンは言った。「監視カメラがあるんだ、分かるだろ。確認できる」

「それで、何を言わせたいの？」とエミリーは怒鳴った。一瞬みんなが彼女を見つめた後、彼女は言った。「ケイレブがそこにいなかったと言うなら、彼はそこにいなかったのよ」

「このシンボルについて何か情報があるとか」とハルパーンは言った。「何か関連のあることを思い出したら、私の同僚が送ったメールに連絡先が載っている。さあ、戻らないと。山の状況は……デリケートだ。迅速に彼らを見つける必要があるが、正直、どこを探せばいいのか分からない。だから、どんなに可能性が低くても、いろんな可能性を探ってるんだ」

これはある種の譲歩ということか、彼はなんとか笑顔を作った。エムと僕が何も答えなかったので、彼は別れの言葉を付け加えて、また仕事モードに戻った。

「ご連絡がない場合は、こちらから連絡させていただきます」

英希　7

サザン・シェール社の広報担当者は、行方不明の作業員について、地震と崩落が起きる前に、無断で外出した可能性があるとほのめかした。これはかなり荒っぽい戦略で、残された家族はそれを快く思わなかった。

「ハリーが私に黙って、週末を過ごしに、ラスベガスかどこかへ出かけたと思う？」と、彼の妻がアクション１２の記者に吠えた。彼女は片手でお腹を支えていたので、妊娠しているように見えた。「じゃあ、なぜサザン・シェールは、お金の着服を調べようとしないのか、聞いてみたらどう？」

怒りの声は彼女だけではなかった。町は険悪な空気に包まれ、友人や家族が破砕会社で働いているかどうかで分断された。僕の両親はいつもの戦略をとった。スナック菓子の売り場で人々が口論を始めたとしても、頭を低くして巻き込まれないようにするのだ。

かろうじて僕を正気に保っていたのは、フットボールの第2回トライアウトがあるという見通しだけだった。それ自体がかなり奇妙なものだ。僕はこれからのテストに前向きだけど、前回の様子を考えれば、なぜこうなるのか誰も予想できなかっただろう。特にマディソンが見に来てくれると約束したのだからなおさらだ。たかがフットボールかもしれない。僕の人生における他のいろんなものと比べたら、あまりにも普通で、あまりにも平凡に思える。でも僕は妙に自信があった。

僕は肉体的に強く、優雅にさえ感じた。納屋が燃えた夜、フェンスを跳び越えてから、ボビーが食べかけのミカンを投げつけてきた時のような瞬間が何度かあった。キッチンテーブルからずり落ちたコーヒーカップをママのすぐわきで受け止めた。その時は、床に落ちる前に飛び込んで掴んだ。店にいた客が棚に積んでいない雑誌の山をうっかり押してしまった時は、僕が通路を２つ横切って、雑誌を乱すことなく正確に安定させたので、彼女はそれに気づきもしなかった。いつもは、どこを見回っても大騒ぎを起こしていたのは僕だったのに、それが今や、僕は機敏な救世主だ。

『器用だ』と、ジョーイが僕のことを表現したっけ。ジョーイは正しかった。僕はまさにそれを感じた。いつもの不器用さが、不思議な空間認識能力に取って代わった。まるですべてをスローモーションでこなしているように、僕は自分の動きの影響を考え、結果を吟味し、瞬時に正確に行動する余裕があるように感じた。不器用でぎこちない思春期を抜けて、強くて機敏な大人に成長したような変化を感じた。僕はフットボールチームに入るだろう。それを肌で感じていた。

鉄道模型をいじっているパパに、僕がそれを話すと、期待しすぎるなという慎重な口調ながら、僕がもう一度挑戦することを明らかに喜んでいた。そして、女の子が関係しているかも、とほのめかすと、彼らしいイギリス流の控えめな仕草ながら、心から嬉しそうだった。

「そうかい？」と彼は言った。「よくやったな、相棒」

信じてほしい。このセリフは彼からすればバトントワラーを従えたマーチングバンドに匹敵する。マンチェスターにはないものだ。

エミリーはむっつりとふさいでいた。僕の上機嫌に腹を立て、僕のチャンスを少し軽蔑していた。僕は意に介さなかったけど、それが彼女の気にさわったようだ。

「見に来る？」と僕は尋ねた。

「宿題がある」と彼女は言った。

「君の友達もきっと来るよ」と僕。

「みんなと一緒にいればいるほど、尻尾があると気づかれやすくなる」と彼女は言い返した。「だからダメ、じろじろ見られるような場所には行かない」

「気持ちを変えないと」と僕は言った。

「そうね。ちょっと人気があると、私なんか浅はかにも目立とうとするけど、その点、あなたがマディソン・ヘインズにアピールしようとするのは、男らしい競争心ってことね。分かった」

彼女は飛び出していった。

「お姉ちゃんは大丈夫か？」この小さなやり取りの終わりを受けて、パパが尋ねた。「彼女らしくないね」

「僕らは、自分がなりたいと思う人になるんだ」と僕は言った。それは彼にとって予想外の言葉だったので、僕が自分の運命を切り開くために外へ出て行くのを、パパはただ眺めていた。

さて、これが僕であることを考えれば、ここまでの数ページが大失敗への皮肉な前振りだと思われても仕方がない。ところが今回ばかりは大間違いだ。フットボールのトライアウトは、少なくとも僕のパートは大成功だった。僕は信じられないほどうまかった。プレーは速く、しなやかで、利口だった。ジャンプも、キャッチも、身のかわしも実にエレガントだった。度肝を抜かれた監督は、驚きのあまり、僕を天の啓示ととらえた。ドリルの後、デマーカスはすぐに僕を選び、僕らはタイラーと対峙した。それはまるで秘密兵器を持った軍隊のような奇妙な感覚だった。数で劣る中世の騎士団が、戦闘開始の直前にフル装備のシャーマン戦車を贈られたようなものだ。デマーカスがなぜ僕の能力に自信を持ったのかは分からなかったけど、僕は彼が正しいことを証明しようと決意して、そうした。

僕は走り、飛び込み、かわし、フェイクし、キャッチした。文字通り、人生最高の試合をして、勝利した。観客は歓声を上げた。あるプレーでは、僕が物理的に不可能なほど高くジャンプしてから、ボールを持って舞い降りて、タッチダウンを決めた。観客は実際に僕の名前を連呼した。

「ケイレブ！　ケイレブ！　ケイレブ！」

それは驚くべきことだった。

ゲームが終わった瞬間、マディソンはフィールドに飛び出してきて、僕の首に腕を回した。それはただの祝福だったけど、僕に対して彼女が自分の権利を主張しているようにも感じられた。

マディソン・ヘインズは、学校の他の女子生徒に対して、ケイレブに近づくには彼女を通さなければならないことを知らしめるものなり。

その意味を、しばし胸の奥へ沈めたまえ。

浮遊感が戻ってきた。それどころか、さらに強くなった。強風が吹けば流されるかもしれない。人気者になる、中心にいる、そして人々が自分の周りに居たいと思うようなる、とはこういうことか。さっきも言ったように、驚くべきことだ。

タイラーは腹を立てて――予想通りに――意地悪だった。

「パスを少しはキャッチしたな、スミス」と彼は言った。「大したもんだ。お前がユニフォームを着るたびにそれができることを祈るんだな。だって信じてくれ、もしそれができなかったら、みんなは狂犬のようにお前を攻撃するだろう。個人的には、八つ裂きにされたお前のぶざまな姿が待ちきれないよ」

でも、それは平気だった。少しつらかったのは、観客席にひとりでぽつんと座っている人影に気づいた時だった。エミリーだ。僕は微笑みながら彼女に歩み寄った。内心では、彼女からの謝罪と祝福を優雅に受け入れるつもりで。

「来てくれたんだね」と僕は言った。

「あれはいったい何なの？」と彼女は問いただした。

「何って？」僕は驚いて聞き返した。「僕のトライアウトのこと？　実に素晴らしかったよ」

「あれはあなたじゃないわ、ケイレブ。あなたは変わってしまったし、あれは間違っている」

僕は彼女をじっと見つめた。

「本気なの？」と僕は言った。「僕がやっとうまくいくようになったのに、それを応援できないなんて。自分がうまくいってないからって」

「うまくいってない、ですって？」彼女は繰り返した。「私の体は超自然的な力によって変化したのよ。あなたも、自分の体がそうなったという事実を受け入れなきゃいけないと思う！」

僕はぼうぜんと彼女を見つめた。

「僕にこの力を持たせるわけにはいかない、というの？」僕は言い返した。

「その事実が分かるでしょう、ケイレブ」と彼女は身を乗り出して言った。「私たちの身に何かが起こったのよ。そこから得られたものが気に入ったからといって、その事実を無視することはできないわ」

「どうしてダメなんだよ？」僕は彼女に怒鳴った。「何が起こったとしても、僕が良くなるなら、誰が気にするんだ？　僕は自分がこうなったことが好きなんだ」

彼女は腰を落としてうなずき、静かに言った。「つまり、あなたは知ってたのね。知らないふりをしていたけど、実は知っていた。あの神社で私たちに起こったことは、それが何であれ、予想もつかない形で私たちを変えてしまった」

「それで、君はどうしたいんだ？　誰かがプレゼントをくれたから、ただ返せばいいというもんじゃない。それになぜそんな必要がある？」

「贈り物には対価があるからよ、ケイレブ。狐の尻尾を贈り物と考えるなら、近いうちに、何らかの代償を支払うことになる」

「なぜそうしなきゃいけないんだよ？」僕は息をのんだ。「なぜ、僕が持っているたった一つの良いものを、なくさなきゃいけないんだ？」

「それが良いとも、良くないとも、はっきり言えないからよ」彼女は口を閉じて、急に周りの人たちを意識した。声を聞かれるほど近くに人はいないけれど、彼女は追い詰められた表情をしていた。まるで、言わなければならない重要なことがあるのに、ここで明かすのは危険すぎるとでも言うように。

「何だよ？」と僕はそう言って、周りをまったく気にしていないことを示そうとした。

彼女は僕の手首をつかんで突然立ち上がった。そして僕をフィールドまで引きずり下ろし、観客席の後ろ側まで回り込んだ。最初は、気まずさや愚かさを感じて抵抗したけど、僕はエムを知っている。彼女は自分の意見を言うまでやめようとしない。

僕は彼女と一緒に動いて、チームメイトに目くばせしたり、肩をすくめたりした。まるで『家族なんだよ。どうする気だ？』みたいに。

観客席の陰で二人きりになるまで彼女は何も言わなかった。それから僕の手首を離したけど、じっと僕の目を見つめた。

「洞窟から出てきた紙切れが、ここで起きていることと関係がないとでも思ってるの？」と彼女は言った。

その言葉に僕はひどく混乱した。

「文字が書いてある紙のこと？」と僕は言った。

「日本語の文字が書いてある紙」とエミリーは指摘し、自分の携帯電話を取り出して画像を表示してから、僕の手に押し付けた。「破砕現場で起きたことは、私たちに関係があると思うの。あなたと私に。どうしてそんなことがあり得るのか分からないけど、私はそれが真実だと思う。あなたも心の中では私が正しいと分かっているはずよ」

彼女は僕が何か言うのを待っていたけど、僕は携帯電話を見つめて、ニュースの見出しに目を走らせていた。

「あなたがさっき披露したショーにしても」エミリーはしつこく言った。「分かるでしょ、ケイレブ。私はあなたのことをずっと知ってるけど、あなたがあそこでやったようなことは見たことがない。私には尻尾がある。私たちを日本名で呼ぶ何かが、このすべてを引き起こしている。３人の失踪もそのせいよ。私たちは何かをしなければならない」と彼女は言った。

「例えば？」僕は、今回は静かに聞いた。彼女が正しいという事実は受け入れたものの、それに対してどうすればいいのかがまったく分からない。

「分からないわ。調べてみるかな、日本の……もの」

僕はニヤリとした。

「たくさんあるかもしれないよ、日本のもの」と僕は指摘した。「僕らが適切な質問をできるかどうかさえ分からない」

「なら、他の人に頼んでみようか」とエミリーは明らかにアイデアを思いついて、目を輝かせた。

「例えば誰？　ママ？　彼女が僕らより詳しいかは分からないけど、絶対に話したがらないよ。『日本は私の先祖がいた場所にすぎない』って」と僕は言った。「覚えてる？　ママはいつもこう言うんだ。『それは私たちが誰であるかとは関係がない。私たちはアメリカ人よ、ケイレブ』」

「だから、彼女には頼まない」とエミリーは言った。「他の人に頼むのよ」

僕は彼女の顔をうかがい、彼女はただ僕を見つめ返して、答えが出るのを待った。そしてついに出た。しかし僕は断固として首を振った。

「とんでもない」と僕は言った。「絶対にダメだよ。ママに殺される」

「それしかないわ」と彼女は答えた。

「私は本気よ、ケイレブ。バアチャンに会いに行くべきよ」

バアチャンとは、母方の祖母の呼び名だ。

「僕も本気だよ、エミリー」と僕は言った。「ママは僕らを殺すよ。文字通り。肉切り包丁で」

僕らは祖母と一緒に過ごしたことはなかった。祖母と母は何年も前に仲違いしていた。祖母はクリスマスのディナーや誕生日などには来てくれたけど、あまり話さなかった。僕らが彼女の家に行くこともなかった。

「バアチャンがどうやって助けてくれるんだよ？」と僕は尋ねた。

「もしかしたら、何が起きているか教えてくれるかもしれない」とエミリーは答えた。「ママは教えてくれないでしょうし、パパは無理よ」

「これはクレイジーだ」

「そうね、でもそれはアメリカ的クレイジーじゃないでしょ？　日本的クレイジーよ。だから、バアチャンが最善の候補。それに、彼女は他の誰にも言わない相談相手だし」

「もし彼女がそうしたとしても、誰も耳を貸さないよ」

「それもそうね」

「分かった」と僕は言った。「僕らは変わり者のバアチャンに話すとしよう。そしてママにバレないことを願おう」

「それから、もし彼女が私の尻尾を誰かに移せる日本古来の呪文を持っていたなら、あなたは躊躇せずにズボンを下ろすのよ、分かった？」

僕はニヤリと笑った。

「そういうもんじゃないような気がする」

「いつ行く？」とエミリーが聞いた。

「今しかない」

バアチャンことグラニー・ワタナベ（父の母親がグラニー・スミスと陽気に呼ばれていることに対応している）は、町で一番小さな家に住んでいた。小川沿いのかつては田んぼだった場所の端にある平屋だ。学校からは40分ほど歩くことになる。ほとんどが脇道なので、僕らは薄明かりの中をマムシがいないか目を光らせながら、黙々と歩いた。

「前に言ったことは謝るよ」と僕は、やっと言った。暗闇が嬉しかった。

「私も」と彼女は答えた。

それで終わりだ。

「あれがバアチャンの家よ」とエミリーが言った。「後ろに明かりがついてる。私たちを見たらバアチャンはきっとびっくりするわ」

「君がズボンからはみ出すものを見せる前でもね」

「それは成り行き次第でいいでしょう？」とエミリーは言った。「まだ誰にも言いたくないから」

僕らはポーチに移動し、網戸を開けてノックした。

「オバアチャン！」とエミリーが呼びかけた。「私たちよ、ケイレブとエミリー」

バアチャンは祖母という意味だけど、時々使う、前置きの『オ』の意味がよく分からない。より丁寧な意味だと思う。

ドアは開いたけど、中には誰もいなかった。もしかしたら、よく油がさしてあるので、指の関節でノックした時に開いたのか、エアコンの風や別のドアの開閉に吸われて開いたのかもしれない。

たぶん。

エミリーと僕は顔を見合わせ、玄関から小さな家に入った。バアチャンはロッキングチェアに座っていた。いつものように、服を着た大きく優しいプルーンみたいに見えた。顔の半分が、昔ながらの白熱電球の卓上ランプで照らされていた。ワット数が低いので、部屋は狭いのに、琥珀色の光は彼女の椅子の向こうまで届かず、隅は影になっていた。彼女はその黒く鋭い目で僕らを見て、かすかにうなずいた。

「お入り」と彼女は言った。「座って。話し合うことがたくさんある」

英希　8

エミリーを見ると、彼女がすぐにも答えを欲しがっているのが分かったので、僕はバアチャンの指示通りに、空いている２つのアームチェアの１つに座った。この家は３つの部屋に分かれている。この正面の居間。奥の台所兼食堂。さらにその奥の風呂と寝室だ。それぞれを通って次の部屋に行く。家はとても狭く、廊下もないので、人の生活にいきなり入り込むようで、いつも変な感じがしていた。分かるかな、失礼な感じだ。ママが僕らをここに来させないと決めてからも、ここに来たいと思ったことはなかった。

　息苦しさも感じた。バアチャンは部屋着として古い着物に身を包んでいた。その着物は暗い茶色とくすんだ緑色で、まるで肌寒いかのようだ。年寄りには、ありがちなんだろう。外は38度にもなるのに、まるで北極へアザラシ狩りに出かけるような格好だ。３人は部屋の半分を占めるゆったりしたチェアに腰掛けて、かび臭く緊張した空気の中でお互いを見つめていた。

　「スノーボールはどこ？」と僕は尋ねて、穏やかに口火を切ろうとした。

　バアチャンは僕に奇妙な顔を向けた。

　「スノーボール？」彼女はまるで外来語のようにその言葉を言った。

　「猫だよ」と僕は答えたけど、心は沈んだ。バアチャンが飼い猫のことを忘れているとしたら――あれはずっと前の事故で尻尾をなくした、扱いにくくて臭い猫だったけど――バアチャンの助けになっているはずと、僕が思い込んでいただけかもしれない。

「ああ」と彼女は言って、驚いたように笑った。「ネズミ狩りに出かけたの」と彼女は言った。「後でハタネズミや鳥を持ってくるわ。とにかく、何があったのか教えて」

「何かがあったと、どうして分かるの？」と僕は尋ねた。

彼女は唇を舐めて、暗闇の中で僕を見つめた。

「感じたのよ」と彼女は言った。

どうやら、僕の聞き役はここまでだったようだ。エミリーはうなずいた。まるで自分に尻尾が生えたならバアチャンがそれを感じ取るのは当然だ、とでも言うように。そして、エミリーは話を始めた。バアチャンは、じっと動かずにエミリーを見ていた。ときおり、取っ手のないティーカップを唇に当てて、ミルクのような液体をすすった。エミリーが山で起きたことを話しても、バアチャンは驚きも疑いも示さなかった。最後に屈辱的な真実を見せた時でさえも。

「でも、目が覚めたら」とエミリーは言った。「これがあったのよ」

彼女はジーンズから尻尾を引き出し、暑さで毛が逆立った尻尾がこちらから見えるように体の向きを変えた。この奇妙で小さな部屋で、風変わりで小さな祖母が、カブトムシのような黒い目でそれを覗き込んでいる光景に、僕は笑いをこらえなければならなかった。

「それで全部？」とバアチャンは、しゃがれ声で、ひどく冷静に言った。

「全部？」エミリーは驚いて繰り返した。「十分じゃないの？」

「で、あなたは何ができるの？」バアチャンはミルクをすすりながら尋ねた。小さくゆっくりとした動きで。

「できる？」エミリーは繰り返した。

「あなたは……能力があるの？」バアチャンは唇を舐めながら尋ねた。「以前はできなかったこと」

「ねえ」とエミリーはパニックを再発しそうになった。「私には、この尻尾ができたのよ」

「それは何をするの？」とバアチャンは尋ねた。彼女の目は、虫を見つめる猫のように細くなっていた。

「する？」エミリーは、間抜けっぽく、いら立って、繰り返した。

「何もしないわ。尻尾よ。ちょっと振れるけど……そうという問題じゃないと思わない？」

「それで、坊やは？」とバアチャンは僕に尋ねた。

僕は坊やと呼ばれたことに顔をしかめたけど、返事を言う前に、部屋の隅で何かのぐらつく音に気を取られた。そちらに目をやると、暗闇の中にビスケット缶ほどの古い木箱が置かれていた。

「どうなの？」とバアチャンは迫った。

「大したことないよ」と僕は言った。「気分はいい。実はすごくいい。なんだか落ち着いていて、力強い」

また部屋の隅から低いガタガタという音がして、今度は、影の中で箱が震えるのを素早く確認できた。

「ネズミか何かを飼ってるんだね…」と僕は話を振ろうとした。

「気にしないで」とバアチャンは言った。その声には、これまで聞いたことのない鋭さがあった。僕は別の誰かではないかと半分期待して彼女を見たけど、それはやはり彼女だった。「もう一度あなたの尻尾を見せてちょうだい」と彼女はエミリーに言った。その声は鋭さが消え、ひどく甘えて、哀れみ深く聞こえた。エミリーは不安げな笑みを浮かべても、ひるむことはなかった。バアチャンは触らないように注意しながら、狐の尻尾を調べていた。そして前かがみになった時、その着物がずれた。僕は目を見張った。

彼女の足があるはずの場所に――普段は靴下と古風なサンダルを履いているのに――僕が見たのは……。

後ろ足だった。

それ以外の言葉は見当たらない。それは灰色で、短く整った毛に覆われていて、まるで大きな猫の足のように見えた。

僕が見た瞬間、彼女は着物のすそを直し、それはまた隠された。僕は立ち上がると、恐怖で言葉も出ずに見つめていた。

「何？」と、エミリーは僕の顔を見て言った。

バアチャンはいつもの優しい顔で僕をちらっと見た。その瞬間、隅の箱がまたガタガタと揺れて、彼女はそちらへ目を向けた。その目は突然黄色くなり、唇は鋭く光る歯に押しやられて、シャーという音を立て始めた。それは恐ろしい、威嚇するようなうなり声で、これから起きる大殺戮を予感させるものだった。エミリーは恐怖から体を半回転させた。

「ここから出た方がいい」僕は何とか声を出し、エミリーが激しくうなずいたものの、バアチャンは猫のような黄色い目で僕を見ると、片手をさっと動かした。すると、ドアは何メートルも離れているのに、その仕草でバタンと閉まった。彼女の骨ばった指がもうひとひねりすると、鍵がカチッとはまり、指は太くなった。灰色の毛が苔のように指に広がり、爪は鎌の刃のように長く伸びて曲がった。怪物がバアチャンの地味な着物を脱ぎ捨てると、その下には金と赤の糸で縁取られたものを、毛むくじゃらの体にまとっていた。頭が膨らみ、耳がピンと立ち、長いひげがくさび形の鼻と恐ろしい口の周りに生えてきた。彼女はあっという間に猫になった。服を着た猫だ。ピューマの最大サイズよりも大きい。それは後ろ足で立って、尻尾を前後に振っている。この部屋の広さなら、ほんのひと動きで……まあ、お察しの通りだ。

エミリーは悲鳴をあげてドアに向かった。僕は慌てて窓を見たけど、掛け金とシャッターで閉まっていた。

「裏から！」僕は叫んで、台所へのドアに向かった。

猫の怪物が大きな前足を振りかざすと、古いコップや皿でいっぱいの陳列棚が部屋を横切って僕の行く手を阻んだ。僕が立ち止まって振り向くと、もう一方の前足がナイフのような爪で僕の顔を切りつけた。僕は身をかがめたものの、バアチャンの前足が胸ぐらをつかんでいて、投げ飛ばされた。僕は武器になるものを必死に探したけれど、ここはバアチャンの家だ。レースの敷物を武器として使う方法でも思いつかない限り、僕は死んだ肉になるだろう。

エミリーは僕より背が高い。僕が倒れるのを見た彼女は、普通の人なら正視できないような怒りの形相で猫の怪物をにらみつけた。ところが怪物はシャーと音を立てて巨大な爪を広げ、彼女を切り倒そうと構えた。

すると怪物は、空中に浮いた。本当だ。最初はほんの数センチだったけど、それは浮かび上がって空中に浮遊し、四つ足で切りつける態勢を整えた。

マジかよ、と僕は思った。僕らはバアチャンという名の空飛ぶ猫にこれから引き裂かれようとしていた。

「下がって！」僕はエミリーに向かって叫んだ。そのシャーという音で、僕はあることに気づいたのだ。

僕は部屋の隅へ突進した。そこにはガタガタと音を立てる箱があった。その箱が怪物を悩ませて、その正体をさらすことにつながったのではないだろうか。箱の中には怪物が嫌がるものが入っている。たぶん怪物が恐れている何かだ。

僕にはそれで十分だった。

僕は部屋の隅に頭から飛び込むと、箱に手を伸ばし、背中に猫の視線を感じながら、留め具を手探りで回して、カチッと開くのを感じた。蓋が開いたので、期待を込めて中を覗いた。祖母の家に住む変身怪物の悪夢から僕らを救ってくれるのは、どんな恐ろしい生き物か、それとも想像を絶する武器なのか。

それはティーポットだった。

小さな、鋳鉄製で、黒い。前にここで見たことがあった。それが今僕らの命を救ってくれる可能性は、かなり低いように思えた。

すると足が生えてきた。

小さな爪のような足が側面から飛び出して、それはティーポットと同じ素材でできているようだけど、動いている。見ていると、注ぎ口の両側にある一対の目が開き、蓋が顎のようにパチンと開いた。僕が手を引っ込めると、小さなティーポットは箱から飛び出した。半分は亀、半分は子犬のようで——それでもティーポットのままなんだけど——蓋は狂ったリスのようにチリチリと鳴いていた。僕は部屋の隅っこにうずくまって、その様子を見ているうちに、一つの考えがはっきりと脳裏に浮かんだ。

僕らは本当に死ぬ。

英希　9

ホウキが壁に立てかけられていた。硬い草をきつく縛って穂先にした昔ながらのものだ。猫の怪物が動くティーポットをにらみつけた隙に、僕は部屋の向こう側へ身を投げた。新たに獲得した優雅な身のこなしのおかげで、僕はホウキをつかみ取ると、いとも簡単な1回の動作で猫の方へ向き直った。それが剣とか槍だったら、かなり気分が良かっただろう。僕はホウキを振りかざし、ブンブンと音を立てて回したけれど、やはりそれはただのホウキにすぎなかった。

猫は僕の方に振り向くと、黄色い目を細め、大きな顎からよだれを垂らしながら唾を吐いた。

僕は猫の頭めがけてホウキを強く振り下ろした。しかし猫は片方の前足で僕の攻撃を払い、もう片方の足の爪で僕の顔面を切りつけた。僕はホウキのをクルクルと猛烈に回転させて爪の攻撃をかわすと、持ち手を変えて、柄の端で猫の腹を突いた。猫はうずくまったものの、引っかいて、はじき飛ばそうとしながら、立ち向かってきた。そして僕は怪物の本当の恐ろしさを実感した。それは何の助けも借りずに空中に浮かぶことができる、つまり4本の足すべてで攻撃できるのだ。

押さえ込むことだってできる。怪物は前足——僕はまだ手だと思っていたけど——の尖った爪で僕の手首をつかみ、僕を壁に押しつけた。僕が蹴りを入れると、下の足の爪が僕の足をつかんで、しっかりと僕を固定した。僕はまだ両手でホウキの柄をつかんでいたので、怪物の力でそれが顎の下まで押し上げられると、自分の武器で自分を絞め殺しそうになった。ところが猫は最初に歯を使って僕の喉を引き裂こうとした。

間近に迫ると、怪物は悪臭がした。動物的な臭いの中に、腐ったような、死んだような、ひどく不潔な何かが漂っていた。目は狂気に満ちて据わっている。僕は首筋に紙やすりのようなざらざらした舌の濡れを感じてゾッとした。身をすくめようとしても無駄だった。それは楽しんでいた。僕を殺すのは、パニックや自己防衛からではなく、そうしたいから殺すのだ。その瞬間を味わっていた。

そこに突進する叫び声が響いた。エムは陶器のランプを頭上高く持ち上げて怪物に飛びかかり、それを奴の頭蓋骨に叩きつけた。ランプは砕け散り、猫は一瞬目を閉じた。するとさらに危険は高まった。怪物は前にも増して怒りをあらわにし、うなりや威嚇の声を上げた。掴んでいた僕の右腕を離すと、その前足がエミリーに届く距離だったので、爪のフックを広げながら前足を振り回した。何が起こったのかは見えなかったが、エムは壁に投げつけられ、箱の山の中へ落ちた。

彼女は起き上がらなかった。

「やめろ！」と、僕は叫び、必死で動こうとするも、手足はがっちりと掴まれていた。僕は体をよじってもがき、猫の大きな顔に力いっぱい頭突きをした。怪物は一瞬ぼうっとしたように見えたが、僕は自由になれず、怪物はすぐに立ち直った。それは静かで慎重な動きになり、そのうなり声は、恐ろしいことに、満足そうに喉を鳴らす音に変わった。怪物は歯をむき出しにして首を傾け、僕の喉の柔らかい部分に噛みつこうとした。

かすかに、遠くの方から、動くティーポットの甲高い音が聞こえた。エミリーが倒れた時にひっくり返ったようだ。すると、ティーポットは自分の足で立ち上がり（！）、蓋をカチカチと鳴らしながら猫に突進してきた。一瞬、自分がもう死にそうなのに、なんだか笑えた。姉は意識を失い、僕は服を着た大きな空飛ぶ猫の顎で首を切断されそうなのに、唯一の望みは魔法のティーポットだけ……。

突進するポットが猫に与えた影響は奇妙だった。怪物は振り返ってそれを見つめると、シャーと声を出した。その鳴き声はまだ怒っているようで、どこか不安なニュアンスがあり、パニックのようでもあった。猫は目的を遂げるために僕の方を振り返った。しかし今や、猫の足と尻尾にしがみつき、不思議な小さい足で床から数センチ立ち上がっているティーポットを無視できないようだ。猫はまるでやけどをしたかのように顔をしかめると、ポットの蓋に咬みつかれる恐怖で僕を忘れて、一瞬にして僕は自由の身となった。狂った目をした猫は、復讐に燃えるティーポットに追われて、前足で家具を飛ばしながら小さな部屋の中を跳ね回り、僕はどさりと倒れ込んだ。本や椅子や古い写真立てがティーポットにぶつかっても、それはキャンキャン鳴きながらの追跡をやめず、ついに猫は根負けした。

猫が片方の足を玄関のドアの方に向けると、ドアは竜巻に巻き込まれたかのように勢いよく開き、猫は足を床につけずに走り去って、夜の闇へ消えていった。

その後のシュールな静けさの中で、僕はその場の光景を見つめた。ぼう然とした頭の中で、恐怖と、信じられない気持ちと、安堵が交錯した。その時、エミリーが動くのが見えた。彼女はゆっくりと起き上がり、頭を抱えて目を半分閉じた。

「エム！」僕は叫んだ。「大丈夫か？」

彼女はゆっくりとうなずいた。

「世界は少し前から、さっぱりわけが分からなくなったわね」彼女はそっと頭を触りながら答えた。「でも、私は大丈夫よ」

僕らは荒い息のままお互いを見つめ合った。

「これは今起きたことなの？」と彼女は尋ねた。

「そうだと思う」

「分かった」彼女はそれを理解しようとした。「分かったわ。まあ、少なくとも、もう終わった」

ただし、彼女にはまだ狐の尻尾が残っていて、ティーポットは嬉しそうに部屋中を走り回っていた。僕らがティーポットを見ていると、それはまた箱に飛び込んで、眠りについた。というか、足を引っ込めて、再びティーポットになった。僕はしばらくそれを眺めてから、手に取って、水を入れるとどうなるのか見ようとも思ったけれど、結局、木箱に戻して蓋を閉め、留め具をかけて安心した。

「これで終わりじゃないよね」と僕は言った。

僕らはドアを閉め、あの生き物が戻ってくる気配がないかと外の通りを覗き、他の誰かがあの生き物を見たようなパニックの音がしないか耳を傾けたけれど、何もなかった。ようやく呼吸が正常に戻り、僕らはバアチャンの古いアームチェアに座って、周りのことを考えた。

「私たちのバアチャンはずっと猫の怪物だったと思う？」とエミリーが尋ねた。

僕は首を横に振った。

「それはないと思う」と僕は言った。「あれが何であれ、僕らを知っていたとは思えない」

「そうよね」と彼女は答えた。彼女が悲しそうに言った理由が、僕には分かったような気がした。

「ここの中を探した方がいいね」と僕は言った。「念のために」

僕らが何を探すのか、彼女は尋ねなかった。彼女は分かっていた。

僕らは台所兼食堂に入った。そこは僕らが小さい頃に時々夕食を食べていた場所だった。母があまり一緒に過ごさない方がいいと判断するまでのことだ。何も変わった様子はなかったので、僕らは祖母が寝ている奥の部屋に入った。そこに入ったのは初めてだと思う。

そこは奇妙だった。といっても、今は慣れっこになった超自然的な奇妙さではなかった。それは外国の奇妙さであり、日本の奇妙さだった。床は淡い色のマットで覆われていて、エミリーは畳だと言った。ベッドがあると思われる場所には小さなコーヒーテーブルのようなものがあって、隅には重そうな木製の収納箱が置いてあった。ベッド——実際は丸めた布団——は戸棚の中にしまわれていたので、探すべき場所は収納箱だけだ。それはティーポットの箱と同様に留め具で閉じられていた。僕は慎重になった。ステーキナイフを振り回す食器軍団に囲まれるのはイヤだ。しかしエミリーはすぐ動いて、留め具をはずし、蓋をあけた。

バアチャンが横向きに寝転び、膝を胸に引き寄せて目を閉じていた。一瞬、部屋の空気が抜けて時間が止まったようだった。戦いの狂気が終わって、僕らはまだ生きているという興奮を味わったのに、現実が僕らにのしかかってきた。

「え、うそ！」エミリーは息をのんだ。「バアチャン？」

数秒間の何も起こらない時間が過ぎると、まるで世界が再び呼吸を始めたかのように、老女の目が開いた。

「生きてる！」僕はあせって言った。「外へ出すのを手伝って」

それは言うほど簡単ではない。老人を持ち上げるのは——たとえ小柄な人でも——大変だ。ほかの時なら遅くまでかかったかもしれない。でも今日の僕は強かった。猫の怪物には役に立たなかったけど、今は役立った。

バアチャンは怯えていた。それは責められない。でも彼女は優しく真剣な目で僕らを見た。それは本当の彼女のままで、彼女を真似た猫の怪物とはまったく違っていた。僕らが一瞬でも怪物に騙されたのは信じられない。僕は申し訳なく思った。実を言うと、彼女を失望させた気がしたからだ。

バアチャンは僕らを台所に案内して、一緒に座り、緑茶をいれてくれた。僕は何年も飲んでいなかったし、あまり好きではなかったけど、とにかく飲んだ。僕は彼女に、僕らの命を救ってくれたティーポットのことを話した（これってたぶん今まで一度も言われたことのない言い回しだろうね）。彼女は当然のようにうなずいた。

「バアチャン、僕の言ったことを聞いてた？」と僕は言った。「ティーポットが動き出したんだよ」

「古いものだからね」と彼女は肩をすくめて言った。「そういうこともあるのよ」

「ないよ、バアチャン」と僕は言った。「そんなこと絶対にないって」

「お母さんがあなたたちに話すべきだった」と、湯気の立つカップをにらみながらバアチャンは言った。「あなたたちにはいろいろ話すべきだったのよ」

「ママが僕らに望んだのは、みんなと同じような普通の……」と僕が話し始めると、エミリーが遮った。

「何を話すべきだったの？」と彼女はバアチャンに聞いた。

バアチャンは首を振った。「私が言うべきことではないと思う」と彼女は言った。

祖母は日本で生まれ、20代まで日本で暮らした。英語は上手に話すけれど、今でもなまりが強く、時どき単語を間違えたり、表現をまとめるのに時間がかかったりした。僕は彼女が言葉を探しているのかと思って待っていたけど、彼女はじっと座っていた。必要なことはすべて言ったと満足したようだ。自分が話せることはすべて言ったと。

「どうして私に狐の尻尾があるのか、ママが説明してくれると思う？」とエミリーは迫った。

バアチャンは首を振った。

「それなら、あなたが説明するべきだと思う」とエミリーは言った。

エミリーは、その気になればかなり押しが強い。バアチャンは彼女を見てからカップを置き、キッチンキャビネットの上にある額縁に入った写真のところへ行った。その前には小さな香炉があり、神社か寺院のような小さな木製の模型があった。彼女はその写真を下ろして、微笑みながら僕らに渡した。

「私の義理の父よ」と彼女は言った。「かなり前に亡くなった。あなたのお母さんは彼を知らない」

バアチャンはまたうなずき、幸せと悲しみを同時に思い出しているかのように、遠い目で微笑んだ。

「彼の名前はワタナベ・ライコウ、その息子が私の夫、ヒロクニです。ライコウは、自分の子供達は自分が生涯を歩んできた土地の近くにいるべきだと考えていた。でもヒロクニはここアメリカで暮らす方がよいと考えた。ヒロクニはカリフォルニアに農場を持った。戦争が始まると、それは取り上げられ、収容所に入れられた。もちろん、戦争が終わると解放されたけど、その時にはすべてを失っていた」

僕はその写真を見たものの、なぜ彼女が義父や夫のことを話しているのか理解できなかった。彼女の夫は、ママがかなり小さい頃に亡くなっている。

「ヒロクニは東の方へ引っ越すことを決め、ここポーターズビルに落ち着いた。ここの山々が故郷の山梨を思い出させたから」彼女は遠くを見て、悲しげだったけど、穏やかな笑顔は変わらなかった。

「あなたたちのお母さんはとてもアメリカ的ね」とバアチャンは、悪意のない笑顔で言った。「あるいは、そうありたいと望んでいる。過去は忘れ去るのが一番だと。前を向こう。未来を築こう。あなたたちが死んだ人の話や古い習慣の中で育ってほしくないと思っている。それは……理解できます」

「分かるよ」と僕は言った。「でも、それはここで起きたことと、どういう関係があるの？」

バアチャンはまた顔をしかめて、長い間黙っていた。

「お母さんはね、嫌がっていた、私があなたたちに……クレイジーな話をするのを」彼女の声はとても小さく、言葉は一つ一つゆっくりと出てきた。まるで、まだ話すべきかどうかを決めかねているようだった。

「どうクレイジーなの？」とエミリーは尋ねた。

「私の義父――つまりあなたたちの曽祖父――は、とても変わった人だった」とバアチャンは言った。彼女は指先をじっと見つめ、慎重になっているのが分かった。それ以上話すのを恐れているように。

「どう変わってたの？」と僕は尋ねた。

「何と言えばいいのか分からない」と彼女は答えた。

「バアチャン」と僕は言った。「僕らは服を着た猫に襲われたんだよ。ちゃんと理解できると思う」

「ただの猫じゃない」とバアチャンがきっぱりと言ったので、僕は驚いた。「『化け猫』だ。ゴブリン・キャット。連中は姿を変えるけど、ある意味では常に猫だ」

「ゴブリン・キャット」と僕は言った。問いかけたわけじゃない。僕はただ、笑うとか狂うとかの叫びではなく、その言葉を普通に言えるものか試してみたかっただけだ。

「モンスター・キャット」とバアチャンは言い換えたものの、気に入らなかった。「デーモン・キャット。英語って奴は……」

彼女は顔をしかめた。それは『違う。不十分』の意味だ。

エミリーと僕は顔を見合わせた。僕らのバアチャンが日本の妖怪の専門家だったのは、ここに日本の妖怪がいるのと同じくらい奇妙なことだ。

「分かったよ」と僕は無理やり平静を装った。「それで、ライコウ、つまり僕らの曽祖父は……何者なの？」

「」と彼女は言った。「彼は有名な戦士にちなんで名付けられ、その生き方と才能を手本とした。でも、それだけじゃなかった」ここで彼女は申し訳なさそうにエミリーを見た。「彼はマユミという美しい女性と結婚したの」彼女はためらって下を向いた。

「それがどうしたの？」エミリーは尋ねた。「マユミ。いい名前ね。いい人だったんでしょ？　いい人で普通の人？」

「マユミはキツネだった」とバアチャンは言った。

「意味が分からないよ」と僕。

バアチャンはうなずいた。

「狐のキツネよ」と彼女は言った。

「何ですって？」とエミリーは言い返した。「私たちの先祖は動物だったの？」

彼女の口調が、信じられないというより、怒りに満ちていたことは、僕らの人生がいかに奇妙なものになったかを示すものだ。

「先祖全員じゃない」とバアチャンは言った。「彼女だけよ。それにキツネは普通の動物じゃない。マユミは姿を変えることができた。

たぶん若い頃はほとんどの時間、狐だったんでしょう。でも、私の義父と出会って、永遠に女の人でいようと決めた。彼のためにね」

彼女はにっこりと微笑んだ。エミリーの激しいショックはその話を理解するにつれて消えていった。

「義父は若い頃から、力のある妖怪退治人だったので、敵を作っていた」とバアチャンは言った。「見た目より歳をとっていたと思う」

「いくつくらい年上だったの？」エミリーは何かを感じて言った。「妻が高校生の時に、彼は大学生だったとか……？」

「何世紀も」とバアチャンは言った。

「素晴らしい」とエミリーは言って、両手で顔を覆った。

「妖怪退治人って？」と僕は言った。

バアチャンはぽかんとした顔を向けた。

「『退治』の意味が分からないんだ」と僕は言った。

彼女は驚きと困惑の表情を浮かべた。

「これって普通の言葉じゃないの？」と彼女は尋ねた。「妖怪と戦う人、妖怪をあやつる人。妖怪を倒す人」

「分かった」と僕は言った。まるですべてが明らかになったように。そして、これが妖怪の話ではないかのように。

バアチャンはためらった。「ライコウがマユミと一緒になってからかなり後のこと、私の夫はすでに生まれていたけど、何かがライコウを探しに来た」

僕はその言葉の響きが気に入らなかった。彼女の言い方ではなく。

「何が？」と僕は尋ねた。

「知らない」とバアチャンは言った。「もし夫が知っていたとしても、私に言わなかったのでしょう。父が以前に戦った恐ろしいものだと言っていた。彼はもう一度戦ってそれを倒したけれど、その前に……」彼女はためらって下を向いた。

「何？」とエミリーは尋ねた。

僕がどうしてそれを知っているのか分からなかったけれど、僕は知っていた。鳥居をくぐって竹の道を進む必要を感じたように、僕はそれを感じた。

「それは曽祖母マユミを殺したんだ」と僕は言った。

バアチャンは僕を見てゆっくりとうなずいた。

「そう。その正体の分からない敵は、ライコウをだまして無駄な追跡をさせ、妻を一人にした。マユミは変身する能力を失っていたので、戦いの時が来ても、無力だった。彼女の死は義父を変えた。彼は長年にわたって、みんな日本に残らなければならないと言ってきたのに、彼は考えを変えて、息子である私の夫にすぐ日本から出て行くよう言った。それは、家族全員を滅ぼすまで引き下がらないだろうから。夫は数週間後に、父親が亡くなったという知らせを受けたけれど、その経緯は分からなかった」

「でも、ライコウは怪物を殺したんでしょ？」と僕は問い詰めた。「彼が亡くなる前に」

彼女は首をかしげて、はっきりしない声を出した。

「倒したのであって」と彼女は言った。「殺したんじゃない」

「ああ」とエミリーは言った。「その言い方はまったく好きじゃないわ」

「私の夫――つまりライコウの後継者――は、かなり前に亡くなった。ライコウが倒した怪物は、長い間、私や私の子供そして孫をずっと探していたんだと思う」とバアチャンは真剣な顔で言った。「今夜、それが私たちを見つけたんだと思う」

「何で？」と僕は吐き捨てた。「破砕現場の事故が、どうして僕らに関係しているの？」

エミリーは僕をじっと見つめてから、救いを求めるようにバアチャンを見た。

「そういう意味ではないんでしょう、バアチャン？　何年経ってもまだ私たちを狙ってるなんて考えられないよね？」

しかし、バアチャンは何も言わず、エミリーはあぜんとした。

「そう思ってるのね！」と彼女は言った。「本当にそう思っている！　あなたは義理の父親の昔の敵が、あのゴブリン猫だと思ってるの？　あの……バック・ネックだと？」

「化け猫」とバアチャンは言った。「いや。あれは彼が倒したものと組んでいるかもしれないけど、ただの召使いか戦士よ。怪物そのものはもっと恐ろしいはず」

そこで会話は途切れてしまった。もしゴブリン猫よりももっとひどいものがいて、僕らの家族に恨みを持っているとしたら……。

「ここから逃げなきゃ！」と僕は言った。

「同感よ、弟」と言って、エミリーは立ち上がった。けんか腰の口調だったけど、顔には血の気がなく、汗が浮かんでいた。少なくとも僕と同じくらい怯えていた。

「だめよ」とバアチャンは立ち上がり、突然険しい顔になった。「あなたたちはライコウに選ばれたの！　彼の後継者なのよ！　彼の魂を受け継ぎ、彼から贈り物を与えられた！　ここに留まって、彼の名において悪と戦わねばなりません！」

「彼からの贈り物？」とエミリーは言い返した。「狐の尻尾が贈り物なら、お返ししたいわ」

「いや、悪気はないけど、バアチャン」と僕は同意した。「僕らはヒーローのタイプじゃないんだ。悪いけど、本当なんだ。人が行方不明になって警察が入っている。もし僕らが警察に、日本の古代の怪物について話したら、牢屋に放り込まれるよ。それか精神病院に。たとえ信じてくれたとしても、僕は日本について何も知らないし、本当のことを言うと、知りたくもない。僕らは服を着た猫に殺されそうになったんだよ。あなたはそれが巨悪の召使いに過ぎないと言ってる。そんなものと僕らが戦えると思ってるの？　あり得ないよ。僕らはここで勝負にならなかったし、あなたの義父が僕を見たら、大惨事しか考えられないはずだ。もし何かが僕らを追ってきたら、僕らは逃げなくちゃいけないんだよ。ごめんね、でもライコウは別の戦士を見つけるしかないんだ」

「あなたはライコウの最後の息子、妖怪退治人だ！」とバアチャンは叫んだ。「あなたはワタナベ・ヒデキだ！」

「違うよ」と、僕は悲しげに、でも絶対的な確信を持って首を振った。「僕はケイレブ・スミス。そんなことはしないんだ」

英希　10

ほらね？　僕は負け犬の中の負け犬だと言っただろう。でも、あなたならどうする？　そして、その質問に飛び込む前に、まずはじっくりと真面目に考えてほしい。あなたがどれだけ英雄的になれるか、どれだけ危険を冒せるか、ということを。ほんの小さな栄光のためにね。それはまったくのナンセンスだ。燃え盛るビルに飛び込んだり、獰猛なワニと格闘したり、戦場を全力で走ったりするだろうか？　そんなのは映画の話にすぎない。確かに、物語の中では楽しそうだし、大したことはないようにも思える。なぜなら、火の熱を感じたり、ワニの息を嗅いだり、弾丸の飛び交う音を聞いたりすることはないからだ。でも、そこに入って、実際にその場にいると、状況は違ったものになる。さらに別のことも言っておくと、火やワニや弾丸はすべて日常の現実にあるものだ。だから、それらについて頭を働かせ、チャンスをつかむことも可能だ。自分が何を相手にしているのか正確に知っているからね。でも、10分前までその存在を信じていなかった何かの手——いや、前足——によって、死と隣り合わせになるのは、まったく別のゲームなんだ。ルールを知らないのにボールが爆発するようなゲームだ。僕の日常生活は最悪だったけど、いま自分が置かれたこの別世界よりはマシだった。

　家に帰ると、ママが不便なコンビニの入り口で、人の形をした雷雲のように待っていた。彼女はいつものように、スカートにパリッとしたジャケットを組み合わせて着ていた。それが『プロにふさわしい』服装だと主張していたけど、デザイナーズ・シューズやジュエリーを売る方が似合うかもしれない。エナジードリンクやスリムジムのスナックを売るよりもね。

「どこにいたの？」と彼女は問いただした。瞳の中に稲妻が見える。

「放課後にミーティングがあったの」とエミリーは言った。

厳密に解釈すれば正しい。

「それからエムは僕がフットボールのトライアウトを終えるのを待っていたんだ」と僕は付け加えた。

「どうだった？」とパパがカウンターの後ろから尋ねた。

ママが殺意の視線を向けると、パパの笑顔は失速する複葉機のように消えた。彼は、まるで今までで一番興味深いものであるかのように、レジを調べ始めた。

「保安官がちょうどここにいたのよ」とママはレーザーのような視線を僕らに向けて言った。エミリーと僕は顔を見合わせて、困ったように大げさに肩をすくめた。

「彼はもうあなたたちと話したと言ってた」と彼女は僕らの反応を見ながら言った。

「そうだよ」と僕は明るく答えた。「調査への協力要請。でも、僕らはできなかった」

「これが何か分からなかったから」とエミリーは携帯電話を取り出し、破れた紙の画像を見せながら言った。

「ええ」とママはすぐに顔を上げて言った。「私も見せられたわ。私は読めないと言った」

エミリーは僕に好奇の眼差しを向けた。ママが真実を出し惜しみしていると、言葉にせず僕に伝えた。

「読めないの？」とエミリーは迫った。

「私が日本語を読めないのは知ってるでしょう」と彼女は表情も声も緊張させた。「私もあなたたちと同じようにここで生まれたのよ」

「でも、それが日本語だと分かるんだね」とエミリーは言った。「ほかの、中国語とかじゃなくて？」

ママはボロを出して目をそらした。僕はパパと目が合って、肩をすくめた。

「宿題はないの？」とママが聞いた。

「やったわ」とエミリーは言った。「何なのか知ってるんでしょ、あの紙のやつ？」

「だから言ったでしょ」とママは彼女を見て、冷ややかに言った。「読めないって」

「それを聞いてるんじゃないよ」とエミリーは言った。

「もういいから、エム」と僕は言った。

「私はただあの紙が何なのかを聞いてるだけよ。だって、ママは知ってるんでしょ、違うの？」と彼女は問い詰めた。

ママは唇を固く結んで、ためらった。一瞬その意味が分からなかったけど、姉の言うとおりだと確信した。

「あなたは失礼よ」とママは言った。「自分の部屋へ行きなさい」

「冗談でしょ？」とエミリーは言い返した。

「お母さんの言ったことを聞いただろ」とパパは言った。

エミリーは僕をチラッと見た。

「私を援護してよ、ケイレブ」と彼女はつぶやきながら、すたすたと出て行った。

僕は何も言わなかった。結局のところ、僕らはこの件を終わりにするんだ。僕らはバアチャンにノーと言った。当局に任せるべきだよ。頭を低くして隠れていよう。関わる必要はない。

僕はフットボールのジュニア代表チームに選ばれた。ピケンズ監督は、今回のトライアウトがまぐれではないことを証明できれば、代表チームに入れるとほのめかした。最初の試合は２週間先だけど、トレーニングや練習、プレーの学習などが待っていた。「仕事の山だよ」と、まるでそれ自体が特別なご褒美であるかのように、監督はにっこりして言った。

そして、１時間ほどはとても幸せだったけど、その後は、自分がスポーツにあまり興味がなかったことや、監督が言ったように、これは大変な仕事になるということを考え始めた。とはいえ、古い日本の妖怪のことを忘れて時間を過ごすのも悪くないかもしれない。

エミリーにはそんな選択肢はなかった。彼女はスケジュールが合わないことを理由に水泳チームを辞めた。でも、みんなは両親が彼女に店で働くよう強制していると受け取った。実際は、自由時間の多くを部屋にこもって過ごし、学校に行く以外はほとんど家から出ず、友達にも会わなかった。それは奇妙なことだった。僕は自分とは正反対のエムに慣れていた。彼女は、うっとうしいほどクスクス笑うグループの一員で、男の子や服装や音楽についてひっきりなしに話し、生活のあらゆる（入念に照らされた）瞬間をインスタグラムやティックトックで共有し、まるで泡立つピンク色の川に浮かぶ、話し好きの小さなコルクのように、人生を楽しんでいた。それが今や、彼女は洞窟で暮らす仙人のようだ。ドアにはかんぬきを取り付けて、シャワーを浴びることも忘れてしまった。

ところが、それから２日後のこと、彼女は僕の部屋の入口に現れた。目を大きく見開いて、いつもはサラサラの髪をもつれさせ、シミのついたトレーナーとひざ丈のスカートを着て、にっこり笑っていた。僕はパソコンから目を上げて、彼女を観察した。

「えっと……やあ」僕は用心して言った。「どうしたの？」

彼女は何も言わず、その場でおもむろに旋回した。まるで古臭いバレリーナのように、両腕を頭の上に上げて、ゆっくりと３６０度の回転だ。

僕は困惑して顔をしかめたけど、すぐに気づいた。

「君の尻尾が！」と僕は息をのんだ。

「消えたのよ」と彼女は、カナリアを食べてそれをたっぷりのミルクで流し込んだ猫のように、ニヤニヤしながら言った。

「どうやって？」と僕は立ち上がって叫んだ。「切ったの？」

彼女は首を振った。

「ううん」と彼女は言った。「違う。私が消したの」

僕は疑うようなしかめっ面に戻った。

「君が消した？」僕はオウム返しに言った。

「私の心の力で」と彼女はテレビのマジシャンのように言った。

「オー……ケー……」と僕。「で、具体的にはどういう仕組み？」

「よく分からないけど」と彼女は言った。「そうなるのよ。見てみる？」

「何日も消そうとしていた尻尾を、また復活させるところが見たいかって？」と僕は尋ねた。「なぜそんなことを……？」

「私がコントロールしているからよ」と彼女は言った。「すべてはコントロールの問題なの」

「分かった。でも、何のために……」

しかし、彼女は聞く耳を持たなかった。彼女は両手を頭の横から数センチのところに上げると、指を広げて、まるで見えないヘルメットを抱えるかのようにわずかに曲げ、そして目を閉じた。しばらくの間、彼女はただそこに立っていた。すると……。

イヤなことが起きた。彼女がいたその場所では、彼女の服だけが床の上に小さな山となった。その真ん中に座り、目を閉じて鼻を高く浮かせていたのは狐だった。

狐の尻尾を持つ女の子ではない。本物の狐だ。しなやかで可愛らしく、野性的な外見をしている。上は赤褐色で下は白く、長い尻尾が後ろに伸びている。まさに狐そのものだ！

狐は目を開くと、それを大きく見開き、下顎が落ちて鋭く小さな歯が露わになった。でも、僕はその目に注目していた。それは怯え、混乱しているように見えた。もっと言えば、エミリーの目のようにも見えた。狐のエミリーは自分の体、自分の足、自分の尻尾を見てから、僕を見上げて、キャンキャンと鳴いた。

「元に戻すんだ！」と僕は言った。しかし、野生の目をしたその生き物は恐怖で身動きができなくなったように見えた。

「エム！　戻れ！」

しかし、彼女にそれができないことは明らかだった。

別の場所　3

ブレイク・ワイルドとデイビー・コットは、かろうじて高校3年生を乗り切ったばかりの高校4年生だが、古い遊歩橋の上でビールを飲んでいた。ブレイクの兄が彼らのために買ってくれたものだ。25メートル下には、岩だらけの峡谷をグレートベア川が流れている。ここは暗くなってからの彼らのお気に入りの場所だ。誰もここまで上がって来ない。釣りをするには水面から遠すぎるし、橋を渡って町から離れる道はどこにも続いていないからだ。さまざまなハイキングコースにつながってはいるが、2人は行ったことがない。ビールを飲んでいるが彼らは少年で、成人男性と見紛うほど大きかった。

　ブレイクはもう1本パブストブルーリボン・ビールを開けて、長いひと息でうまそうに流し込んだ。これが人生だ、と彼は思った。それはそうかもしれない。現在の彼にはビール以外にあまり見通しがなかったからだ。成績はひどく、あやうく留年するところだった。今ぼんやりと携帯電話を見ているデイビーは、スティーブ・メルヘンのボディショップで非公式の見習いのようなアルバイトをしていて、卒業したらそこでフルタイムの仕事につくだろう。しかしブレイクには何もなかった。彼の父親が繰り返し説教している通りだ。彼の父親は長距離トラックの運転手で、ポーターズビルの外で過ごせるという意味では悪くない仕事だが、労働時間が長い割には、収入はそこそこしかなかった。ブレイクはもっとでっかいことに目を向けていた。

「俺の新しいギターを聴いてくれよ」と彼は飲みながら言った。「ゲインを上げて、シュレッドするんだ」

「どこで手に入れた？」と、ろれつが回らなくなってきたデイビーが尋ねた。

「質屋」とブレイクは銀のチェーンで首にかけたサメの歯をいじりながら言った。「いい買い物だった。バンドを始めるんだ」ブレイクがそう言ったのは初めてではない。「レコード契約を結んで大金を稼ぐ。この町はどうなるか分からないだろ。ビジョンを持たなきゃいけないんだ。それを信じること。だから俺はひとり立ちする。お前とは違うんだ」

デイビーは同意したかのように曖昧にうなずいた。自分を信じてはいなかったが、前に聞いたことがあるブレイクのギター演奏はもっと信じていなかった。ブレイクは自分の音楽にも、彼の人生と同じルールを適用していた。つまり、態度はデカいが、スキルなし。派手に大口を叩いても、実際の成果はない。デイビーがそれを口に出さなかったのは、ブレイクが彼にとって一番古い友達だったからだ。しかし、それは単なる歴史の偶然だと思うこともあった。もしも今初めて彼に出会ったとしら、例えば違う場所で育って、たまたま出会ったとしたら、うまくやっていけるかは疑問だった。本音を言えば、デイビーはブレイク・ワイルドのことをバカな奴だと思っていた。

デイビーは、突然電池切れになった携帯電話を見て顔をしかめた。バッテリーは十分残っていたはずなのに。

「そのバンドで何を演奏するつもりなんだ？」彼は沈黙を埋めるために尋ねた。暖かい夜で、周りの木立からはカエルやコオロギやセミの鳴き声が響いていた。

「メタルだよ！」とブレイクは、それが当然のように言った。「灼熱のスピードメタルだ」

「ああいうのを弾くには、うまいギタリストにならないとね」とデイビーはつぶやいた。「速く弾くには」

「俺はうまいぜ」とブレイクは言って、ふらふらと立ち上がった。「俺は最高だ！」そして夜空に向かってこう叫んだ。「ウー！　イエー、ベイビー。ロックンロール！」

後ろで、何かが応えるようにニャーと鳴いた。二人の少年が振り向くと、灰色の猫が橋の壁に座っていた。猫は長い尻尾を振った。

「ママは猫を欲しがってる」とデイビーはぼんやり言った。

「猫はバカだ」とブレイクは言った。

彼は缶ビールを飲み干すと、猫に投げつけた。猫はギャーと鳴いて飛びのき、缶は壁で跳ねて、橋の向こうの暗闇に落ちていった。缶が落ちるまで驚くほどの時間がかかり、水しぶきも立てずに水面に落ちた。ブレイクは手すりから身を乗り出して、缶が流れに揺られているか見ようとしたが、暗すぎた。

「猫を放り込んでやろうぜ」と彼は意地悪く笑って言った。「落ちても生きてるか、泳げるか見てみよう」

彼は猫がまだいるか確かめるために振り向いた。その時に初めて光を見た。それはオレンジ色で、炎のように揺らめいていたが、小さかった。

ロウソクかランタンか。

それは橋の向こう側、町側ではなく山側だった。そして今はそこに何か別のもの、人影のようなものが見える気がした。光は、それが何であれ、誰かによって握られていて、ブレイクとデイビーが飲んでいる場所へゆっくりと近づいてきた。

ブレイクは猫のことは忘れて、姿勢を正した。飲酒について誰にどう思われようと気にしなかったが、通報されたり、停学になったりするのは心配だ。

「おい」彼はデイビーにそっと言った。「見ろ よ」

デイビーは大げさにふらふらと向きを変え、頭をだらりと垂らし、ビールに酔っ払った状態で、自分が見ているものを理解しようとして、動かなくなった。それは少女だった。きれいな服を着て、傘のようなものを差し、古風なランタンを持っていた。

「うわ」とデイビーは言った。「かわいいな」彼はひと苦労して立ち上がり、しわだらけの服を伸ばして、無関心を装った。

「東洋の女の子だ」ブレイクは力ずくで彼を押しのけて言った。「いいねえ。よく見て勉強しろ、デイビー坊や。よく見て学ぶんだ」彼は近づいてくる少女に向かって威勢よく歩み寄り、気取って笑った。「やあ、ベイビー」と彼はやさしく言った。「素敵なドレスだね」

実際は、それはドレスではなかった。それは深紅の着物で、淡い花の模様が銀色の刺繍で縁取られ、控えめながらまばゆいものだった。デイビーは息をのんで後ずさりし、すぐに自分の手には負えないことに気づいたが、ブレイクはおかまいなしだった。

「それは何だい、傘？」彼は間抜けに言った。「雨が降ると思ったの？」傘は恥ずかしそうにかしげられて、女性の顔が見えなかったが、ブレイクはそれを動かした。「さあ、ベイビー」彼は彼女の手を握るようにしながら言った。「君の顔を見せてごらん」

女性は恥ずかしがっていたが抵抗せず、彼は傘を持つ手を握って持ち上げた。古風なランタンの明かりが彼女の顔を照らすように。

ただし、それは彼女に顔があるならの話だ。目、鼻、口があるはずの場所には、卵のように滑らかでのっぺりした青白い空白があるだけだった。

ブレイクは悲鳴を上げて逃げようとしたが、その瞬間、その女性――仮に女性だとしたら――は彼の手首をつかみ、強い力で彼を捕まえた。彼は拳を振り回せないので、ひじ鉄を食わせて逃げようとしたが、彼女は強く抱きついて、のっぺりした顔を彼の頬に押し付けた。両腕を体の横に固定されたブレイクは、狂ったように恐怖の叫び声を上げた。

デイビーは迷わず友達を見捨てた。彼は目を見開き、よろめきながら走り出した。ブレイクの叫び声が夜空を切り裂く中、橋から町に向かって、もつれる足でドタドタと走った。支離滅裂な言葉を吐きながら走り続け、橋を降りて町へ向かうと、ブレイクの叫び声は次第に小さくなっていった。

「あり得ない」とデイビーは走りながらあえいで言った。「あり得ない。あり得ない」

ビールと恐怖が足への負担となり、彼はふらふらだった。あの得体の知れないものが追いかけてくるかもしれないと思い、後ろをちらっと見たが、そこにあるのは暖かいカロライナの夜の、木々や、虫の鳴き声だけだった。すべてが普通で正常だった。彼は携帯電話を取り出したが、電池は切れたままだった。

「いやだ、いやだ、いやだ」と彼はつぶやき、無理に走り続けようとしたが、今はよたよたして、疲れてぎこちない。

角を曲がると、町へ続く大通りに出た。前方にガソリンスタンドの明かりが見えた。デイビーは意識をそれに集中し、橋の上でブレイクの身に何が起きているかは考えないようにした。彼はガソリンスタンドのポンプ前をよろよろと横切り、その向こうの明るく照らされた店に飛び込んだ。カウンターの後ろにはデイビーの知らない白人の老人がいた。デイビーがふらふら入ってきても、彼はほとんど顔を上げず、スクラッチカードに目を落としていた。

「警察を呼んで」とデイビーはなんとか声を絞り出した。「僕の携帯は……橋の上に何かがいた。まずいよ。ブレイクが捕まった！」

「何だって？」老人は言った。「何を言ってるんだ？　『何か』ってどういう意味だ？」

「女の子みたいだけど、違う」デイビーは息をのみながら言った。

「意味が分からん」と店番は言った。

「女性のように見えたけど、その顔は……」

彼は言葉を最後まで言えず首を振った。

老人は顔をしかめて言った。

「こんな感じか？」

彼が顔に手をかざすと、その顔はすぐに消えて、卵のように滑らかでのっぺりした顔になった。

デイビーは悲鳴を上げた。

英希　11

「やあ、バアチャン」と僕は言い、彼女を押しのけるようにして、その小さな家に入った。僕は片腕をピクニックバスケットの取っ手に通していて、その中には僕の姉がいた。ここでまた別の、今まで一度も言われたことのない言い回しを披露しよう。僕はまるで、オバアチャンに会いにきた赤ずきんちゃんみたいな格好だったけど、バスケットの中には大きな悪いオオカミが入っていて……、とクレイジーなことを考えた。

　実際クレイジーだった。でも、あまりにも正真正銘のクレイジーだったので、他に行くところがなかったんだ。バアチャンは、何が起きたかを説明しても、少しも動じない唯一の人だ。というか、そう期待できる人だ。それでも僕は何も言わずに、バスケットを小さなコーヒーテーブルの上に置き、開けた。バアチャンは期待するようにそれを覗き込んだ。

　姉だった狐は、周囲の空気を嗅いで、まばたきした。

　バアチャンは、驚きや不思議を表すゆっくりとした日本語の声を出して、僕を見た。

　「カズコちゃん？」と彼女は言った。

　「そう」と僕は言った。「これはエミリーなんだ。彼女は尻尾を消すことに成功したんだけど、また戻せることを僕に見せようとして……今はここから抜け出せない」

「なるほどね」とバアチャンは言った。まるで僕が、停電の原因は倒木だと説明したみたいな反応だ。

「彼女は僕らのことが分かるのかな？」と僕は尋ねた。「まだ彼女のように見える。本物の狐とは違うような」

「いつからこうなったの？」

「一時間ほど前」と僕。

「ならばそうね、ある意味では」と祖母は言った。「でも、この状態が長引くと、人間であることがどういうものか思い出すのが難しくなる」

「もう元に戻れないの？」僕は狐を見つめて息をのんだ。

「戻りたくなくなるでしょうね」と祖母はしわだらけの手で小さな動物を撫でながら静かに答えた。「自分とは記憶なの。自分が何だったかを忘れると、別のものになってしまう。それが物事のあり方です」

「こんなあり方はないよ！」と僕は叫んだ。「彼女は僕の姉だ。泳いだり、服を選んだり、親についてのくだらない冗談を言ったり、試験勉強をしたり……、でもニワトリを襲うとか、狐がするようなことはしていないのに」

「お母さんは知ってるの？」

「まさか」と僕は叫んだ。もし解決できなかったら、いったいどう説明すればいいのか、その恐ろしさに突然襲われた。

「私は彼女を戻せない」とバアチャンはあっさり言った。

「なんで？　そうしてよ！　あなただけが分かってるのに……」

しかし彼女は目を閉じて、厳粛に首を振った。

「これには力が必要です」と祖母は言った。「私にはそれがない。彼女に自分が何であるかを示す必要があるし、彼女自身に戻る方法を示す必要がある」

「例えば何？　神社に戻ればいいの？　すべてはそこから始まったんだ」

彼女はまた首を振った。

「神社はあなたを必要とした時に現れた」と彼女は答えた。「今はもうあそこにはない」

「でもこれはライコウのせいだよ！　あいつが彼女をこんなにしたんだ！」

「彼はあなたたちの中にすでにあったものを活性化したのよ」と彼

女は、まるでクロスワードパズルでも解いているかのように、不気味な落ち着きで答えた。「彼女の能力をどのように使いこなすか、それを教えるには他の誰かが必要ね」

「彼女の能力？　まるでアニメのキャラクターだ！」

「静かにして」と彼女は手を振って、両膝をひもで縛られたみたいな小さな足取りで奥の部屋に入っていった。そして立ち止まり、遠くの何かを聞いているかのように首をかしげ、長い間じっと動かなかった。それからサイドテーブルの引き出しをかき回してノートを取り出し、鼻に当たるほど顔に近づけてパラパラめくった。そして満足そうに声をもらすと、意を決したように戻ってきて、小さなハンドバッグと鍵を手に取った。

「出かけましょう」と彼女は言った。「この住所まで行くようにタクシーを呼んで」と彼女は言いながら、繊細な文字が数行書かれたページを開いて渡した。「バスケットを持ってきてちょうだい」

十分後、僕らはウーバーで呼んだ自動車の後部座席に座っていた。運転するのは昨年イースト・ポーターズビルを卒業したばかりのウォーレンという青年だ。

「バスケットの中には何が入ってるの？」と彼は陽気に言った。

「ビスケット」と僕はバカな返事をした。

バスケットが僕の膝の上でガサゴソと揺れたので、僕はあわててそれを支えた。

「ちょっと臭いな」とウォーレンは鼻にしわを寄せて言った。

「おいしいビスケットとは言ってないよ」と僕は答えた。

「ブレイク・ワイルドのことは聞いた？」と彼は話題を変えて、バックミラーで僕らをちらっと見た。

僕は首を横に振った。ブレイクは高校４年生で、彼なりにクールだけど、乱暴でもあった。ワイルドの名は体を表す、と誰かが言ったのを覚えている。首にはいつもサメの歯の付いたチェーンをつけていた。僕はサメを避けるように彼を避けていた。

「彼がどうしたの？」と僕は尋ねた。

「行方不明」とウォーレンは嬉しそうに言った。「推定だけどね……、まあ、誰にも分からないけど、ろくなことはないよ。警察は奴の相棒を拘束してる。デイビー・コット。知ってる？」

僕はまた首を振り、かすかな不安がよぎるのを感じた。ウォーレンの目は鏡にちらちらと映り続けている。彼がバアチャンを見ているのは間違いない。

「どうやら」とウォーレンは言った。「きのうの夜、デイビーはメイン通りをふらふら歩いていたらしい。日本の服を着た怪物の話をわめきながら」

彼は鏡で僕らを見ながら、その小さなディテールを言いっぱなしにした。僕の口は乾いていた。僕は唇を舐めてから言った。

「たぶん酔ってたんだろ」

「どっちが、デイビー？　ブレイク？」

僕は顔がほてるのを感じながら肩をすくめた。

「どっちでも」と僕は言った。「いや両方だ」

僕はウォーレンが笑ったり、うなずいたりするのを期待したけど、彼は何も言わず、視線だけが前方の道路と鏡に映る僕らの顔を行き来していた。

「ブレイクは見つかると思うよ」と僕は楽観的に聞こえるように言った。

「僕もそう思う」とウォーレンは言った。僕は笑ったけど、彼は付け加えた。「どちらかの状態でね。よし、君はここだ」

「どういう意味？」と僕は身構えた。

「つまり、ここが君の目的地」と彼は答えた。「降りていいよ。クッキーも忘れないで。車内を臭くしたくないんだ」

僕は、どこか神聖な場所を期待して、外を見た。寺院とか神社とか、僕の知らない墓地とか。でもここは……違う。

「本当にここで合ってるの？」と僕は言った。

「僕はただ言われた住所に連れて行くだけだ」ウォーレンは哲学的に言った。「そこが必要な場所かどうかは……その人にかかっている」

僕らが車から降りると、彼は開いた窓ごしに声をかけた。

「日本の怪物には気をつけろよ、聞いただろ？」と彼はニヤニヤしながら言った。

僕は何か言おうと口を開いたけど、彼はすでに車を走らせていた。僕はバアチャンの方を向いた。

「彼が言ったこと聞いた？」と僕は尋ねた。「学校の生徒が行方不明になったことや……？」

「日本の怪物」と彼女は口を挟んだ。「ええ、聞いたわ」

「それで？」僕は思わず叫びそうになった。

「一度に一つずつよ」と彼女は言って歩き出した。

車から降りた場所は、町の西側にある不吉なショッピングモールだった。ほとんどの店は撤退している。『素晴らしい小売スペース！』という期待を込めた大きなテナント募集看板が掲げられていたけど、さびれていた。数台の車が１ドルショップの外に停まっていた。大きな箱が並んでいて、その一つには『仮店舗。ハロウィーン・コスチュームの販売中』と、その場しのぎに書かれていた。しかし、中央の広場は回転草が転がり回っているような感じだった。コスチュームの店から数軒離れたところには、低い建物があって、色あせた赤い文字で『ヒバチ　プリンス　アジア風ステーキハウス＆スシ』と書かれていた。

「冗談でしょ」と僕は言ったけど、バアチャンはすでによたよたと、そちらへ向かっていた。ハンドバッグをしっかりと胸に抱えている。

建物が風変わりなことは外観から気づいていたけど、内部がこれほど粗末なものとは思わなかった。天井も低く、家賃も低く、期待も低いというやつだ。ここも閑散としていたけれど、一人の東アジア系の男がいた。僕らが入っていくとにらみつけて「閉まってる。後で来い」と怒鳴った。

僕は東アジア系――たぶん中国人か日本人――と表現したけど、彼には一つだけ明らかに典型的とはいえない特徴があった。彼の鼻はまるで顔の真ん中にホウキの柄をくっつけたようだった。その鼻はあり得ないほど大きく、一瞬、この先のコスチューム店で買ったのかと思ったほどだ。バアチャンが丁寧な日本語と僕には思える返事をすると、彼はくるりと体を回して僕らのことをきちんと見なすようになった。店がすいていてよかった。あの鼻では客の半分が出て行ってしまうだろう。よく見ると、それはホウキの柄というより、バナナとキュウリの中間のような形をしていて、先端が少し上向きに曲がっていた。この男にとって高校は悪夢だったに違いない。

彼はバアチャンの挨拶に応じて僕らを見つめると、軽くお辞儀をしてつぶやいた。「イラッシャイマセ」

彼はあいているテーブルを漠然と指差したので、好きなところに座れという意味だと受け取った。僕らはそうした。ところが、僕がメニューを見ようとすると、彼は電光石火の速さでそれを僕の手から奪い、隣のテーブルに放り投げた。

「分かった」と僕は言った。

「彼は私たちのために何かを選んでくれるわ」とバアチャンは、それがごく普通のことのように言った。彼女はお辞儀をして微笑んだ。

「いったい何が起きるの？」と僕は言った。

しかし、レストラン経営者——ウェイターなのかシェフなのか分からないけど——は、僕が椅子の横に置いたバスケットをじっと見つめ、大きな鼻を上にそらして匂いを嗅いでいた。バアチャンから笑顔は消えて、彼女は身じろぎもせず彼を見つめていた。彼はもう一度、今度は料理人があやしい肉を検査するようにバスケットに身をかがめ、いぶかしげに匂いを嗅いだ。その目は大きく開かれ、首の後ろの毛が逆立っているのがよく見えた。

彼は、侵入者の匂いを嗅ぎつけた用心深い犬のように、低く喉を鳴らした。そしてすぐに、はっきりと、彼は認識した。

僕は彼から目を離さずに、バアチャンにささやいた。「彼は何なの？　犬か何か？」

バアチャンは半分笑った。「いいえ、違う」と彼女は言った。「こちらはサイトウさん。彼は天狗よ」

その言葉を聞くと、彼は素早く、警戒に満ちた捕食者のような視線を彼女に向けた。

「この子は私の孫息子ヒデキです」と彼女は言った。「彼には、あなたの正体を含めて、いろいろなことを知る権利がある」

「ソシテ、コレハ　オンナ　デショ」と彼は答えた。

「どういう意味？」僕はまだ声をひそめて尋ねた。

「彼は『そしてこれは女でしょ』と言った」と彼女は答えた。

僕は彼女をじっと見つめた。

「彼は僕らが誰なのか知ってるの？」と僕は言った。

「あなたたちはライコウの後継者なのよ」と彼女は、（一族に対する）誇りと（僕の愚かさに対する）軽蔑の狭間で答えた。「もちろん、彼はあなたが誰であるかを知っている。そして、あなたは前に進むために彼を必要とするでしょう」

僕は天狗が——それが何であれ——大きな鼻以上のものを持っていると考えた。彼は筋肉質の強そうな男で、日本人にしては背が高かった。髪は長く、アイアングレーのメッシュが入り、後ろで団子に結んでいた。彼にはそれがクールに見えたけど、僕にできるとは思えなかった。目は黒くて鋭く、眉は弧を描いてふさふさしていた。鼻のせいでばかげて見えるけど、この男には尊敬せずにはいられない野性味があった。

彼は批判するような目で僕を上から下まで眺めてから、バアチャンに辛辣な日本語を連発した——と僕は思った。彼女は最初は丁寧で静かな返事をしていたけど、彼が口を挟むと、より大きく強い口調になった。二人は言い争い、僕は傍観者だった。

「あのー？」と僕は言った。「僕と姉のことを話してるなら、僕が理解できる言葉で話してくれた方が礼儀正しいと思います」

天狗は僕にきびしい目を向けたので、僕は一歩後ずさりした。彼の歯で喉をかっ切られても仕方がないような無礼なことを言ってしまったと確信した。ところが、僕がドアへ走ろうとしたら、彼はさっと頭を下げて、目線を床に落とした。

「ゴメンナサイ」と彼は言った。「失礼をお詫びします」

彼の声はまだ硬くがらがらしていたけれど、英語は素晴らしく、『グラビタス』と表現されるような、重厚で威厳のある話し方だった。

「問題ないよ」と僕は言ったものの、黒ネクタイ必須のディナーに短パンとTシャツで出席したような気持ちになった。「それで、僕の姉を治せると思う？」

「治す？」彼は、まるでネズミを動かすように大きな眉毛を寄せて、言った。

「彼女を元に戻すってこと」と僕は意味をはっきりさせた。

彼は、村のバカをなぜレストランに連れてきたんだと不思議がるように、バアチャンをちらっと見た。

「彼女は治す必要がない」と彼は言った。「彼女は自分が何になりたいかを決める必要がある」

「女の子だよ」と僕は言った。「高校生だ」

彼はあいまいに肩をすくめた。

「それは彼女次第だ」と彼は言った。

「うーん、元の生活を取り戻すか、ノミ・ダニ駆除の計画を立てるか、難しい判断だ」と僕は言った。

「そんなに簡単な選択なら」と彼は言い、バスケットに視線を戻して、蓋をそっと開けた。「なぜ彼女は決断しなかった？」

「だって、彼女はやり方を知らないんだから！」と僕は叫んだ。「もし助けられないなら、そう言ってほしい。でも、神秘的なナンタラカンタラはご免だ、いいね？　もし助けられるなら、さっさとやろうよ、ねえ？　時間はどんどん過ぎていく。だからあなたのところに来たんだ。彼女を元に戻してもらうためにね。そうでしょ、バアチャン？　だから僕らはこの怪しい店に来たんでしょ？」

彼は背筋を伸ばした。実際、少し大きくなったように見えた。そして、怒りに満ちた暗く厳しい目で僕を上から見下ろした。彼は鼻孔を広げ、批判するように僕の匂いを嗅いでから、判決を下した。

「無礼者め」と彼は言った。「お前はライコウの後継者ではない。帰ってくれ」

英希　12

僕は外に立って怒っていた。暑い日差しが駐車場の空っぽのコンクリートに反射していた。バアチャンは犬男に僕の謝罪をしている。僕らがここまでやって来て、結局得られたものは、バナナのような鼻をした男からの侮辱と不信感だけだった。僕の姉は今にもネズミを追いかけそうだ。ひどい話だ。そもそも僕は、こんな神秘的ナンセンスに巻き込まれたくなかったのに……。

「カズコの服を持って来なかったのね」

バアチャンだった。彼女はレストランから体を半分出しながら、実際には出るつもりがないらしくドアを開けたままにしていた。

「あなただってそうでしょ」と僕は言った。大人げない返しだったと認めよう。

「バスケットの中に入っていると思ったのよ」

「狐が服を気にするとは思わなかった！」と僕は反論した。

「まあそうよね」とバアチャンは、山の中の池のように穏やかに同意した。「でも、10代の女の子は気にするの、特に何も着ていない時はね」

「彼女を元に戻したの？」と僕は叫んで、中に戻ろうとしたけど、バアチャンが行く手を阻んだ。

「彼女はサイトウさんの助けで元の姿に戻りました」と彼女は言った。「でも、彼女は裸であることに不満で、それをあなたのせいにしている」

「僕？」と、僕は息をのんだものの、レストランのドアから身を引くだけの賢明さも持ち合わせていた。今入るのは、命を無駄にするようなものだ。「僕が何をしたって……？」

「モールの端に店がある。彼女に何か着るものを買ってきて」

「無理だよ……」僕は口ごもった。「どう買えばいいのか分からない……」

「はい、お金」とバアチャンは僕の手に紙幣を押しつけた。「行って。大急ぎで」

僕は反論したかったけど、彼女は中に戻ってドアを閉めたので——かなりしぶしぶながら——閉店セールをやっている安売りデパートまでとぼとぼと歩いて行った。棚はすべて空っぽで、残っているのはゾンビの襲来にやられて捨てられたようなものばかりだった。開いているレジは一つだけで、店番の女性は僕の買い物を不審そうに見ていた。ビーチサンダル、ネオングリーンの短パン、得体の知れないアニメキャラが描かれた明るい黄色のシャツ、そしてよく吟味せずにそっとカートに入れた下着もいくつかあった。どれもサイズが合っているか見当もつかなかったけど、それを考えようとすると、脳が抗議してシャットダウンした。

僕は真っ赤な顔に汗だくでレストランに戻った。

エミリーは、名前も知らない食べ物の皿が置かれたテーブルに座って、コップの水をすすりながらぼう然としていた。彼女は、青と白の竹の模様が入った、大きな袖のゆったりした綿のローブみたいなものを着ていた。片手でその襟元をしっかりと握っていた。僕が買い物袋を持って入って来たのを見て、彼女は何とか笑顔を作ったけれど、中身をテーブルに広げると、笑顔は朝露のように消えてしまった。

彼女は、短パンをまるで汚染物質のように指でつまみ、唖然とした顔でTシャツを見つめた。

「私がこれを着ると思ったの？」と彼女は言った。

「あまり選択肢がなかったんだ」と僕は答えた。

「ユカタにしておくわ、ありがとう」

「何だって？」

彼女は着物のような綿のローブを引っ張った。バアチャンが天狗を連れてやってきた。

「浴衣が何か知らないのかい？」と彼女は言った。

「あれのことだね？」と僕はエミリーが着ているものを見てうなずいた。バアチャンは天狗と意味ありげな視線を交わし、天狗は大きな眉毛をつり上げて軽蔑したように鼻を鳴らした。

「下着だけちょうだい」とエミリーは強く言った。

僕がそれをテーブルの向こうに押しやると、彼女は悲鳴を上げた。

「ケイレブ！　私のサイズをいくつだと思ってるの？」

彼女はそれを僕に押し返し、顔を真っ赤にしてそっぽを向いた。

「何だよ？」と僕は抗議した。「大きすぎる？　小さすぎる？　僕が知るわけないだろ？」

「もういい！」エミリーは目を閉じて両手を挙げた。「ビーチサンダルをもらう」

僕の唯一の成果のようだ。

「ご丁寧なお礼だな」と僕は言い返した。「大変ありがたく思うよ」

「カズコは難しい経験をしてきた」とバアチャンは言った。

「僕のせいじゃない」と僕は言った。「それに彼女の名前はエミリーだ」

バアチャンと天狗はまた視線を交わしたけど、今回は見逃すことにしたようだ。

「座れ」と天狗は言った。「食え」

「お腹は空いていない」と僕。誤解されているような感覚が、僕を不機嫌にした。

「お座り」とバアチャンは言った。「お食べ」

「ああ、そうか」と僕は冷ややかに笑った。「すべては僕のせいなんだ。だから、みんなに指図される。ああしろこうしろって……」

「座って」とエミリーが言った。「食べて」僕は彼女をにらみつけた。「本当に」と彼女は付け加えた。「この料理はおいしい」

僕はいろいろな食べ物を無愛想に眺めた。どれも何か分からなかったけど、見た目はおいしそうだったので、この状況では悩ましかった。どれかをおもむろに刺してみようと思ったけど、フォークは見当たらず、そこにあるのは……。

「箸？」とエミリーが、テーブルの向こう側にあった箸立てを僕の方に滑らせた。彼女は僕に同情して、親切にしようとしていた。「あなたが箸で食べるのを前に見たことがある。練習になるわよ」

そんなに親切じゃなかった。

僕は箸を引き抜き、パチンと音を立てて二つに割った。これで、自分の行動を完全に理解できていることが示せたはずだ。そして僕は、何かの素材の中に美しく芸術的に盛りつけられた、小さな四角い何かを突き刺そうとした。それは皿から飛んだ。もう一度やってみる。しかし今度は挟もうとしたことで、それは不運にも船のスクリューと出会ったカニのようになってしまった。テーブルの上に食べ物は増えたけれど、口の中には何もない。ソースの塊を３回も服にこぼして、実際には何も食べられなかった。

「バアチャン」とエミリーは悲しそうに小さくため息をついた。「弟が飢え死にする前にフォークを用意できない？」

僕がムッとしてにらみつけると、彼女はひと切れの何か……食べ物を、手でつまんで、それをポイっと口に放り込んだ。

「何よ？」と彼女。

「いつそんな食べ物を覚えたの？」と僕は尋ねた。

「去年の夏」と彼女は肩をすくめて言った。「マンディとシモーヌはラーメンにハマってた。私は、くだらないことばかりで何のメリットもないことにうんざりしてたから」

「くだらないこと？」と僕は言って、彼女が食べていたものを指でつまみ、反対される前に口に放り込んだ。噛んで飲み込んでも、まだそれが何か分からなかったけど、おいしかった。外は軽くてサクサク、中は熱々のふわふわだった。「ねえ」と僕は言った。「これは……？」

「サツマイモの天ぷら」と彼女は言った。「くだらないことっていうのは、私たちがポーターズビルの背景に溶け込んでいないことから受けてしまう、ひどい扱いのことよ」

僕は感心と疑いが入り混じった気持ちで彼女を見つめた。

「君は、自分が言うよりもずっと日本のことを知っているね」と僕は言った。

彼女は肩をすくめた。「少しはね」と彼女は言った。「白味噌を納豆と一緒に食べてみて」

「何を何とだって？」

「スープをあの豆みたいなものと」

「ママは、君が日出ずる国について密かに勉強していることを知ってるの？」

彼女は首を振った。

「知るわけないわ」と彼女は言った。「ある日、漫画を家に持ち帰ったことがあった——つまり日本のコミックの本……」

「漫画がどんなものかは知ってる」と僕は言ったけれど、実のところ、一度も読んだことはなかった。

「ママはそれを燃やした」とエミリーは言った。「それは日本語ですらなかったのよ。しかも図書館の本だった」

「それってどういうこと？」と僕は言った。「つまり、周りに溶け込め、アメリカ人よりもアメリカ人らしく、というのは分かるけど、そこまでするかな？　僕には分からないよ」

「私は分かってきたように思う」とエムは言って、バアチャンをこっそり見た。祖母は天狗と熱心に話し込んでいた。

僕は口をぽかんと開けて祖母を見つめた。

「ママは彼のことを知ってると思う？」僕は息をのんで言った。「魔法とか、変身する狐とか、神のみぞ知るようなことを？」

「ママは過去のものにしたかったんだと思う」とエミリーは言った。「家族の由来に関することを。私はずっと思っていた。それが何なのかは知らなかったけれど。今になって、もしかしたら……と思い始めている」

「……バアチャンがママに、あの『ライコウの後継者』の話をした。そして、ママがパニックになったとしたら？」と僕は、エミリーの考えを補足して言った。「なんてこった、君は正しいよ。うわあ。でも、なぜママはそこから逃げたんだろう？　クールだよ。妖怪退治の先祖って、僕にはすごく素敵に聞こえるのに」

「化け猫のこと覚えてる？」とエミリーは僕を厳しい目で見た。「バアチャンがたまたま魔法のティーポットを持っていたから、私たちが生き延びた、あの殺人ゴブリン猫のことよ？　あの時に、私たちはもうこんなヒーローの狂気とは絶対に関わらないと誓って、そこから飛び出したのを覚えている？」

「それはそうだね」と僕は認めた。「でも、モンスターが僕らを狩りに来るなんて、ママは知らないんだよ！」

「本当にそう思うの、ケイレブ？」と彼女は答えた。「私はそう思わない」

「バアチャンに聞いてみよう」と僕は提案し、これまでずっとよく知っていたはずなのに、どうやら実は何者なのか知らなかった老人を見た。

「何がいるか分からない場所を、人々は地図に何と書いたか知ってる？」とエミリーは暗い微笑みを浮かべて言った。「旅人よ、気をつけろ。ここにはドラゴンがいる」

「日本のドラゴンか」と僕はつぶやいた。「日本のドラゴンっていたっけ？　僕はそれすら知らない」

「私たちが誰と行動しているかをママが知ったあと、ドラゴンかママかを選ぶことになったら……」

「そうだね」と僕は同意した。「難しい選択だよ。ところで、君はどうやって戻ったの……自分に？　つまり、どうやって狐をやめたの？」

「サイトウさんは私にいろいろなことを語りかけたの」とエミリーは、ふと夢を見るように遠くを見つめて言った。「理解はできなかったけど、それでも意味は通じた。まるで……私が濃い霧の中で道に迷っていたら、ランタンを持った彼が現れたようだった。私は彼の後を追っていった」エミリーの言葉は、彼女がまだ遠くにいて、その声が質の悪いスピーカーから聞こえてくるようだった。「すべてが違って見えて、違った匂いがした。本当に違っていた。まるで匂いが見えるようだった。色つきで。でもすごく不思議だったのは、それがまったく奇妙に感じられなかったこと。普通に感じた。まるで思い出すかのように」

「思い出す？」と僕は言った。「何を思い出しているの？」

「私が何だったかを」と彼女は言った。そして、自分が誰と話しているかに気づくと、怯えたような、ひきつった表情になった。気恥ずかしさと少し怖さも感じているようだった。僕は息をのんで目をそらした。なぜなら突然僕も同じ気持ちになったからだ。

「終わったか？」とサイトウさんがテーブルの横に現れた。彼は前掛けをしていて、そのポケットには重い包丁が入っていた。そしてタマネギの入ったバスケットをテーブルの上に置いた。

エミリーはうなずき、それから何かを思い出したらしく、ゆっくりと慎重に言葉を発音しながら言った。

「ゴチソウサマ　デシタ」

彼女がバアチャンに尋ねるような視線を送ると、老人は微笑みながらうなずいた。天狗は僕の方を見た。

「彼女がいま言った言葉」と僕はそれにこだわった。

天狗は目を細め、テーブルを片付けながら、息を吐くようにつぶやいた。

「何なの？」と僕は抗議した。「僕は日本語が話せないんだ」

「お前の力になることはできない」と彼は皿や料理をせっせと片付けながら言った。

「誰も頼んでないよ！」僕はまた顔を熱くさせて言い返した。

天狗は、皿の山を持ってキッチンに向かいながら、バアチャンに視線を送った。

「私は頼んだのよ」と彼女は天狗の視線を認めて言った。

「エミリーを戻すことでしょ」と僕は言った。「僕らに日本語を教えることじゃなくて」

「あなたに日本語を教えてほしいと頼んだわけじゃない」と彼女ははっきりさせた。「あなたの能力を生かせるよう、訓練してほしいと頼んだのよ」

「僕はエミリーを復元してもらうために来たんだ」と僕は言い返した。「それだけだよ」

「復元だと？」天狗はひどく軽蔑したように言った。

「じゃあ、治療」と僕は言い換えた。

「お前は何も分かっていない」と天狗は言い返した。「彼女は復元されたわけでも、治療されたわけでもない。彼女はキツネであり、狐と人間が、からみ合った存在だ。私は彼女が人間の姿に戻るのを助けたが、彼女はまだキツネであり、これからもずっとそうだ」

「彼女は変化をコントロールする方法を学ぶ必要がある」とバアチャンは付け加えた。「同様にヒデキも、身体能力、戦闘技術を学ぶ必要がある。あなたたちは危険にさらされている。何かがあなたたちを探している。大昔にライコウがやったことへの復讐のために、あなたたちを追ってきたのだと思う」

「日本から私たちを追ってきたの？」とエミリーは言った。「でも、私たちの家族は百年近くも前に日本を離れた。あなたはそう言ったでしょう。すると何かが1世紀も私たちを追いかけてるの？」

彼女は怯えているように聞こえた。

「そのようだな」と天狗は言った。

「じゃあ、あなたはここで何をしているんだ？」と僕は天狗に迫った。「とんでもない偶然だよ。こんなところに店を構えてるなんて！　昔の国からやって来た猫の怪物が現れる、ほかでもないこの場所にね。それに、そもそも天狗って何なの？」

「私は山の生き物だ」と天狗は重々しく言った。「私は原生林につながっていて、日本では以前よりも見つけるのが難しい。私はずっと昔にこの場所に引き寄せられたが、何の目的で来たのかは言えない」

バアチャンは、彼が何かを隠しているとでも言うように、彼を見つめた。

「あなたは、僕らがここにいることを知っていたんだね」僕はアニメのキャラクターのような鼻をした男を見て言った。「あなたには僕らを守る使命とかがあるんでしょ？　保護の任務が与えられてるけど、状況が厳しくなれば、無視するなり、逃げるなりを選択できる、みたいな」

一瞬、バアチャンは本当に怒っているように見えた。彼女が思っている以上のことを僕が言ったわけではないと信じていたけど、彼女から優しい老婦人のオーラは消え去り、その顔は曇って、目はぎらぎらし、顎は固く閉じられた。

「分かったか？」と天狗は言った。「彼は何も理解していない。それに、もしその少女が本物のキツネなら、人間の姿に戻るのに何の助けも要らなかっただろう。彼らはライコウの子供ではないのだ。彼らは……アメリカ人だ。彼らの血は、父親の血とこの土地から来た思想によって汚染され、不純だ。彼らは半分だけ日本人で、私は半分では何もできない」

ほら出た。

半分。

エミリーは立ち上がり、以前の怒りをよみがえらせた。

「『その少女』として話すけど」と彼女は氷のように冷たく硬い声で言った。「私は狐に変身したのよ！　私の血には魔法がないとでも言うの？」

「少しはある」と彼は言った。「十分ではない。もし君の親が別の日本の旧家と結婚していたなら、そうだったかもしれないが。しかし君の両親は……」彼は肩をすくめた。「混ざり、薄まって、不十分だ」

「それって、どんだけ中世のたわごとよ！」エミリーは詰め寄った。「半分ですって？　私は私よ！　100パーセント。私は半分なんかじゃない。ケイレブもそうよ。」

「その通りだ！」と僕は言った。そして、また僕の肌の中でパチパチと音を立てるものを感じた。自分でも理解していない古い混乱した怒りだ。非難し、叫び、叩き潰したいという思いだ。突然、僕が見ていた天狗の後ろに、他の顔が見えた。あざ笑ったり、見下したりする顔が、何年も前から並んでいる。タイラーとその仲間が僕を『変なジャップ』と呼んだりしていた顔だ。そして、ほんの一瞬だけ、ママがエミリーの漫画を燃やしたわけをよく理解できた。でもそれはまるで溶鉱炉へ酸素を送り込むように僕の怒りを燃え上がらせただけだった。

僕は炎上して、カッとなった。

少なくとも、自分ではそう感じた。しかし実際に僕がとった行動は、テーブルの上のバスケットからタマネギをつかみ取って、それを全力で天狗に投げつけることだった。

確かに、洗練された話し合いではないことを認めるけど、一瞬の出来事だった。

天狗は6メートルほど離れたところに立っていた。しかし、どういうことか、それが彼に届く前に、天狗はテーブルに皿を置き、前掛けのポケットから包丁を取り出して、向かってきたタマネギを2つに切った。それはあり得ないし、普通の人にはできないことだけど、彼は正確かつ経済的な動きで、それをやすやすとやってのけた。

そこで僕はまた別のタマネギを投げつけた。彼は、それを僕に投げさせただけではなく、いとも簡単に対処することで、僕を敗北させた。いら立ちと、無力感……それはあまりにも大きかった。だから僕はさらに別のタマネギを投げた。すると彼はそれを空中で2回も切った。最初は半分に切り、次は床に落ちる前に素早く切って4分の1にした。僕はもう1個、さらにもう1個と投げたものの、投げるたびにどんどん乱暴で不正確になり、どれも彼を困らせることはなかった。すると彼は僕が予想もしなかったことをした。

彼は僕に向かって包丁を投げた。

英希　13

彼はそれを強く投げた。包丁はくるくる回転しながら僕の喉元に向かってきた。エミリーの悲鳴がはるか遠くから聞こえてくるように感じた。鋼鉄が空中できらりと光る。その瞬間、僕は無意識で両手を振り上げ、まるでシンバルを打ち鳴らすように、両方の手のひらで包丁を挟んだ。顔から数センチのところでそれを止めた。もし僕が、包丁を投げた男のような鼻を持っていたら、先端に切れ目が入ったことだろう。

　しばらく、ぼうぜんとした沈黙が続いた。そしてエミリーが口を開いた。

　「何てことをしたの？」と彼女は怒鳴った。「彼は死んだかもしれないのよ！　もし当たっていたら？」

　「ならば、彼がライコウの跡継ぎではないことが分かる」と天狗は冷静に言った。

　僕はこれを理解するのに少し時間がかかった。

　「ちょっと待って」と僕は答えた。「つまり、あなたが言いたいのは、僕らが……」

　「私が言いたいのは」と天狗は厳粛に言った。「私は、お前が自分の能力を自己防衛に使えるよう訓練するつもりだ。それはお前たちのバアチャンの願いを尊重するためだ。しかし」と天狗は僕の顔に勝利の輝きが浮かんでいるのを見て、急いで付け足した。「私は希望が持てない。お前は何も知らない。お前は理解が足りない。お前は……」

「ああ、もう全部言ったでしょ」と僕は言って、急に明るくなった。「でも、心の底では、それがまったく真実ではないことを知っている。ですよね、センセイ？」

僕はエミリーにニヤリと笑いかけた。『センセイ』は僕が知っている数少ない日本語の一つだ。だって、みんな『ベスト・キッド』を見たことがあるよね。

天狗は不満そうにつぶやいて、そっぽを向いたけど、少なくともその瞬間は戦いに勝利した。

「それで、質問があるんだけど」僕は今だけ元気になった。「曽祖父を恨んでいた日本の大悪党が僕らを探しに来たとして、それが破砕事故とどう関係があるの？」

「何もない」と天狗は言った。「偶然だ」

「それから、もし例の猫みたいな奴が……」と僕は続けた。

「化け猫」とエミリーが口を挟んだ。

「そう」と僕は言った。「それだ。もしそれがバアチャンの居場所を知っていて、ライコウの跡継ぎを狙っているのなら、なぜ僕らを襲いに来ないのか？」

「お前たちの血統は、妖怪が感知できるほど強くないからだ」と天狗は言った。

「またそれか？」僕は彼を冷ややかな目で見つめながら言った。

「妖怪って何なの？」とエミリーは尋ねた。

「怪物」とバアチャンは言った。「超自然的な存在。人間ではないもの、またはもはや人間ではないもの。幽霊でもない。神ではない超自然的な生き物は、ほとんどが妖怪になり得る」

「変身する狐もそうなの？」とエミリーは言った。

バアチャンはためらっているように見えたけど、天狗はきっぱりしていた。

「そうだ」と彼は言った。「キツネ、タヌキ、カッパ、オニ。他にもたくさんいる。すべて違うが、すべて妖怪だ」

「すると私は怪物なの」と彼女は言った。

「その返事は言葉にしたくない」と天狗は姉の心配に動じることなく言った。彼はバアチャンの顔を見て、少しだけ折れた。「すべての妖怪が悪いわけではない。ただのペテン師もいる。適切な状況であれば無害なものすらいる」

「ひどく控えめなほめ言葉だ」僕はエミリーにニヤニヤしながら言った。「分かった、エミリー？　適切な状況なら、君は悪くないかもしれないよ」

「破砕事故が無関係だとは思えないわ」とエミリーはわざと話題を変えた。「あの事故は、ちょうど神社が森の中に現れた頃に起きた。そして、そこには……」彼女はあたりを見回してから、思い出したように僕をにらみつけた。「私の携帯を持って来なかったの？」

「それをどうするんだよ、君が携帯に向かって吠えるのか？」

「洞窟から出てきた紙の画像を、二人に見せてあげて」と彼女は言った。

僕は携帯電話のロックを解除して、バアチャンと天狗に画面を見せた。二人は、最初に画像を、次にお互いの顔を見て、顔をしかめた。

「これはおだ」と天狗は言った。

「魔除けやお祈りのようなもの」とバアチャンは言った。「神社やお寺で買うことができる。幸運を願ったり、身を守ったりするためにね」

彼女が日本語で天狗と短い言葉を交わすと、彼は真剣にうなずいた。

「それらは、ドアや窓に貼って封印として使われることもある。悪運や悪霊や怪物を寄せ付けないために」

「古い洞窟の中で何をするっていうの？」とエミリーは尋ねた。

天狗は答えを出せないことに不満なのか顔をしかめ、バアチャンは首を横に振った。

「たぶん、あの洞窟は私の夫が避難した場所だったのでしょう」と彼女は言った。「要塞か安全地帯。彼は何かを締め出す必要があったのです」

天狗は表情豊かに肩をすくめた。

「それでも単なる偶然だ」と彼は言った。「ヒロクニが亡くなってから長年が経った。お札がその昔は重要だったとしても、今も意味があるとは思えない。化け猫が何十年もポーターズビルをうろついていたわけではない。もしそうなら我々は以前から耳にしていたはずだ。それは到着したばかりで、お札は関係ない」

「では、行方不明の作業員は？」と僕は尋ねた。

「労働災害はよく起きる」と天狗は言った。「犠牲者も出る。人々が利益のために土地を略奪するとこうなる。彼らは欲しいものを見つけると、それをどうやって手に入れるかには十分な注意を払わない。行方不明の作業員は私の問題ではない。お前たちの問題だ」

僕は顔をしかめた。

「それから、ブレイク・ワイルドという生徒は、その友人が言うには……」

「その友人は嘘つきだ」と天狗は言った。「たぶん殺人者でもあるだろう。そんなことは考えずに、自分が学ぶべきことに集中しろ」

「でも、いつもここまで歩いて来るわけにはいかないわ」とエミリーは言った。「定期的に会うなら……」

「私がお前たちの所へ行く」と天狗は言った。

大きな鼻をした日本の神秘が不便なコンビニに現れて、両親に「ライコウの後継者を訓練しに来た」と告げるかもしれないと思うと、エミリーと僕は警戒して顔を見合わせた。

「私たちで何とかしましょう」とバアチャンがいつもの無表情で言った。

「分かった」と僕は言った。「でも、なるべく、距離をとってほしい」

町に戻る途中、バアチャンは何も言わなかった。エミリーは、僕が買ってやった服をしぶしぶ着ていたけれど、家に着いたらすぐに着替えると――宣言――していた。誰にも見られずに着替えたいと思っているようだ。不便なコンビニに着くと、僕は先に入って、両親の注意が他に向いていることを確認した。バアチャンの強い忠告で、僕らは両親に何も言わないことにしていた。今のところは。

エミリーの心配は無用だった。僕が店に足を踏み入れた瞬間、僕は両親の注目を一身に浴びた。その理由は？　ガム、キャンディー棚の横にあるカウンターの上に置かれた両親宛ての手紙だ。両親は翌日、学校での会議に呼び出され、僕の行動について話し合うことになっていた。『地元の大切な記念物の喪失』と『イースト・ポーターズビル高校での将来』に関して。親は多くを語らなかったが、その表情は多くを語っていた。

「分かったよ」と僕は言った。「まあ、こういうのは予想してた」

ママの眉毛が顔から飛び出しそうになった。「動揺しているようには聞こえないわね」と彼女は言った。

「動揺した方がいいの？」と僕は言った。

「ケイレブ、お母さんをからかうんじゃない」とパパは忠誠心を示して言った。

「真面目だよ！」と僕は言った。「僕は何かの間違いをした。その結果、悪いことが起きた。だから僕は罰せられる。他に何がいるの？　わざとやったわけじゃないんだから」

思うに、二人を困惑させているのは、僕がいつもとは違って落ち着いているからだろう。僕の（混血の）血の中にあるライコウの魂が目覚めたせいなのか、それとも誰かが僕に包丁を投げつけたからなのか、理由は分からないけど、大局的に見れば、この状況は……乗り切れるように感じた。

「何も感じないの？」とママはあきれて尋ねた。

「空っぽの納屋に？」と僕は言った。

「私たちに！」と彼女は息を切らして叫んだ。僕はそれを聞いて、彼女が何日も前からこれを言いたかったのだと気づいた。

「両親に？」と僕は言って、一瞬本当に混乱した。

「これまでずっと、私たちは全力を尽くして、あなたが社会に溶け込めるようにしてきた」と彼女は言った。「でも、あなたはいつも簡単にはいかなかったのよ、ケイレブ、信じて。そして今度はこれ。私たちの恥ずかしさや、悔しさが分からないの？」

しばらくの間、僕はただ彼女を見ていた。

「ごめんよ、ママ」と僕は言った。「がっかりさせて。でも、もしよければ、僕はフットボールの練習があるんだ」

ママは僕に叩かれたような顔をしたけど、パパはただ首を振っただけだった。

「いや、息子よ」と彼は言った。「それはない。お前はチームから切り離されたんだ……」彼は手紙の２ページ目を開いて読んだ。「したがって、予定されていた練習には参加できません」

「何を言ってるの？」と僕は言って、その紙をひったくった。「練習は放課後なのに、僕は……居残り学習が課されている！」僕はまるでレーザーのように手紙を目で焼きながら、力なく締めくくった。「これから６週間」

「そのあと、ピケンズ監督は校長と相談し、プレーの可否を判断する」

「不公平だよ！」と僕は叫んだ。「納屋の件とフットボールに何の関係があるんだ？」

「世の中はそういうものなんだ」とパパは言った。

「完璧だよ」と僕は言った。「実に素晴らしい。この学校で、僕が笑いものや負け犬にならない唯一の時間が、なくなってしまった。最高だ。いつもながら、心のこもったサポートに感謝するよ」

僕は飛び出した。

不公平か？　たぶん。まあ、そうだ、おそらく。納屋の件は誰のせいでもないと思うけど、それは僕の気持ちであって、みんなは僕に正直になってほしいと思ってたんだよね？　正直になるべきは、僕ってことなんだ。僕は自分の部屋に戻って鍵をかけた。強力な妖怪退治人である、ライコウの後継者は、今や閉じこもりだ。

そして、悲しいかな、これはまだ始まりに過ぎなかった。その夜も、次の日も僕らはまったく口をきかなかった。校長との面談のその時まで、事態は悪化するばかりだった。

父はジーンズとボタンダウンのシャツを着て、母は法廷に行くような黒のビジネススーツを着ていた。僕らが校門をくぐり、事務室へ記帳に行くと、まるで僕らが火星からの使節団であるかのように、教室の窓から見下ろしている群衆の姿が見えた。

「もっと普通の服を着てくればよかったのに」と僕はつぶやいた。

「プロセスを尊重すれば、プロセスも尊重してくれる」と母は言った。

僕は信じられないという目で彼女を見つめた。

「ニュースとか見たことある？」と僕は尋ねた。「あまり人に振り回されない方がいいよ」

ウォルマートのショッピングカート以上に振り回された僕が言うのも、いかがかと思うけど、僕は停学かそれ以上の処分を受けそうなので、反抗的な気持ちになっていた。

校長室での集まりは、会議というより銃殺刑のようだった。校長は暗い顔に明るい頭（グリーリッシュはヒメコンドルのように禿げている）で座っていた。その隣に座っていた担任のマリンスキー先生は、朝食に腐ったエビでも食べたかのように、少し苦しそうな顔をしていた。僕の罪の全容が――もう一度――語られ、ポーターズビルのコミュニティの中心にあった建物の古さと美しさ（！）について長い弔辞が述べられた。その価値はルビーにも勝ると。

僕は椅子の上でお尻をずらした。結局あれは事故だったのだから、起きてしまったことに対して大きな罪悪感を感じるようなことはなかった。ホーム・デポで火炎放射器を借りて、町の魂を傷つけようと狙ったわけじゃないんだ。しかし、価値についての話は僕を不安にさせた。本当に、建物には保険がかけられていたのだろうか？　僕の家族に請求書を突きつけても、彼らを破滅させる以外の成果は得られないことが分かっているだろうか？

あの夜以来、初めて僕は本当のパニックになった。大学資金が少しはあるけど、実質的な貯蓄はあまりないと思っていた。不便なコンビニ店はメイシーズには程遠い。それに、お金だけの問題ではなかった。両親が頭を下げて、うやうやしく謝罪をしたことで、僕は思わず、絶望的に悲しくなった。長い間、僕は頭を垂れていた。そして顔を上げると、以前の自信が少しだけ戻ってきた。

「いいですか」と僕はグリーリッシュ先生の話をさえぎって言った。「法的に言えば、僕はまだ子供で、だから親の責任だということは分かります。でも、これは親とは何の関係もないことです。僕がしたことで親が罰せられるべきじゃない。くそみたいに、ここに座らされたことで、親はすでに罰せられているんです」

「ケイレブ！」とママは言った。僕が『くそ』と言った時の、いつもと同じ反応だ。

「本気だよ、ママ」と僕は言った。「僕が家で暴れたり、何かに反抗していたわけじゃないんだ。一部の生徒による人種差別的な嫌がらせから逃げた面はあるかもしれないけど、僕はただ隠れただけなんだ。あのバカな納屋を燃やすつもりなんてなかったんだよ、分かる？」

しかし、彼らはもう僕の話を聞いていなかった。『人種差別』という単語を聞いただけで、教師たちは腰を浮かし、全員に緊張が走った。マリンスキー先生は突然、まるでお腹の中で、リン光を出しているエビが何度かバックフリップをしたかのような、不安そうな表情を浮かべ、その顔には病的な影も出て、哀れを感じさせた。一方、グリーリッシュは厳しい顔をしていた。

「君が人種差別的な虐待を受けていたと示唆するつもりではないと私は信じています」と彼は言って、声に出して言うにはあまりにもばかげているかのように、なんとか作り笑いを浮かべた。

「マジですか？」と僕は純粋に驚いて尋ねた。

「この学校では人種差別を許しません」とグリーリッシュは言った。まるで選挙に立候補して、どこかに報道カメラがあるのではないかと思っているみたいだ。

「まあ、それならそれでいいです」と僕はゴビ砂漠のように乾いた声で言った。「あなたがそれを許さないと言うなら」

「ケイレブ、これを問題にする必要はないわ、政治的にね」とママは言って、いつものように最後の一言で、彼女の口から嫌悪感の波紋が広がった。「息子が言いたかったのは、そういう意味ではありません」と彼女は付け加えて、校長に微笑みかけた。

「もちろん、そういう意味だよ！」と僕は言った。

「おそらく、君は誤解して……」とグリーリッシュは言いかけたけど、僕は彼の言葉を遮り、はっきりとママの方を向いた。

「先週、ランチにくれたシチューを残したの、覚えてる？」と僕は言った。

「ケイレブ、それは何の関係が……？」

「食べられなかったんだ」僕は怒りに駆られて、言葉を続けた。「なぜか分かる？　どこかのバカの飼い犬が行方不明になって、そいつの仲間が僕のランチボックスに犬が入っているかどうかを調べるべきと考えたんだ」

ママは当惑した様子だった。「どうしてそう思うの……？」と言いかけたのを、僕はまた遮った。

「だって、それが僕ら『ジャップ』のすることだからさ！」と僕は声を張り上げた。「僕らは犬や猫など、普通の人間がペットとして扱うものを食べるんだ。知らなかったの？　僕は英語が話せないコンピューター・オタク。エミリーはミステリアスでセクシーな東洋人。ママはルーシー・リューのそっくりさんで、その店はヘロイン密輸の隠れ蓑になっている」

「ルーシー・リュー？」ママはますます混乱した。

「ミシェル・ヨー」僕は続けた。「オークワフィナ。みんな同じでしょ？」

ママはパパの方を向いた。「何の話をしてるの？」と彼女は言った。「その人たちは誰？」

「女優」と彼は言った。「ケイレブはただ主張したいだけだ」

「どういう主張？」と彼女は言いながら、混乱が苛立ちに変わった。「彼の主張は受け入れられません。私は女優じゃない。私は日本人じゃない。私はアメリカ人です。私はこの国で人種差別を経験したことはありません」

「パンデミックの時、誰かが店の窓にレンガをぶつけたのを覚えてる？」と僕は言い返した。

「あれは単なる破壊行為よ。人種差別ではない」

「ママ、お願いだから！」と僕は叫んだ。「この国で人種差別を経験したことはありません、だって？　毎日経験してるじゃないか！　みんながあなたの前でお釣りを数えるたびに。英語が話せないとかフォークが使えないとか決めつけられるたびに。仲間じゃないと思われて無視されるたびに。でも、それだけじゃないんだ。だって、仲間じゃないということは、あなたは人間ではない、実在しないってことなんだ。あなたはそれを無視するかもしれないし、うまくやり過ごすかもしれない。でも、それを見ていないとは言えないんだ」

「確かにそうです！」と彼女は立ち上がって言った。「これ以上は聞きたくありません。グリーリッシュ校長、息子の行動をお詫びします。彼の言い訳は無視してください。あなたが適切と思われるどんな処罰にも私たちは協力します」

ママがドアに向かうと、パパはショックを受けた様子で――警戒もしながら――後を追った。僕も追いかけそうになったけど、今言ったことのすべてを謝らない限り、そして事実ではないと否定しないかぎり、何も変わらないと分かっていた。ママの気が立っている時は、僕が『理性的な話し合い』と呼ぶものを受け入れてくれず、彼女はそれを『反抗』と呼んだ。僕はママの神経に触れてしまった。それはエムと僕がいつも賢明に避けてきたことだ。ママはすぐには立ち直れないだろう。

校長が話しているのに気づき、僕は顔を上げた。

「……それでは、残った私たちだけで、君の居残りの内容を決めよう」と彼は慎重に無表情で言った。「成績表を見ると、君はワトキンス先生の木工の授業を受けたことがないようだね」

僕はまばたきをして、首を振った。

校長は何の話をしていたのだろう？

木工？　30年ほど前のポーターズビルで家具産業が盛んだったころは、この授業はとても大規模だったけれど、今では本格的な職人を目指す一握りの芸術家向けの趣味の授業になっていた。彼らの作品は一般公開日などに展示されて、それは印象的なものだったけど、僕はその授業を受けた生徒を誰も知らなかったし、ワトキンス先生は数年前に引退していたはずだ。先生の授業は、今ではまさに放課後のクラブ活動になっていた。

「ワトキンス先生は、熟練した学生大工や、関連する労働力を供給する責任を負っていて……」

「すみません、先生？」と僕は口を挟んだ。「そういうのは苦手なんです。僕の趣味じゃありません」

「君の趣味かどうかは関係ない」とグリーリッシュは言った。「大事なことは、君が居残り時間をどう過ごし、学校への借りをどう返すかだ」

「ただ僕は、そういう経験がないんです」と僕は言った。「道具とか、木材とか。どこから始めたらいいのか分かりません」

「そのために先生がいるんだよ」と彼は答えた。

この不条理さに、僕の反抗心がまた燃え上がった。

「アヒルの木彫りやハンガーボード作りに何の意味があるんですか……？」と僕は切り返した。

「アヒルを彫るんじゃない」と彼は素っ気なく言った。僕に向かって叫ばないように相当苦労しているのか、顔は少し赤くなった。「君は納屋を建て直すんだ」

僕は驚いて彼を見つめた。

「納屋？」僕は言葉が詰まった。

「君が燃やしたやつだ」と彼は同意した。「そう、行動には結果が伴うんだよ、スミス君。行動には結果が伴う。明日の午後、放課後に現場に出頭すること。遅れるな」

英希　14

その日の午後、家に戻るのは、極寒の地に足を踏み入れるような感じだった。家族には居残り時間の課題を話した。校長室でのケンカを謝ろうとしたけど、ママは大丈夫と言った。でも大丈夫そうじゃないから、ママを怒らせるつもりはなかったと謝ったら、彼女は僕にラザニアを食べて宿題をするよう言った。僕は家では宿題をできないと言い訳して、図書館に行かなきゃと言った。

「あんたね、それがどれだけ見え透いて聞こえる分かる？」姉が、出かけようとする僕を捕まえて、ささやいた。「インターネットは使えないの？　図書館って、尻尾をなくしたお尻もびっくり」

僕は肩をすくめた。

「それで話が通じたんだ」と僕は言った。

「で、本当はどこへ行くの？」と彼女は尋ねた。

「ただ……出たいんだよ」と僕は答えた。「行かなきゃ……遠くへ」

「とても具体的だね」とエミリーは言った。

「森に行く」と僕。「これでいい？」

「神社を探しに行くの」

「かもしれない」と僕。「もしそこにあるなら……知りたいことがあるんだ」

「ええ、私もよ」とエミリーは言った。「私の負け犬の弟が、いかにして、あのマディソン・激カワ・ヘインズの関心を引き寄せたのか？」

これは予想外だったので、僕は密かに照れて顔を赤くした。しかし、それはエミリーの驚きをさらに増した。

「まさにそこよ」と彼女は僕の赤い顔を指差して叫んだ。「私が言ってるのはそれ。あの納屋を燃やすバカ、フットボールを落とすマヌケ、カッコ悪さの象徴的存在が、どうやって学校で一番人気の女の子を捕まえたわけ？」

「ただ運が良かっただけさ」と僕は言った。

「運ですって？」彼女は冷ややかに笑った。「変な妖怪と戦うための日本の魔法でもかけて、彼女の常識を奪ったんじゃないの？」

「君の応援は実に感動的だよ」と僕は言った。「では、もしよろしければ、私は出かけます」

「マディーに会いに？」彼女は小さなキスの音を立てながら甘くささやいた。

「おい、エミリー、やめろ！」と僕は言った。「言ったろ。神社に行くんだ」

「彼女にはこの話をしないで」とエミリーは急に真顔で言った。

「マディソンに？」僕は一瞬、会話の流れを見失った。「そんなつもりはないよ」

「本当に？」

「もちろん、話すもんか！」僕はあざ笑った。「なぜ僕が話すんだ？」

「それはあなたを特別にするから。そしてあなたは特別であることに慣れていないから」

「そういう君だって……」と僕は切り返した。

「どちらかと言えば」と彼女は肩をすくめた。「そうね。あなたも知ってる通りよ。だからこそ私の言うことを聞いてほしい。私は人気者であることには慣れているから」

「ああ、君はまさにA級のセレブだよ」と僕は言って、イライラし始めた。

「私が言いたいのは」と彼女は声を落とし、ふざけ笑いも消して、言葉を続けた。「くれぐれも用心してほしい。こんなことをみんなに話したくなるのは分かるけど、それは悪い考えよ。みんなにもっと好かれるように思うかもしれないけど、実際はそうならないの」

「だから言っただろ」と僕。「誰にも言うつもりはない」

「あなたがマディソンをどれだけ好きか、私は知っている」と彼女は言った。「何年も前から知っている。彼女を見るたびに子犬のような表情になること。彼女が偶然通りかかると周りに人がいるのも忘れてしまうこと。6年生の時に書いた詩で……」

「それには二度と触れるなって言っただろう！」僕はまた顔を赤くして言葉を遮った。

「私が言いたいのは、あなたが彼女をずっと好きだったこと。彼女があなたに興味を持つなんて信じられないこと。はっきり言えば、誰ひとり信じないこと。だからこそあなたは彼女に感銘を与えたいと思っていること。あなたの新しい評判が薄れて、あなたは町はずれのコンビニの裏に住む、ボトルキャップのコレクションを夢見る、ただの奇妙な子供だと彼女が思い出す前にね。そんなわけで、あなたは、あとで後悔するようなことを彼女に話してしまうかもしれない。真面目な話よ、ケイレブ。この神話的なモンスターハンター能力は、あなたをクールに見せるかもしれないけど、もしも誰かが本当のことを知ったら、きっと大騒ぎになるわ。私は真剣よ。絶対に話してはいけない」

「分かってるよ！」と僕は叫んだ。「僕を子供扱いしないで」

彼女はうなずき、しばらく考えてから、僕の顎を上げ、目を合わせた。

「本当に彼女が好きなの？」と彼女は尋ねた。

「知ってるでしょ。君がさっき言ったように……」

「好きだと思っているの？　ただ彼女をかわいいと思っているとか、高嶺の花のあこがれとかじゃなくて、本当に好きなの？」

「うん」と僕は答えた。

「分かった」と彼女は言った。「ならば、あなたは超慎重にならなきゃいけない。あなたの心を傷つけたくないから」

この言葉は、これまで姉が僕に言ってきたこととは全く違っていたので、僕はただ口を開けたまま立ち尽くしていた。さらに奇妙なことに、彼女は僕のほっぺたを軽くつついて、去っていった。

———

・・・

僕は山の神社まで歩いて行った。というか、神社があった場所まで歩いて行った。そこに神社の形跡はなく、風化した石の板があるだけだった。ほんの１週間前にエミリーと経験したことの痕跡を探していなければ、その石を見逃していただろう。石の板が神社に関係しているかは分からなかったけど、片面には見たことのあるシンボルが丁寧に彫られていた。円で囲まれたダイヤモンドだ。神社の中心にあった漆塗りの箱にも同じ図柄を見た気がした。

僕はそれに触れて、指先でその線をなぞり、さらに目を閉じてライコウの霊を呼ぼうとしたけど、何も起きなかった。森の中で見つけようとした、知恵や洞察力は何も得られず、僕は、見捨てられたような、弱く愚かな気持ちで、とぼとぼと家に向かった。木々からはセミの甲高くキリキリした鳴き声が聞こえる。一本の木には、サナギの形をしたゴルフボール大の抜け殻が見えた。それは乾燥して茶色く、背骨に沿ってきれいに裂けていた。成虫がそこから出て飛び去ったのだろう。まるでエイリアンの映画に出てくるようだ。僕の周りで甲高い声で鳴いている繊細な羽の昆虫が、かつてはこんなずんぐりした姿だったと考えると奇妙だった。物言わず地表を這い回って、穴を掘っていた生き物が、空気と音の生物になるなんて。それらは以前のことを覚えているのだろうか。それとも、いつも同じように感じて生きているのだろうか。

そういう不思議な思いのせいか分からないけれど、僕は森の奥深くからセミではない何かに見られているような奇妙な感覚を覚え始めた。ここのような生命力に満ちた森では珍しくない感覚だけど、これは違った。不気味な感じがして僕は家に戻りたくなり、気がつくと急ぎ足で町の灯りへ向かっていた。

僕の居残りのニュースはすぐに広まった。大工のケイレブ。それはジョークだったけど、今の僕の多くのことと同じように、僕以外の人し

か笑えないジョークだった。

「ボク、ケイレブ。ボク、頭で釘を打ち込むんだ」とボビー・ダベンハムが、アメリカ史の授業の後ろで、机に向かって頭を振りながら言った。「ボク、牛と寝るために新しい納屋を建てるんだ。ボクの家よりもいいよ」

「古い納屋に牛はいなかった」とジョーイは本から顔を上げずに言った。

「誰かがあんたに尋ねたか、ジョセフィーン？」とボビーは言った。

僕は彼の方を向いたけれど、デマーカスが先に口を開いた。

「いい加減にしないか、ボビー？」と彼は言った。

「へー」とタイラーは嬉しそうに言った。「デマーカスが負け犬チームに加わったぞ。お前も納屋作りをやってみたらどうだ」と彼は提案した。「フットボールは本物のアスリートに任せて」

「まあ、そんなところだな」とボビーは言った。

まるで裏の意味があるかのように、彼が得意げだったので、デマーカスの顔が曇った。

「どういう意味だ？」と彼は問い詰めた。

ボビーは肩をすくめてニヤニヤし、デマーカスは眉をひそめて本に目を戻した。僕は何が起こったのか分からなかったので、それを尋ねるようにデマーカスの顔を見ると、彼は気づかないふりをした。授業のあとで追いかけて聞こうとしても、彼は「今はだめだ、ケイレブ」と言って去っていった。

それで僕は古い納屋があった場所へぶらぶらと歩いて行き、草から立ちのぼる、まるで大地が料理されているかのような熱気の中に立ち尽くした。ママが『あの事件』と呼んだ、例の出来事以来、ここには戻って来なかったので、僕は身構えるとともに、今もくすぶっている黒ずんだ木材を見つけるのではないかと半分期待していた。でも実際には、現場はほとんど更地になっていて、残骸はブルドーザーでグラウンドの隅に運ばれていた。そこは２羽のコンドルが力なく止まるための場所になっていた。納屋の一角は驚くほど焼けずに残っていて、ドアにかかっていた正面のパネル１、２枚が原形をとどめていた。残りは黒焦げだった。

僕がコンドルたちに目を向けると、彼らはまるで『お前の仕業か？　よくやった』と言わんばかりに、小さな目を鋭く光らせて僕をにらみ返した。

「使えるものはあまりないでしょう？」と背後から声が聞こえた。

振り向くと、ワイシャツ姿の年配の男性と、大柄でがっしりした生徒が、僕の背後に立っていた。話しかけたのは生徒の方だ。二人とも白人で、慎重ながらも微笑んでいた。

「君がケイレブだね」と年配の方が言った。

「そうです」と、それが事実ではないことを願いながら、僕は認めた。「ワトキンス先生？」

「そう、その通り」と、老人は手を差し出して言った。僕はそれに驚き、少し感謝した。僕はその手を受けて、握手をした。生徒もそれに続いた。どこで知り合ったかは分からないが、見覚えのある顔だった。

「これについては申し訳ありません」と僕は言った。

「全然そんなことない」とワトキンスは軽く言った。「偶発的だよ、私が聞いた限りでは。それに、私たちは挑戦が好きなんだ、そうだろう、ダレン？」

背の高い少年は笑ってうなずいた。

「本当に再建するんですか？」と僕は尋ねた。

「私たちは再建するつもりだ」と先生は答えた。「助けも借りてね」

「どんな……？」

「他にも何人かの生徒」とワトキンスは指折り数えて選択肢を挙げた。「もしかしたら親たち。サウスサイド材木店は資材を大幅に値引きしてくれる。それに建築コンサルタントだ」

「本当に再建できるんですね？」僕はなぜかホッとしながら尋ねた。

「正確にはそうではない」とワトキンスは言った。「建て替えはできるが、再建するにはオリジナルの部材が足りない。正直に言うと、本当に再建したいのか分からんのだ」

「どういう意味ですか？」

「まあ、納屋が関心を引いたのは、それが古かったからで」と少年は言った。「特別に良くできていたからじゃないんだ」

「私たちはもっと良くするつもりだ」とワトキンスは、何十年も若返ったような顔でいたずらっぽく言った。彼は唇に指を当てた。「ここだけの小さな秘密だが、オリジナルの納屋は、雑に急造されたもので、釘で打ち付けられていた。職人技がお粗末だったので、数年ごとに修理しなければならなかった。木工に誇りを持っている、いやかつては誇りを持っていた町にとっては皮肉なことだ」

「すると今回は？」と僕は尋ねた。

「今回はもっと良いものになるだろう」と彼は言った。その目には信念の光が燃えていた。「何百年も残る芸術作品になる。誰も燃やさなければな。悪意はないぞ」

「悪意に取りません」と僕は言った。彼の熱意は、不可解ではあったものの、こちらに伝わってきた。「分かりました。つまり新しい納屋は、単純に釘で打ち付けるだけじゃないんですね。どういう点が特別になるんですか？」

「第一に」とワトキンスは策略めいたウインクをしながら言った。「釘を使わない」

「釘を使わない？」僕は間抜けにオウム返しをした。

「あるいはボルトも」とワトキンスは言った。

「あるいはネジも」とダレンは言った。

「接着剤も、も使わない」とワトキンスは完全に楽しんでいた。

「どうやって支えるんです？」と僕は尋ねた。

「職人技だ！」と彼は叫んだ。「古き良き時代の木組みだよ。精密な手作業の木材加工だ。美の極みだね」

「あなたはそれができるんですね？」僕は心から感心して尋ねた。

「適切な道具、適切な技術、そして昔ながらの専門知識が少しあれば」とワトキンスは言った。「可能だ」

「それはすごい」と僕は認めた。「木工についてとても詳しいんですね」

「えーと」とワトキンスは言った。「そうではあるが、この規模のプロジェクトには、本物の名人を呼んだ。数年前に、彼がローリー（※ノースカロライナ州の州都）の庭園展示会のために建設工事をしていた時に出会ったんだ。あんな大工仕事は見たことがなかったよ！　接合部はとても複雑で、毎日研がれる古い道具で、すべて手彫りされていた。そして、噂をすれば影だ」とワトキンスは振り返って、大きく手を振りながら言った。「ほら彼が来た。こっちだよ、サイトウさん！」

僕は振り返って、あいた口がふさがらなかった。

屈強な手で道具箱を持ち、もう片方の手には図面が入った筒をかかえて、眉毛を額の中央に寄せ、雪だるまのニンジンのようなバカげた鼻を前に突き出して、こちらに向かって歩いてきたのは、天狗だった。

僕は何も言わず、彼がどう挨拶するかを待った。彼はワトキンス先生だけに注目して、わずかにお辞儀をすると、日本語でいくつかの言葉をつぶやいた。老教師は、たとえそれが理解できなくても、明らかに喜んでいた。ダレンへのお辞儀はもっと小さく、もっと浅かった。僕にはうなずく程度だった。

了解、と思った。そんな風に演じればいいんだね？

だから僕は何も言わず、みんなに従った。ワトキンス先生が天狗――失礼、サイトウさん――を招き入れて、これから使う木工技術や、それを作るための道具について説明があった。道具箱には、のみ、かなづち、かんな、など、見た目は粗野でありながらカミソリのように鋭いものばかりが並んでいた。天狗がの表面に沿って、かんなを動かすと、ティッシュペーパーのように薄くカールした長い木のリボンが剥ぎ取られた。彼はまた、ほぞ、あり蟻つ継ぎ、その他の複雑なつぎて継手を切り込んだ、さまざまな材木のサンプルも用意していた。それらは驚くほど精密で、木材の断片は完璧にはめ込まれ、微動もせずに固定された。中には、立体的なジグソーパズルのピースのような、複雑なものもあった。

「これは四枚鎌継ぎ（よんまい・かま・つぎ）だ」と天狗は、ほとんど独り言のように四方継ぎを説明した。「そして、これは」と天狗は、角の垂直の支柱に、二本の水平の梁を差し込み、木の栓で留めた継ぎ目を示した。「通し違いほぞ差し鼻栓仕口（とおし・ちがい・ほぞ・さし・はなせん・しくち）だ。心配はいらん。名前を覚える必要はない」

ホッとした笑い声がもれたけど、誰もがその仕事に魅了された。自分の良識に反して、僕も感動した。本当に――大工仕事についてこんなことを言うなんて信じられないけど――クールだった。

この頃には、クラブの残りのメンバーも到着していた。僕は彼らのことを知らなかったけれど、ワトキンス先生が、納屋の悲劇的な損失によってもたらされた、またとない機会について話した時、彼らは明らかに僕のことを知っていて、変な目でこちらを見ていた。元の建物に火をつけた奇妙な日本人ハーフの子供が、誰も見たことのない謎の日本人に助けられているのを奇妙に思ったとしても、彼らはそれを口に出さなかった。天狗が納屋の設計図を説明している間、僕は目立たないようにして、他のメンバーが静かに礼儀正しく質問できるよう努めた。

「建物はシンプルな設計だ」と彼は言った。「しかし、木材が届く前に寸法を検討して、作業の順序を決めなければならない。今週はそれをやる。道具の使い方も練習する。だが、今はここまでとしよう」

驚いたことに、僕らはすでに2時間もそこにいた。天狗は道具の片付け方を教え、すべてをグラウンド管理人の小屋にしまうと、ワトキンス先生は最初のミーティングは大成功だったと宣言し、大工クラブのメンバーは立ち去り始めた。僕はぐずぐずと行動を引き延ばした。全員がいなくなって初めて、天狗は僕に直接話しかけた。彼は誰もいない校庭を見回した。片側は体育館、もう片側は松の木にさえぎられていたけど、最高のセキュリティとは言えなかった。

「図面の筒を持って」と彼は前置きなしに言った。「私について来い」

僕はそうした。彼は納屋跡のそばにある木立の中へ僕を案内し、茂みの小道を進んで、車2台を並べて置けるほどの狭い空き地に入った。真ん中に焼け跡があるので、子供たちがたむろして、ビールを飲んだり、葉っぱを吸ったりしたのだろう。そこは不自然なほど静かで、遅い午後の光の中では、黄金に輝く特別で神聖な場所のようだった。

図面の筒は思ったよりも重く、段ボール製の筒の中に何かが入っていることに気づいた。彼がうなずいてそれを指したので、僕は筒をひっくり返し、中から長い木の物体をゆっくりと引き出した。ホウキの柄よりは太いがそれほど太くなく、わずかに曲がっている。1メートルほどの長さで、特徴がない。いや、ほとんどない。端から30センチほどのところに継ぎ目があり、継ぎ目から数センチのところに竹の杭が打ってあることに、最初は気づかなかった。天狗は両手を差し出し、手のひらを上に向けた。僕は彼に木の物体を渡した。彼は静かな儀式のような仕草でそれを受け取ると、両端のわずかな湾曲が地面に向かって弧を描くまで回転させ、持ち手と思われる部分をつかみ、それにお辞儀して、優雅に手を振るような動きで、引き抜いた。

剣だ。

英希　15

剣。

この言葉はこれを正当に表していないけれど、まさにそれだ。握りの作りはなく、ひもの垂れ下がりも装飾もない。しかし、明るくエレガントで、独特の美しさがあった。

「これは君のものだ」とサイトウさんは言った。「君はこれをどのように世話するか、どのように使うかを学ぶことになるだろう」

「クール」と僕は言った。

彼は疑いの目を僕に向けた。まるですべてが自分の良識に反していて、すでに後悔しているかのようだ。

「つまり、はい」と僕は素早く言った。「学びます」

彼は少しためらったものの、刃を上向きに立てて、ゆっくりと僕に手渡した。

「金属に触れてはいけない」と彼は言った。「皮膚の油分が輝きを痛める」

僕はうなずいたけれど、実際には耳に入ってこなかった。僕のすべての注意は剣に注がれていた。30秒前まで欲しいという思いすら知らなかったのに、今では絶対に手放したくない。

「ええ、そうですね」と僕は言って、それを振った。「それが僕の話してたことです」

「何も話してなかったよ」と天狗は困惑し、イライラを募らせた。

「言葉のあやです」と僕は夢見心地で言った。

「そんな風に振るな」

「軽いですね」と僕は言った。「僕が思っていたのはもっと……」

「重いよ」と彼は訂正するように結論づけた。「違う。このように握って、ここを持つ」

僕はそう握って、頭上でブンブン振り回しながら切るような動きをした。ルーク・スカイウォーカーに似ていると確信した。すると彼は舌打ちして僕の腕をつかみ、僕の背後に回った。

「いや、いや、いや」と彼はイラついて言った。「これは棍棒でも火かき棒でもない。切るために作られている。刃はなでるように振るべきで、それじゃだめだ。のこぎりでもない。見ろ。こうだ」彼は僕の腕をしっかりと握って、ゆっくりと滑らかな弧を描くように動かした。「なぜ訓練が必要か分かったか？　君にはいくらかの力とスピードはあるが、技術がない」

かまうもんか。手にした感触は素晴らしかった。自然だ。

「もっと足を広げて」と彼は付け加えた。「バランスを取れ。足で地面を感じるんだ。刃の角度を出せるように腕を伸ばせ。刃先は常に敵に向ける……」

それは1時間以上も続き、太陽は木々の影に完全に隠れ、闇が空き地を包み始めた。

「刀を家に持ち帰って、この本で勉強するんだ」と彼は言って、手帳ほどの薄い本を僕に手渡した。「刀の部位、鍛造の過程、刃を傷つけずに手入れする方法が学べる。刀を手にする感触に慣れろ。ただし物を切ったり、他人に見せたりしてはいけない。姉は別だ。刀を自分の一部として、敬意をもって扱うことを学ばなければならない。虐待された犬は、チャンスがあれば主人に噛みつくからな。またプライベートな場所がある時に練習しよう」

僕は練習を早く始めたくてたまらなかったけれど、しぶしぶ木立の輪を離れ、段ボールの筒を小脇に抱えて家路についた。筒の中にはクールな日本刀が隠されている。良い方向へ進んだ一日だった。

でも、夜は逆だった。昼間は、ライコウの後継者、つまり特別な存在に少しでも近づけたという感覚があったのに、不便なコンビニまで戻ってくると、僕に批判的な両親の存在や、気が滅入る平凡な日常に戻るという見通しによって、喜びは萎えてしまった。もしかしたら、剣を手にした今なら、森の神社を見つけて、エムと僕に話しかけてきた先祖の霊とつながることができるのかもしれない。それが先日の夜に神社を見つけられなかった理由ではないだろうか。僕が適切な武装をしていなかったから、つまり戦士ではなかったからではないだろうか。

もう一度、今度は剣を持って行き、試してみようか。今度こそ……。

僕は家の前に立っていた。店の正面が建物の下部全体を占める作りになっている。突然、中に入りたくないという思いに襲われた。あたりはだんだん暗くなり、しつこい夏の暑さではなく、秋の気配が漂っていた。店の明かりはまだついていて、あと２、３時間はこのままだろう。板ガラスの窓は、蛍光灯のわずかに青緑色を帯びた明るく均一な光で照らされていた。宝くじ、ソーダ、ビール、牛乳、トイレットペーパー（半額！）の広告があった。店の前には、茶色くなりかけたバナナの陳列棚があった。パパはまた注文しすぎたんだ。彼は今、店内でレジ係をしているだろう。ママは料理か帳簿付けのはずだ。すべてが小さく感じられて、少し悲しかった。

僕は山道の方へ向きを変えた。しかし、最初の一歩を踏み出そうとした時、目の端に何かの動きを感じた。店の正面の隅の影に何かがあった。何か小さいものが、ママが何週間も前からパパに剪定するよう言っていた茂みに半分隠れていた。僕は暗闇をじっと見つめ、自分が見たものを特定しようとしたけれど、何の形跡もなかった……。

するとまた、それが現れた！　窓枠のすぐそばで、慎重に移動していた。僕は身じろぎもせず息を止めて見守り、やっとそれが何なのかが分かった。灰色の猫が、茂みの下に半分隠れてしゃがみ、店の窓をじっと見つめていた。僕が見ていると、猫は後ろ足で立ち上がり、前足をガラスにつけた。最初は片方、次にもう一方の足。猫は意識を集中して目を細めると、どういうわけか猫のような、猫でないような動きで、立ち上がった。垂直に。そして体全体がたわんだり、伸びたりして、それは小さな猫型の人間になった。

化け猫だ！

それは僕の存在に気づいた様子もなく、中の何かに注意を向けていた。

あるいは中の誰かに。

パパ！　僕は思った。ママ！

そう思ったと同時に、僕は別のことに気づいた。猫は大きくなっていた。すでにラブラドール犬ほどの大きさだ。猫は成長するにつれて前足を窓の上まで持ち上げ、ペットから怪物へと変身した。

「おい！」と僕は叫んで、段ボールの筒に入っている刀の鞘を手探りした。

猫は、攻撃態勢の蛇のように振り向き、黄色い目で僕を見つけると、シャーと口を開けた。その獰猛で憎しみに満ちた目を見て、前回の猫との戦いでは、もう少しで殺されるところだったことを思い出した。僕は鞘から刀を抜き、猫に向かって構えた。猫はギラギラした目を細めて考えているように見えた。すると猫はこちらに体の向きを変えた。後ろ足で立ち、大型犬ほどの大きさで、まだ成長している。前足からは飛び出しナイフのような爪が滑り出し、頭を下げて牙をむき出した。

お前には刀がある、と僕は自分に言い聞かせた。お前には刀がある。

でも僕はその使い方が分からなかった。僕は以前よりも強く速くなった。しかし天狗がいち早く指摘したように、僕には技術がなかった。

それっぽくやるしかない。

僕は彼が教えてくれたように刀を構え、足を広げ、刃を体から斜めに傾けた。それが戦闘姿勢に見えることを期待して。

しかし、猫はどんどん大きくなっていき、その大きさには限界があるものか、僕は知らないことに気づいた。前に見た時はバアチャンと同じくらいの大きさだったけれど、それはバアチャンのふりをしていただけなのかもしれない。もしこのまま大きくなったら、馬ほどの大きさの猫と対決することになるのだろうか。

僕は息をのんだ。化け猫は僕の背丈と同じくらいだった。考えている暇はない。僕は刀を頭上に掲げ、力の限り叫んで、猫に向かって走った。

と同時に、不便なコンビニのドアが開き、パパが身を乗り出した。

「ケイレブ？」と彼は言った。「何してるんだ……？」

しかし、僕は自分の任務に専念していた。

「中に入ってドアをロックするんだ！」僕は肩越しに怒鳴った。しかし、僕が再び攻撃をしようとした時、猫は消えていた。

いや実際は、猫はまだそこにいたけれど、普通の大きさの猫に戻っていた。僕が茂みに飛び込んで激しく叩き切ると、それは僕の股間を駆け抜け、うなり声を上げて、夜の闇へ逃げていった。僕は茂みの中へ倒れ込み、イボタノキの木々に顔をぶつけた。刀は足元の歩道でカチャンと音を立てて、かろうじて僕の首からは離れていた。

しばらくの間、僕は茂みの中に横たわり、父親の困惑した視線を避けながら、自分の選択肢を考えたものの、どれも良いとは思えなかった。僕はきっと大バカ者か、あるいは——もっと、ひどければ——猫嫌いの狂人に見えたに違いない。

「ケイレブ」と彼は、何か厄介なことに取り組む時にいつも使う、ソフトで控えめな英国式の口調で言った。「何をしているんだ？」

「ごめん」と僕はつぶやき、細い枝につかまって体を起こした。「ちゃんと説明できるよ」と大嘘をついたものの、そんなことをすれば状況が悪化するだけだと分かっていた。

パパはただ見つめていた。

「あの猫を傷つけるつもりではなかった、と思いたい」と彼は言った。

「たぶん、そのつもりだったんだ」と僕は正直に答えた。

「お前らしくないね」と彼は言った。「お前は動物好きだと思っていた」

「そうだよ！」と僕は抗議した。

ただ、分かってほしい、姿を変える超自然的な生き物は好きじゃないんだ、と僕は荒っぽく思った。もちろん、姉は別だ。

僕は安心させるような微笑みを返そうとしたけど、彼が僕を見ていないことに気づいた。その顔には何か新しいものが浮かんでいた。彼は青ざめて、動揺しているように見えた。

「それは何だ？」と彼は言った。

「剣だよ」と僕は言って、急いで頭を回転させた。「本物じゃない。ただのレプリカだ。質屋で買った……」

「あれじゃなくて」と彼は、僕の向こうの茂みに目をやって、言った。「それだ」

僕はその視線を追って立ち上がった。僕はまだ細い棒のような枝を握っていた。

ただし、それは枝ではなかった。それは腕の残骸だった。乾燥して縮み、骨と皮になり、腱だけがそれを支えていた。

恐怖に襲われたのは、腕じゃないものを見たからだ。指が硬直した手があった。愕然として、僕はそれを自分の意識から振り払おうとしたけど、目をそらすことはできなかった。肩があった。染みのついたTシャツを着た胸があった。髪の毛とネックレスの付いた頭蓋骨があった。

サメの歯のネックレス。

つまり、そこには干からびた死体の上半身がほとんど残っていた。僕は吐き気を催しながら、急いでその場を離れた。しかし、嫌悪感をいだきながらも、ブレイク・ワイルドの遺体を見つけたと認識できる程度には脳が動いていた。

救急車が遺体を運びにやって来た。ハルパーン保安官もノートを片手に現れた。

「君はあそこの茂みの下でそれを見つけたんだな？」と彼は3回も同じことを聞いた。

「その通り」と僕は言った。「店に入ろうとした時、店の明かりでそれを見つけたんだ」

「夜の9時に学校から帰る途中だったのか？」と彼は応じた。

「放課後に用事があったので」と僕は両親やエミリーを見ずに言った。

「それは職員によって確認できるか？」とハルパーンは言った。

「はい」と僕は答えて、天狗と二人きりで過ごした1時間ほどを埋める必要があると内心思った。

「少年はどのようにして亡くなったのですか？」と父は尋ねた。彼は口には出さなかったものの、僕を見ないようにしていたことから、保安官が『長い刃物で切り殺されて……』などと言うのを恐れていることが分かった。僕が古着にくるんでベッドの下に隠したような長い刃物だ。

「何とも言えませんね」と保安官は救急車をちらりと見て言った。「おそらく大型の動物に襲われたのでしょう。死後数日は経っているようです。我々が考えている人物だと仮定すればね」

「ブレイク・ワイルドね」とエミリーは言った。

「現時点ではそれを断定できない」とハルパーンは、プロの口調に戻った。

「でも、彼が行方不明になったのは、ほんの数日前よ」とエミリーは言った。「遺体を見たら……古そうで、乾燥してた」

「検視官は失血死だと言っている」とハルパーンは、みんなを黙らせるように、その言葉を振りかざした。

「血を抜かれたの？」と僕は言った。「どんな動物がそんなことをするんだ？」

「大量出血はよくあることだ。深い傷がたくさんある場合」とハルパーンは不快そうに言った。「クマ、クーガー、……」

「ノースカロライナにはクーガーはいないよ」と僕は言った。

「なら、ボブキャット」とハルパーンは言った。「あるいは、コヨーテ」

「でも、ここで？」とエミリーは言った。「店の前よ？　誰も見ていないし……」

「動物による傷は死後のものかもしれないが」と、ハルパーンは混乱し始めた。「首には刃物で切ったような、きれいな切り傷があったけれど、動物の爪にはかなり鋭いものもある」

その時、パパの目が一瞬だけ僕の方を向いた。ほんの一瞬だけ。

「でも、彼が死んでから、しばらく経っているのは確かなんでしょう？」と僕は念を押した。

「そうだ」と保安官は言った。「死後しばらくしてから、遺体は動物に引きずられて、ここに運ばれたと推測している。一部だが……」

左腕と腰から下が失われていることは言うまでもない。その小さなディテールは僕の記憶に焼きついた。

「彼が最後に目撃された場所の近くで、残りを探すつもりだ」と彼は言った。しかし自分が言い過ぎたことに気づき、自分自身に腹を立てながら、急いでこう付け加えた。「ただし、我々が考えている人物だと仮定すればの話だ。ここは町のはずれになる」と、まるでここが森に近いという以上の意味があるかのように言った。「ここと渓谷の間には大したものはない。山との間にもな」

違う、と僕は思った。そんなことはない。

僕は剣の使い方を理解しなければならない。一刻も早く。

別の場所　4

ジェド・アシュクロフトは不満だった。捜索に失敗して行方不明の作業員を発見できなかったことと、何が起こったのかについての会社側の曖昧な『説明』に対してだ。ビビアン・シンとは数か月だが、フリオ・ロドリゲスとはこの２年間の大半を一緒に働いてきた。ハリー・ピーターソンは大学時代からの知り合いだ。みんな彼の仲間だった。彼らが意図的にプロジェクトを妨害したのかもしれないという考えは――サザン・シェール社がメディアにほのめかしているものだが――バカげている。そして狂っている。死体が消えた理由にはならない。

「捕まるのが分かっていたからだよ」とクリス・コリントンは言った。「だから彼らは高飛びしたんだ。おそらく、今ごろはメキシコへの道なかばだろう」

アシュクロフトは信じられないという顔で彼を見つめた。コリントンは肩をすくめて顔をそらしたので、ジェドは彼の表情を読み取ることはできなかった。サザン・シェールの代表は本当にそう信じているのだろうか？　それともこの見解がどのように聞こえるのかを試しているだけなのだろうか？　何とも言えない。いずれにせよ、それは間違っている。ジェドは自分の道徳心をごり押しするような男ではないし、できるだけ判断を避けるようにはしてきた。しかし、同僚の思い出を中傷するのは間違っている。それは確かだ。

そして実際に違和感を感じた。倫理的な意味だけではない。右足を左の靴に入れた時のような感じだ。昼間に何度も見ているのに真っ暗な部屋を歩かねばならないという感じだ。あるいは台所に入った時に、そこにあるはずのない悪臭を感じた時のような不快感だ。何かが匂う時、彼は窓を開けてそれが消え去るのを願うだけでは気が済まないのだ。

彼はマグライトを点灯して、洞窟の入り口にある注意書きテープをまたいだ。警察は、そのエリアを犯罪現場として処理したかったが、コリントンは市長に話をつけ、市長は保安官に話しを通した……。

典型的な田舎町の馴れ合いだ。市長は保安官事務所の拡張を援助し、おまけに新しい警察車両と、留置場２つも承認した。

その一方で、もちろん、破砕プラントは沈黙したままだ。給水を再開してタンクにガスを詰める日がやって来ない限り、困難でコストのかかる掘削作業はすべて無駄になってしまう。ジェドはピーターソンたちが頭のおかしい環境保護活動家や破壊活動家だとは思っていなかったし、彼らの思い出を傷つけたくはなかったが、みんなが仕事を続けられるように、この事件が完全に決着することを望んでいた。

ハリー・ピーターソンなら分かってくれるはずだ、と彼は自分に言い聞かせた。他の人たちはどうだろうか……？　まあ、彼らにこの仕事を強制したわけではない。彼らはリスクを承知していた。彼らの失踪は確かに悲しかったが、会社には食わせていかなければならない人たちがたくさんいるのだ。

ジェドの場合は、株式資産を増やしたい。サザン・シェールであと数年働けば、カリブ海での居場所を本気で探し始めるかもしれない。あるいはコスタリカとか。もしかしたら、破砕プロジェクトに足を踏み入れたばかりの中米の国々でコンサルタントの仕事につけるかもしれない。あの辺のジャングルの山々には、大金が眠っているのだ。しかしその前に、彼はレッド・スカーのポンプを稼働させなければならない。それは、プロセスの再開に耐えられるほど、洞窟は安定していると、コリントンたちに保証することを意味する。作業員が行方不明であろうとなかろうと。

不安のさざ波がまた彼を襲った。何かがずれている、違和感があるという震えだ。しかし、彼はそれを抑えた。人生は、いつも思い通りにいくとは限らないし、いつも正しく感じるとは限らない。特にビジネスでは、人は難しい選択を迫られる。

彼は、ブルドーザーが押し出した瓦礫に、マグライトの光を当てた。車ほどの大きさの岩もいくつかあったが、ほとんどはもっと小さい花崗岩の厚板や塊だ。それらはゴツゴツしたアームチェアのようで、さらに小さな破片がデコボコのバスケットボールのように押し合わされ、粗い山になっていた。床の石にはブルドーザーの刃で削られた鋭い筋が見えた。ジェドは、ヘルメット姿の救助隊員が、重機の作った道を探索していく過程を、首を伸ばしてその目で見ていた。彼は希望と絶望の間で揺れながら、誰かを、あるいは誰かだったものを発見したという声を待ち構えていた。しかし、何もなかった。

捜索は意味がなかったけれど、地震計を再び設置する時は来た。岩盤が健全であることを確認して、仕事に戻れるようにするのだ。

ハリーなら何を望むだろう、と彼はまた考えた。それを繰り返すことで、より真実に感じられるかのように。

彼はライトで暗闇を照らしながら、石の棚によじ登った。棚はバーのカウンターのように長く平らで、ジェドはその上でお尻を数メートル滑らせると、反対側へ降りた。彼は今、本来の洞窟の中にいて、そこでの音は違って聞こえた。彼のうなり声や、ぎこちない足音が、少し反響する。彼はライトを振り回して、コウモリがいないか目を凝らした。彼はコウモリが嫌いだった。ジェドは井戸の坑口や掘削坑道の現場では、採石場や洞窟で多くの時間を過ごしたが、コウモリに慣れることはなかった。彼はしばらくじっとして、目を半分閉じて、耳をすませた。時々、甲高い鳴き声が聞こえ、彼らが旋回して虫を捕食しているのが分かる……。

何もない。

すると……何かを感じた。

大きくギザギザに露出した岩のあたり、彼のライトが届かない場所から、聞こえてくる……。

声？

確信はなかったが……また聞こえた。低く、ガラガラしたささやき声。話し声のように聞こえたが、言葉だとしても、彼には理解できなかった。ジェドは突然不安になったが、その理由が分からず、眉をひそめた。首の後ろの毛が逆立ち、彼はまた考えた。なぜ時々、違和感を感じるのだろう。

彼はやむなく動いた。静かに。ライトは足元を照らして、自分の姿を隠した。もしそれがビビアンか、フリオか、ハリーだったら、何かを言いたいところだが、自分の存在に気づかれる前に、彼らが何をしているのか見ておいた方がいいかもしれない。

これは合理的で良い考えだった。本当に彼らとは思っていなかったが、その考えをランタンのように心の前面に押し出した。彼は片手を石の上に置いて足にかかる重さを軽くし、もう一歩、ゆっくりと慎重に踏み出した。

また声が聞こえた。これまでよりもはっきりと。会話というより、一人の声。しかしその内容は依然として意味のない音だ。

外国語か。ただしスペイン語のような慣れ親しんだ言語とは違う。

ならばロドリゲスではない。シンやピーターソンでもない。

ジェドは唇を舐め、急に心臓がバクバクしていることに気づいた。

違和感を感じる……。

そして大きな岩山を回ると、人影が見えた。背中を曲げて立っている。体にぴったりした長いドレスかローブを着て、頭にはスカーフかハンカチのようなものをかぶっている。老女だ、彼は確信した。

急いでライトを持ち上げると、奇妙に伸びた黒い影の中に、彼女が誰と話しているのかが見えた。いや、何と、と言うべきか。その女性は猫と話していた。猫は彼女の脇へ回り、尻尾を下げて背中を丸めていたが、彼がいることに気づいてシャーと鳴いた。老女は光に驚いて顔を上げ、すぐにまぶしさから目を覆った。ジェドは安心した。

あれほどドキドキした結果、そこにいたのはイカれた老女とそのペットだった！　彼は安堵のあまり笑いそうになったが、厳しい表情に戻した。

「すみません！」と彼は言った。「ここには入れませんよ。ここは危険な立ち入り禁止区域です。ここから出てください。今すぐ」

老女は何も言わずに彼を見つめた。猫は彼女の背後に忍んで、不気味なほど目を輝かせながらこちらを覗いた。

「こんにちは？」と彼は言った。「英語は話せますか？」

なぜそう言ったのか分からなかったが、彼女のしわ顔にはどこか異質なものがあった。テネシー州との境界付近に暮らすチェロキー族の人だろうか？　あるいはアジア人だろうか。彼はいつも違いが分からなかった。

老女はバッグのようなものを握りしめ、くすんだ色の生地でできたまっすぐなガウンを着ていた。ガウンの片側をもう片方の上に重ねて巻き、幅広のベルトのようなものを腰の周りに巻いていた。

着物。

その言葉が頭に浮かんだ。正しいとは思ったものの、彼の混乱と警戒心は増すばかりだ。彼は、学校に通うスミスの子供たちを思い出した。彼らは、現場で見つけた紙切れについて、何も知らないと否定していた。彼らの両親は、廃墟となったウォルマートのそばでコンビニを経営していた。町には年配の親戚もいたのではないか、祖母が？

「今すぐ出て行かないと」と彼は告げた。「人を呼ばないといけなくなる」

老女の返事はまだなかった。彼女はじっと立って彼を見つめ、その目は黒いガラスのように光っていた。すると彼女は話し始めたが、その言葉は奇妙でつぶやくようなものだった。それは彼に向けたものでもない。なぜかは分からないが、ジェドは老女が猫に話しかけていると確信した。

どういうわけか、それが彼をろうばいさせた。体がゾクゾクして、首の後ろがまたピリピリした。洞窟は突然、不自然なほど冷たく感じられた。

「分かった」と彼は、意図したよりも大きな声で言った。「勝手にしてくれ」

彼はポケットから携帯を取り出し、９１１に電話をした。つながるとすぐに彼は話し始めた。それが重要と思われた。

自分がコントロールしていることを示せば、自分がコントロールすることができる、と彼は思った。怖がる理由はない。

なぜそう思ったのかは分からない。もちろん怖くはなかった。狂った老女とその猫だって？　ばかげてる。

「はい、ジェド・アシュクロフトです」と彼は言った。

「私はレッド・スカー・マウンテンの洞窟現場にいますが、境界違反がありました。捜索制限区域内に高齢のアジア人女性がいます。状況は説明したつもりですが、そこから出るようにという指示を順守しないのです。騒ぎを起こしたくはありませんが、誰かを派遣してもらえますか」

適切な連絡だった、と彼は思った。適切な口調とは、慎重かつプロフェッショナルだが、少しカジュアルで、規則通りにやってはいるが大したことではないと思っている、という調子だ。そう、それが正しいように思えた。特に「境界違反」や「順守しない」といった言葉に満足していた。

「もちろんです、アシュクロフトさん」とオペレーターは言った。「それで、彼女とはすでに話したのですか？」

「はい」と彼は答えた。「何回か。しかし返事はありません」

「彼女は意識がないのですか？」

「いいえ」と彼は言った。「彼女はしっかりと立っています。ただ話さないだけです。英語を話さないのかもしれません」

「分かりました」とオペレーターは言った。「すぐに誰かを向かわせます」

「動物管理局の人も来てもらった方がいいかもしれない」と彼は付け加えて、自分に満足した。「彼女は猫を連れています」

彼は電話を切ってから、老女の方を向いたが、彼女はただ彼を見ているだけだった。その顔は頭のスカーフの奇妙な影に隠れていたので、彼女の感情は読み取れなかった。

「彼らがここに来る前に移動した方がいいかもしれない」とジェドは言った。

反応はない。

「英語は話せますか？」と彼はまた尋ねた。

反応なし。

「アブラス　イングレス？」彼は自分の外国語の流暢さを最大限に発揮しようと努力した。

依然として、彼女の黒い目と、じっとしている猫の黄色い目が見つめるだけ。それは彼を不安にさせた。彼は老女がバッグを握りしめているのが気になった。

「バッグの中身は何だ？」と彼は疑わしそうに尋ねた。

まだ反応はないが、彼女の顎の筋肉が少し動いたように見えた。ほほえみ？

むしろニヤリに近かった。寒さと暗さと静けさの中、ジェド・アシュクロフトは突然、どこか他へ行きたいと思った。彼は通報して、自分の義務を果たしたのだ。精神異常の老女の面倒は他の誰かに任せよう。彼はそこを出た。

彼は老女と猫に背を向け、洞窟の入り口へ向かった。肩越しに声をかけながら歩いた。

「私があなただったら、ここにはいないよ。保安官のピカピカの留置場で一晩過ごしたいなら別だけどね」

彼は自分の背後に老女がいることを好まず、スピードを上げた。急いだことで、平静を装っていたのが台無しになったのに気づいたが、気にしなかった。やっとの思いで大きな石の棚にたどり着き、よじ登って渡らなければならなかった。その時、マグライトの光の中に茶色の制服を着た保安官代理の姿が現れた。

「どうやってこんなに早くここまで来たんですか？」と彼はあえぎながら言った。「ついさっき、オペレーターに電話したばかりですよ！」

女性は微笑んだ。彼女は若く、制服姿にもかかわらずきれいだった。彼は彼女を知らなかった。

「近くにいましたので」と彼女は言った。

「猫のケージはありますか？」と彼は言った。「猫がいると伝えたんですど」

一瞬のためらいがあってから、保安官代理は右手を上げた。その手には長いスチールワイヤーでできたワナが握られていた。奇妙だ。少し前までは彼女の手が空だったはずとジェドは確信があった。

光による錯覚だ、と彼は思った。

「その女性はどこですか？」と保安官代理は言った。

「あっちだ」とジェドは、実際には振り向かずに首を振って言った。なぜかは分からないが、彼は洞窟の中を振り返りたくなかった。「ここからは、あなたがやってくれますよね？」と彼は尋ねながら、自分の声に含まれる必死なニュアンスを保安官代理に聞き取られないよう願った。

「もちろん」と彼女は言った。「問題ないです。ただの高齢の女性でしょ？」

「そうだね」とジェドはさわやかに言った。「でも、彼女がちゃんとそこにいるか分からないんだ。どこか分からないかもしれないし、英語も話せないかもしれない」そして、言っておかなければならなかったので、彼は付け加えた。「ちょっと奇妙なんだ」

その言葉は少し宙に浮いたままになって、保安官代理は顔をしかめた。

「どう奇妙なんですか？」と彼女は尋ねた。

「分からない」ジェドは、言わなければよかったと後悔しながら答えた。「ただ奇妙なんだ」

「奇妙って……」保安官代理は手を上げながら言った。「こんな感じ？」

彼女が指先で顔をなぞると、そこにはもう何もなかった。目や鼻や口があった場所には、陶器のように滑らかな白さだけが残っていた。

ジェドは後ずさりした。すると、顔のないものは彼に向かってきた。洞窟に戻る以外に逃げ場はない。その方向へよろめいて、あえぎながら、ふらふら走った。パニックで、頭の中は空っぽになった。彼はごつごつした岩山を逃げ回り、ライトの光が洞窟の壁を照らした。そこに老女がいた。前と同じようにじっと辛抱している。彼女の猫は不気味に後ろ足で立ち上がっていた。それは大きくなっているように見えた。

「ここから出るんだ！」ジェドは声を振り絞った。「何かが来ている……」

「そうです」と老女は言って、スカーフをはずすと、恐ろしい笑顔を彼に見せた。「とても助かります」

そして彼女は、大股の速い足取りで、まだ背中を丸めたまま、恐ろしい顔を前に突き出して、彼に向かってきた。かぎ爪のような手がバッグの中に入ると、長い肉切りナイフの刃がマグライトの光に輝いた。「恐怖は」と彼女はニヤリとして、唇を舐めながら言った。「味に驚くほどの効果があります」

英希　16

警察がいち早く戻ってきた。具体的には、ハルパーン保安官と僕の知らない若い白人の保安官代理だ。彼らが到着した時、僕は自分の部屋で、天狗からもらった日本刀に関するぎこちない翻訳本を読んでいた。僕は刀のさまざまな種類を勉強していた。僕の刀の倍もあるや、もっと短いわきざし脇差とか、ナイフのようなたんとう短刀もある。夢中になっていたところに、外でライトが点滅したので、僕は慌てふためいた。本と刀をベッドの下に隠して、誰かが覗き込むのを阻止するために、臭い服をその周りに散らかした。剣の扱い方は知らなくても、靴下を武器にするのは得意だ。

両親は礼儀正しくも、イライラしていた。

「遺体について、話せることはすべて話しましたよ」とパパは言った。「これ以上、私たちがどう協力できるか分かりません」

「我々は別件の、しかし関連した問題でここに来たんだ」とハルパーンは言った。

「分かりました」とパパは言った。「で、何です？」

ハルパーンは特にママへ向かって言った。

「我々は、あなたの母親を拘束したことをお知らせするためにここに来ました」と彼は言った。「これは、破砕会社サザン・シェールのジェド・アシュクロフトが失踪したことと、おそらく他の作業員の失踪にも関連しています」

「祖母を逮捕したの？！」僕は信じられない思いで叫んだ。「千歳くらいの高齢なんだよ！　彼女が何をしたと思ってるんだ？　大昔のよもやま話で彼が死ぬほど退屈したとでもいうの？」

「なぜ彼が死んだと思うんだ？」ハルパーンは真剣な顔で言った。

エミリーは僕を、死の眼差しでにらんだ。

「ケイレブ」と彼女は言った。「黙って」彼女は保安官の方を向いて、なんとか微笑んだ。「これは何かの間違いです。なぜ彼女が連行されたんですか？」

「昨夜、アシュクロフト氏は姿を消す前に、レッド・スカー・マウンテンの洞窟から９１１に通報した」と彼は答えた。「彼が報告したのは、そこにいた……」ここで彼はメモを見た。「猫を連れた年配のアジア人女性だ」

「猫？」と僕は言った。

エミリーはまた死の眼差しを向けてきたので、僕は黙った。

「ポーターズビルには年配のアジア人女性はあまり多くいません」と若い保安官代理は申し訳なさそうにうなずいた。ハルパーンはエミリーと似たような視線を彼に送り、彼は少し萎縮した。

「アシュクロフト氏は救援を呼ぶ前に、問題の女性としばらく話していたようだ」とハルパーンは言った。「しかし彼女は彼の指示に応じなかった」

「待って」とエミリーは言った。「行方不明の男の録音音声で彼女を逮捕したの？」

「ブレイク・ワイルドの遺体が発見された場所を考えれば」とハルパーンは言った。「我々があなたの家族を調べる理由が分かるはずだ」

そう、彼らは乾燥した死体の身元を隠そうとしなかった。朝刊にはその話が大きく載っていた。

「偶然だよ」と僕は言った。

「状況証拠」とエミリーは訂正した。

「カメラの映像があってね」とハルパーンは、少し勝ち誇った様子で言った。まるでこのカードをずっと隠していて、それを使う最適なタイミングを待っていたかのように。「洞窟には監視カメラがあるんだ」

僕らは彼を見つめた。

「アシュクロフト氏は中に入った」とハルパーンは言った。「そして出てこなかった。しかし、この女性は出てきた」

彼は内ポケットをさぐって、光沢紙にプリントされた粒子の荒い白黒画像を出した。それは高い位置から撮られたもので、明るい光と深い影のコントラストがはっきりしていた。画像の中央の人物は、顔を下に傾けて、頭にはスカーフを巻いていた。

それはバアチャンだったのかもしれない。

「断定はできないよ」と僕は言った。

「着物に注目してほしい」とハルパーンはもう一枚別のカードを出して言った。「そして猫にも」

動物は明らかにそこにいる。しかし、ほとんど完全にシルエットだった。

「どんな猫でもありえる」と僕は言った。「スノーボールとは限らないよ」

ハルパーンは顔を上げて、少し微笑んだ。

「それは君のおばあさんの猫だね？」と彼は言った。

僕は顔が赤くなるのを感じ、エミリーの視線を避けて目をそらした。

「もしバアチャンなら、迷子になったのかもしれない」と彼女は言った。「混乱してたのよ」

「彼女は立ち入り禁止区域にいた」と彼は答えた。

「彼女を逮捕する理由にはならないわ」とエミリーは言った。

「きっと警察は、彼女を安全な場所に連れて行こうとしたんだよ」とパパは言った。

「彼らは彼女を逮捕したんだ！」と僕は言った。

「パトロール隊が洞窟に到着した時」とハルパーンは説明した。「ジェドの姿はなかった」

「彼女は一人でそこにいたの？」とエミリーは尋ねた。

「彼女もそこにはいなかった」とハルパーンは言った。「我々は今朝、彼女の自宅まで迎えに行った」

「じゃあ、彼女が日本人の老女だから逮捕したの？」とエミリーは言った。

「猫を連れた日本人の老女です」と、ウィリアムズという名札の若い警官が言った。「緊急通報の通りの」

「これはクレイジーだ」と僕は言った。

「おばあさんは我々の取り調べに協力してくれない」とハルパーンは言った。

「いいぞ」と僕は言った。エミリーだけではない、多くの死の眼差しを感じた。

「だからあなたに保安官事務所まで来ていただこうと我々は考えました」とハルパーンはママに言った。「通訳のために」

「通訳？」とエミリーは言った。「バアチャンは完璧な英語を話します」

「ただ、彼女はまだ何も話していない」とハルパーンは言った。「それは彼女の助けにならない。彼女の言い分を聞くことが重要なんだ。アシュクロフト氏の所在を突き止めるためにも。あるいはその遺体の」

僕はこのばかばかしさに笑おうとしたけれど、最後の言葉に不意を突かれた。みんなが顔を見合わせた。

「スミス夫人？」とハルパーンは声をかけた。彼が来てからママが、まるでシャッターを降ろした窓のように、何も言わなかったことを明らかに意識していた。

重苦しい沈黙が続き、ママの素っ気ない言葉でようやくそれが破られた。

「私は協力できません。母が話さないと決めたなら、私がそうさせることはできません」

一瞬、みんなが彼女を見た後、パパが口を開いた。

「さあ、ジェニー」と彼は言った。「何が起きているのか見に行かないと」

「あなたが行って」とママは冷淡な明るさで言った。「きっとあなたも同じくらい役に立つわ。私はここでやる仕事があるし」

「ママ！」とエミリーは非難するように叫んだ。

「何？」とママは言い返した。「私には関係のないことよ。オバアチャンが何をしていたか知らないけど、物事を正す力があるのは彼女だけなんだから」

それは奇妙な発言で、長年にわたって蓄積された他のことも含んでいるように、僕には感じられた。その言葉を最後にして、ママは向きを変えると、うわべは冷蔵庫の補充をするために店の奥へ入っていった。パパは心配そうにそれを見ていた。

「僕らが行くよ」と僕は言った。「だよね、エム？」

エミリーはうなずいた。

「私は……？」とパパが言いかけると、エミリーがそれを遮った。

「ママとここにいて」と彼女は言った。パパはうなずき、その視線を忙しく動き回るママに戻した。

ハルパーンは無表情でその一部始終を見ていたけど、ウィリアムズは困惑と驚きの表情を浮かべていた。

「これはまさに私の名声が必要としていたことよ」と、外に出るなりエミリーは言った。「パトカーの後部座席で運ばれること」

パトカーはショールームから出てきたばかりのような、不自然なほど清潔な匂いがした。座席にはハンバーガーの包み紙もなく、床にはソーダのボトルも転がっていなかった。僕はシートベルトを締めると、車に触れて車内を汚すのを恐れるかのように腕を組んだ。それとも逆に僕が汚れるのを恐れたのか。どちらか分からない。

エミリーは僕の隣の後部座席に座り、シートに深く身を沈めて、車がスピードを落とすたびに、誰かに見られないように片手を顔の前に出していた。僕はそれを試しもしなかった。僕の名声が今より下がることなんてないからね。ほら、僕が警察に連行されたことをマディソンが知ったら、かえって僕への好感度はグンと上がるかもしれないよ。僕は不良少年でも生きていけるんだ。他の何かがうまくいったことなんてないからね。

ハルパーンは僕らを保安官事務所に案内した。特徴のない廊下を突き当たりまで進み、『拘置：女性』と書かれた標識に従って右折し、角を曲がると独房に着いた。独房の２つの壁は床から天井まで鉄格子になっている。バアチャンは、高い台に敷かれたビニールのマットレスの上に、おとなしくきちんと座っていた。彼女が着ていたのは、残念なことに、写真の姿によく似た、くすんだ着物だった。僕らがやって来ても、彼女は表情を変えることなく、その視線はハルパーンに注がれたままだった。

「バアチャン」とエミリーは言って、ケージのドアが開くと、ベッドの端に素早く腰を下ろした。「大丈夫？」

バアチャンはまだハルパーンから目をそらさずに、うなずいた。

「おばあさんは、洞窟で何をしていたのか、私たちにすべてを話したいと思っていることでしょう」と保安官代理は言った。

「私は今すぐ家に帰りたいと思っている」と彼女は言った。

「無理だ」とハルパーンは言った。「あなたを２４時間拘束できる。司法妨害の罪に問えばもっと長くなる。どこにも行けないんだから、楽にしていることだ」

「それでは孫たちと話したいです」と彼女は穏やかに、しかしきっぱりと言った。「プライベートに」

ハルパーンは首を横に振った。

「あなたの権利について読み上げます」と彼は言った。「あなたの発言はすべて証拠として使われます。つまり、あなたが話せば、私は聞くことができます。プライベートな会話はできません」

バアチャンはまばたきをしてから、とても慎重に話し始めた。

「では、エミリーと話します。保安官代理やそのスタッフは、必要なら聞けばいいでしょう。でも、ケイレブは出ていくべきです」

「何だって？」と僕は抗議した。「それはないよ」

「そうするのよ」と彼女は答えた。「私が話さなければいけないことを聞くには、あなたは若すぎるし、もっと良いことに時間を使えるはず」

それに続く気まずい沈黙の中で、僕はぼうぜんと彼女を見つめた。みんなが僕を見ているのを感じて、顔の色がまた赤くなった気がした。こんなのフェアじゃない！　バカげてるし、屈辱的だし……。

「お願いよ、ヒデキ」と彼女は言った。

僕は彼女の方を向いて、また名前を間違えたと怒鳴りつけようとしたけど、彼女の視線の中にある何かが僕を止めた。それは僕に対する怒りでも、謝罪でもなかった。それは……ことの重大さだった。まるで誰にも知られたくない何かを話しているような。

しかしそれは何だ？

「分かった」と僕はうなずいた。僕はすぐドアに向かったので、保安官代理たちの動きが間に合わず、彼らを押しのけるようにして通り抜けた。僕は外に出て、廊下を戻りながら、頭をフル回転させた。

考えろ！

僕は心の中で彼女の顔を思い浮かべ、その静かな声を頭の中に反響させながら、角を曲がった。

『もっと良いことに時間を使えるはず……』

例えば何？　そしてなぜ僕だけを送り出したのか？　あの重要な遺留物が出てきた時、僕もエミリーや保安官と一緒にいたのに、なぜ僕だけ……。

彼女が保安官たちに、もっと良いことに時間を使え、と思わせたかったのであれば話は別だけど。僕は立ち止まり、壁の標識『拘置：女性』に目を留めた。

ピンときた。角を曲がって、探していたものを見つけた。『拘置：男性』そして、そこには、同様のケージの中に一人で座っている、僕とあまり歳が離れていない少年がいた。服はボロボロで、疲れ果て、顔は青白く、目は固く閉じられていた。

「デイビー・コット？」と僕は言った。

少年の目は大きく見開かれた。彼はすぐ逃げようとしたものの、どこにも逃げ場はない。

「あっちへ行け！」彼はあえいだ。「お前も奴らの仲間だ！」

「違うよ」僕は鉄格子に顔を押しつけ、声を落として言った。「助けに来たんだ。でも、何が起こったのか知りたい、今すぐ」

「僕を信じてくれるもんか」と彼は狂ったように笑いながら言った。「誰も信じてくれない。みんな僕がやったと思っている。ブレイクを……」

彼は何かを思い出したのか、顔をゆがめて苦悶した。彼がかろうじて正気を保っているのが分かった。

「デイビー」と僕は言った。「君を信じるよ。でも、君が何を見たのか知りたいんだ。それは猫だったの？」

彼の顔は疑いで曇っていたけれど、痛みと恐怖は少しやわらいだ。彼は首を振った。

「猫？」と彼は言った。「違う。猫はいた。ブレイクはそいつを川に投げ込もうとした。でも、あれは女の子だった。かわいい。着物を着た。ところが顔は……」

彼はためらい、その目に再び狂気がちらついた。

「どんなだったの？」と僕は尋ねた。「彼女の顔」

「彼女は……」デイビーはよみがえった記憶で我を失い、手をあいまいに動かすと、指で顔の上をなでるようにして言った。「すべてが滑らかだった。目も口も何もない。まるで卵だ。そこには頭があるだけで、ついさっきまでの……あり得ない。僕は逃げた。ブレイクがどうなったかは見ていない。ただ走った。そしてガソリンスタンドの男だ」

彼は、理解してくれと懇願するように、僕を見つめた。

「その男がどうしたの？」と僕は尋ねた。

「同じだった」とデイビーは言った。「顔があったのに、なくなった。卵のようにつるつるだ」

すると彼は笑い始めた。あまりにも荒々しく、動転した声で笑い始めたので、僕は一歩後ずさりした。その声は壁を揺るがすほどヒステリックになり、最後は身の毛もよだつ恐怖の悲鳴になった。僕は引き返し、角を曲がったところで、反対方向から来たハルパーン保安官とぶつかった。

「どうした？」と彼は問い詰めた。「何をしたんだ？」

「道に迷ったんだ」と僕は嘘をついて表玄関へ向かい、保安官が何かをする前に、通りへ出た。

エミリーは10分後に僕と合流した。

「それで、バアチャンは何を話したの？」と僕は尋ねた。

「豚カツのレシピを教えてくれた」と彼女は答えて、家に向かった。

「そして？」

「そして何もない」とエミリーは言った。「それだけよ。でも、夕食にパン粉をまぶしたポークカツレツを食べたいなら……」

僕はニヤリと笑った。

「彼女の話はそれだけ？」

「ハルパーンは怒ってた」

「それはひどいな」と僕はあきれた。

「そうね」と彼女は同意した。「あなたの方は？」

「デイビー・コットを怖がらせたのが何か分かった」

「教えて」彼女は、誰も聞いていないか肩越しに確認しながら言った。

「それは着物を着た女の子に見えたと言っていた」と僕。

「つまり……子供？」

「そうは思わない」と僕は決めつけた。「彼はかわいいと表現したけど、彼が言いたかったのは……」

「セクシーってこと？」とエミリーは言った。

「まあそうかな」と僕はなぜか照れくさそうに言った。

彼女は目を丸くした。

「あなたって、けっこう世慣れているのね、ケイレブ？」と彼女は言った。

「話を聞きたいの、聞きたくないの？」

「続けて」

僕は彼女に話した。少女の顔が消えた様子は、彼のジェスチャーを真似た。エミリーは眉を引き締めた。

「変身怪物ってことか、化け猫のような」と彼女は言った。「それって新しい怪物かな？」

「猫の怪物とは違う気がする」と僕は言った。「そもそも、怪物の顔がそんなふうになるのを、僕らは見たことがないからね。バアチャンから殺人猫に変わった怪物は、バアチャンのように見えた時に、話すことはできたけれど、僕らのことを知らなかったし、彼女のようには行動しなかった。つまりあれは単なるコピーであって、彼女の頭の中にも僕らの頭の中にも入ったわけじゃないんだ」

「じゃあ、この別の怪物はデイビーの頭の中に入ったって こと？」

「まあ、彼が何を望んでいるか、彼とブレイクが何を望んでいるかは知っていた」

「セクシーな女の子ね」とエミリーは言った。「男子高校生にしてみれば、それはビックリよね、あんな場所で」

「しかし、ガソリンスタンドの男にもなった。つまり、とても速く移動できるんだ、たぶん人目につかないようにして。それとも複数いるのかな」

エミリーは考え込むようにうなずいた。

「それに、彼をもてあそんでいた気がする」と彼女。「傷つけるというよりも、怖がらせていた。化け猫はそんなことはしなかった。私たちをだまそうとしてから、自分で正体を現すと、すぐに切り刻むモードに入った。あなたの言う通りだと思う。それが何であれ、違う怪物よ」

「そうすると、ポーターズビルには姿を変える日本の怪物が２匹も潜んでいるのか」と僕は言った。「すごいね」

「一緒に働いているのかな？」彼女は考えながらつぶやいた。

「彼は、そこに猫がいたと言ってたよ」と僕。その部分をすっかり忘れていた。「でも、猫が事件に関係しているとは言わなかった」

「顔のない怪物に怯えて、ブレイクの身に何が起きたのかを見なかったんだわ」とエミリーは言った。

「彼はブレイクと猫を残して、そこを離れた」と僕は言って、背筋が寒くなるのを感じた。

そこで次に何が起きたかを考える長い沈黙があった。そしてエミリーが言った。

「バアチャンは猫を飼っている。そして洞窟の監視カメラの写真も……」

「本気じゃないだろ！」と僕は言った。「そんなわけないよ！　怪物が姿を変えられることは分かっている。その一つがバアチャンに似ていた。それだけだ」

「本当にそう思うの、ケイレブ？」と彼女は真剣に答えた。「アシュクロフトは老女と猫を見たのよ」

「デイビーは若い女性と猫を見た」と僕は言った。「同じことだ」

「でも、それらは同じようには行動しなかったんでしょう？」と彼女は答えた。

「猫の怪物がバアチャンを襲ったんだよ、覚えてる？」と僕は言った。「彼女を縛って箱の中に閉じ込めたんだ」

「彼女はそう言った、ええ確かに」とエミリー。「でも考えてみれば、彼女を縛るのはちょっと変よ。化け猫は私たちを縛ることが目的ではなかった。私たちを殺すのが目的だった」

「だから何だよ、バアチャンは町を恐怖におとしいれている連中とグルなのか？」

「いいえ！」とエミリーは言った。「いやそうかも。分からないわ。ただ、結論を急ぐべきではないと思う。正直、私たちはバアチャンのことをそれほどよく知らないでしょう。実際のところ」

「でもなぜ彼女が……？」

「分からないわ！　いい、ケイレブ？　分からないのよ。どれもが意味をなさない。どう考えればいいのか、誰を信じればいいのか分からない」

僕はまだ怒ったまま、彼女をにらみつけた。

「あなたは別にして」と彼女は言った。

僕はそれを受け入れて、うなずいた。

「同じだよ」と僕は答え、少し考えてから、付け加えた。「もしバアチャンが関与していないなら、誰かがそう見せかけようとしている。そうでなければ、なぜブレイク・ワイルドの遺体を店に持ってくるんだ？」

エミリーはうなずいた。

「誰か、あるいは何か」と彼女は言った。「私たちは巻き込まれているのか、それとも遊ばれているのか」

「おびき出されたってこと？」と僕は言った。「ああ、僕もそんな感じがする。でも、なぜ？　僕らの住みかを知っているなら、なぜ僕らを直接攻撃しないの？」

「見当もつかない」と彼女は言った。

「僕はあの猫の怪物に２回も遭遇したけど、まだ生きている。なぜかって？　２回とも怪物は、そうする必要もないのに逃げて行ったからだ。でも、ブレイク・ワイルドはズタズタに引き裂いた。彼の体は僕の倍も大きいのに」

「あなたは剣を持っていた」とエミリーは言った。

「２回目は、そうだ。でも、僕はサムライなんてもんじゃなかった。正直、化け猫に実際のダメージを与えるよりも、自分の足を切り落とす可能性の方が高かった。僕は殺されていたかもしれないんだ。本当だよ。では、なぜそうしなかったんだ？」

「まだ見当もつかないわ」とエミリーは言った。「でも、そろそろ家中にあの紙のお札を貼ってもいいと思う」

「それで奴らが入ってこないと思う？」

「見当もつかない、の返事を繰り返すのみ」と彼女は冷たく答えた。「でも実害はない、でしょう？」

「どこで手に入れる？」

「素晴らしきインターネットの世界は？」と彼女は提案した。「それをプリントしてドアや窓に貼る？」

「いい考えだ」と僕は同意した。「それから、僕らは天狗に相談する必要がある。事態はエスカレートしているようだから」

「賛成。私は彼と話したいことがある……私の事情について。この変身を制御できなければ、私はお荷物よ。私が鼻と話している間に、あなたはお札を貼ってちょうだい」

「僕はあれが読めないよ」と僕は答えた。「あれって、何を希望するかが具体的に書いてあるんじゃないの？　君が家に帰ってきたら、家を鼻水や下痢から守っていたことが分かる、なんて嫌だよ」

「悪霊や妖怪に関係するものを探して。見つけたイメージを送ってくれたら、天狗に確認してもらうわ。ドアの上とか、窓枠の下とか、人目につかない場所に貼ってね。そういうものよ」

「了解」

しかし結局、どこにも貼る必要はなかった。僕はネットで調べて、できるだけ良い結果を選び、エミリーの電話を通して天狗の承認を得て、何枚かをプリントした。でも、スティックのりを片手に、玄関の窓の下で仰向けになったら、誰かに先を越されていたことが分かった。店や家の、ドアや窓のどこかに、丁寧に漢字が書かれ、赤いスタンプが押された紙が貼ってあった。

何なんだ？

裏口のドアの周りでは、柱と横木に三種類のお札が貼ってあるのを見つけた。どれも、脚立に上らないと見えないものだ。僕はエミリーに電話して、それを伝えた。

「なぜそんなものがあるの？」と彼女は言った。「バアチャンのはずがないわ。何年も家に来ていないから」

「天狗かな？」と僕は示唆した。

「ちょっと待って」

彼女は真剣なつぶやきで天狗に尋ねてから、通話に戻った。

「彼じゃないって」と彼女は言った。「ちなみに、卵のようにつるつるの顔をしたものは『のっぺら坊』と呼ばれているそうで、それは人を殺さない。ただ怖がらせるだけだって」

「つまり僕らは、複数のモンスターを扱っていて、それぞれの変身の種類が異なる、という意味だね」

「その通り」と彼女は同意した。「そして、もし私たちの家がお札でいっぱいなら、誰かがそれを知っている、ということよ」

僕はまだ戸口に立って、横木の下に貼られた紙切れを眺めていた。その時、誰かに見られているような気がして、とっさに振り返った。

「ねえ、エミリー」僕は電話に向かって言った。「家に帰ってきてほしいんだけど、いい？」

僕は彼女の返事を待たずに電話を切った。

キッチンの出入り口に立って、じっと無表情にお札を見つめている人物は、僕の母だった。

「ねえ、ママ」と僕は言った。「何が起こってるのか教えてくれる？」

英希　17

「私の父、ヒロクニ・ワタナベは大変な人生を送った。彼がこの国に来た当初は、カリフォルニアに小さな農場を作ったけれど、それは１９３０年代のことだった」

僕はバアチャンからこのことを聞いていた。でもママが僕にその話をしたことはなかったので、話の腰を折らないように口を閉じて、エミリーに意味ありげな視線を送った。そのエミリーは、家のお札が誰によるものかを僕が告げると、すぐに天狗の車に乗って大急ぎで戻って来たのだった。天狗は家の前に彼のトラックを止めて、その中で待っている。

「戦争が始まると、父は収容所に入れられた」とママは言った。「そして財産は没収され、何の補償も受けられなかった。私は父がこの国に留まったことに驚くけれど、国が彼にしたことにも関わらず、彼はこの国を信じていた。でも、父は西部に何の縁もなかったので、こちらに引っ越した。グレート・スモーキー山脈が日本を思い出させてくれると言ってね。そのころには、父は母と、つまりあなたのオバアチャンと結婚していた。父の方が母よりずっと年上だったけどね。父は私が幼い頃に亡くなったので、私は父のことをほとんど覚えていない。父はよく家から離れていたけど、家にいる時は静かで、ほとんどの時間を山歩きに使っていた。ケイレブ、あなたと同じようにね。父は私に優しく、私は父を愛していたけど、父のことはよく知らない。父はあなたが生まれる前、つまり私があなたのパパと出会う前に死んだ。だから私には母に対抗するための味方がいなかったのよ」

「なぜバアチャンと戦う必要があるの？」と僕は尋ねた。

ママは悲しそうに、意味ありげな微笑みを浮かべた。

「あなたのバアチャンは……自分の考えや、自分の望み、自分の身近な人がどう振る舞うべきかをしっかりと自覚している。彼女はスティーブンが好きではなかった」とママは言って、物思いに沈んだ顔をした。まるで初めてパパに恋をした時に彼を見ていたような目で。「彼女は私が日本に戻って、そこで男性と出会うことを望んでいた。でもそれは……」ママの表情は曇り、言葉が出なかった。「とにかく私はあなたのパパと結婚したけど、彼女は私を許さなかった。そして私もそんな彼女を許さなかった。しばらくの間、私たちは口もきかなかった。でも、あなたたち二人が生まれて、彼女は私の人生にまた関わるようになった。昔のいさかいを忘れて、子供たちのためにもう一度家族になりたい、と彼女は言った。ところがある年の11月、エミリーがちょうど７歳、ケイレブは６歳の時、弁護士から手紙が届いた。それは父の遺言に関する会合に私を招くものだった。私は単身で参加するとともに、その招待を口外しないよう命じられて、そうしなければ遺産を没収されると脅された」

「私は混乱した。父は裕福ではなかったし、私の知る限り、父が所有していたものはすべて私たちがすでに持っていた。秘密厳守については……何を期待していいのか分からなかった。もう少しで行かないところだった。行かなければよかったと思うこともある」

「何があったの？」と僕は尋ねた。何かが起きるのを感じた。何か重大なことが。

「こまごました物が入っている箱を受け取った。あなたが大きくなったら渡してほしいということだった」彼女は、まるで語る価値がないかのような仕草で言った。「それと手紙」

「内容は？」エミリーが促した。

「父の英語は……たどたどしかった。理解できない部分もあった。理解できても信じられない部分もあった。古代の家族の歴史や、日本の古い魔法についてのナンセンスな話もあった。父は自分の先祖を、呪術戦士の一種と主張した」

「ライコウ」と僕は言った。

ママは僕をじっと見つめてから、慌ててうなずき、いぶかしむような表情を変えようとした。

「手紙にはそう書いてあった」と彼女は同意した。「私の子供たち、つまりあなたたち二人は、2つの強力な家系、すなわち2つの魔法の家系の子孫だと書いてあった」

「待って」とエミリーは言った。「2つの魔法の家族という意味？　それは、ライコウと、キツネのマユミのこと？」

ママはそれを聞いて顔をしかめ、一瞬、口を閉ざすのかと思ったけど、すぐに肩をすくめて、バカげてると言うように首を振った。ママの話は、まるで歌うような調子で、すべてがおとぎ話のナンセンスだと言わんばかりだった。

「父が書いていたのは、彼はライコウと、姿を変えるキツネの生き物マユミの子孫である。その二つが混じり合って、一つの強力な魔法の血筋を生み出した。そして、もう一つの血筋は彼の妻の家系から来ている」

「バアチャンのこと？」とエミリーは叫んだ。彼女は僕を見た。「私たちは彼女が魔法の世界の人と結婚しただけだと思っていた。彼女には独自の力があったのね？　なぜ言わなかったのかしら？」

「彼女の家系は邪悪だからよ」とママはあっさり言った。「というか、父はそう言った。あまりにもバカげていたから、あなたたちには言わなかったけど、父はそう言ってたの」

「だからママは、バアチャンが僕らと接触するのを止めたの？」と僕は問い詰めた。「彼女が邪悪だと思って？」

「いいえ、もちろん違う！」とママは顔を赤らめて答えた。「実際、あなたのおじいさんは彼女が邪悪とは言わなかった。彼女は古くから伝わる妖怪の家系で、見た目よりは年上だけど、彼女自身は妖怪ではないと言ってたわ」

「年上？」とエミリーが繰り返した。「彼女は何歳なの、75歳とかそのあたり？」

ママは目をそらした。

「何歳なの、ママ？」と僕は問い詰めた。

「200歳か、それくらい」と言って、また素っ気なく手を振った。「だから、すべてクレイジーだと言ったでしょう！　彼は明らかに正気を失っていた。当時はまだ認知症がよく分からなかったし、彼はあまり家にいなかった。私はアルツハイマーの一種じゃないかと思う」

僕は下を向いて、このすべてと、それが僕らに隠されていたという事実を理解しようとした。

「手紙はどこなの？」とエミリーは尋ねた。

「燃やした」とママは答えた。

「分かった」とエミリーは言った。「でも、それがすべて狂った老人のたわごとだと思ったのなら、どうしてママはバアチャンを追い出したの？」

「そんなことはしていない」とママは言ったものの、エミリーの視線に耐えられない様子だった。

「もちろん、したよ」と僕は言った。「エミリーが７歳の時だよね？　完全に筋が通っている。それ以来、彼女はほとんど家にいない。魔法の祖先の話がくだらないと思ったなら、なぜ彼女を僕らの生活から追い出したの？」

「だって、彼女はそれを信じていたからよ！」とママは吐き捨てた。顔は消防車のように真っ赤になった。「彼女は、それが全部本当で、あなたの将来のために計画を立てなきゃいけないって言ったの！　怪物や悪魔がやってくるから、それに備えなくちゃいけないって言ったのよ」

僕らは張りつめた沈黙の中でママを見つめた。

「知ってたのね！」とエミリーは叫んだ。「今までずっと知っていたのに、あなたは何も言わなかった」

「狂ってるからよ！」ママは立ち上がって言い返し、その声は窓を揺らした。「私たちの家族の歴史に悪魔も魔法もない！　あるわけないでしょ。もしそれを受け入れるなら、私の両親が怪物だと認めなければならない。でも、狂ってたり、病気だったり、認知症だったとしたら？　絶対にそうに違いないわ！　だからこの家から、古い国のたわ言を遠ざけなければならなかったのよ！」

「でも、怪物がここに来たのよ、ママ！」エミリーは涙を浮かべて叫んだ。「それは現実なの。ここに来たのに、私たちはそれに対する準備ができていないの。ママが何も教えてくれなかったから！」

「違う！」とママは答えた。「そんなのあり得ない。どれも本当じゃない！」

「お札を貼ったでしょ！」と僕は叫んだ。「本当だと知っていたはずだ。そうじゃなければ家を守ろうとはしなかったはずだ！」

「ああ、大げさね！」とママは答えた。「念のために、ちょっとした迷信の習慣に従っただけよ！　それが本当だという意味じゃない。私は何も信じていないわ。信じるもんですか！」

「本当じゃない？」エミリーは怒鳴った。「それじゃ、これをどう思うの？」

すると彼女の背後から、長くふさふさした、先が白く赤褐色の狐の尻尾が飛び出し、怒りに震えて前後に動いた。

ママは言葉を失って見つめた。エミリーはママをにらみ返し、目からは涙があふれていた。涙を拭おうと手を上げると、それはもう手ではなかった。細く小さな黒い爪が散りばめられた前足だった。エミリーの目に、一瞬、恐怖とショックの色が浮かんだけれど、すぐに彼女の目ではなくなった。鼻と口が突き出し、薄くまだらな毛皮になり、舌は長く伸びて、歯は鋭くなった。そして突然、服を脱ぎ捨てると、完全な狐の姿になって、以前の少女の面影はまったくなかった。

僕は立ち上がって首を伸ばし、表のピックアップトラックに座っている天狗を見つけようとした。だから、ママが何をしたのかすぐには分からなかった。ママは狐をエミリーとして両腕で持ち上げて、その首に顔をうずめて泣き、まるで自分の命がかかっているかのように抱きしめていた。

「おや、やあ」と、店のドアの向こうから見慣れた顔が声をかけた。それは、無邪気な笑みを浮かべたパパだった。「それは誰の犬だ？　かわいいね。後で手を洗うのを忘れないで。エムはどこ？」

サイトウさんはエミリーを元に戻した。それには10分ほどかかり、彼は木を切っているような汗をかいていた。でも実際にやっていたのは、狐の顔を自分の顔に押しつけ、目を閉じ、意味不明の日本語を何度も何度も、彼女が戻ってくるまで、ささやくことだった。もちろんママはパパを部屋から追い出した。そして天狗はロウソクの輪と静けさを要求した。ただしそれは、エミリーのためというより、自分のためだと言っていた。変身のプロセスは、戻ってくる方が気味が悪かった。狐が姿を変え、恥ずかしがって怯える姉の姿に似てくる。しかし

僕はそれよりもずっと前に、目をそむけなければならなかった。なぜ彼女が怯えていたのかは、彼女が服を着て、まともに話せるようになるとすぐに明らかになった。

「止められなかった」と彼女は言った。顔にはまだ涙のあとが残っていた。「ママに腹を立てれば立てるほど、そうなるのを感じた。でも、止められなかった。止めたくなかった。その存在が持つ情熱。その存在の純粋なシンプルさ。それをより強く、より正直に感じた」と彼女は言った。「意味不明なのは分かっているけれど、突然、私たちのすべての行動が、とんでもなく間接的で、符号化されていて、よそよそしく見えた。うまく説明できない。でも、言葉や服や人間らしさのすべてを、ぶち壊したいという衝動にかられた。何もかも、あらゆるものを。私は狐として、すべてがより熱く、より鮮明に燃え上がった……でも、私は戻ることができなかった。戻りたいかすら分からなかった」

「また同じことが起きるだろう」と天狗は重々しく僕に言った。「私はいつでも助けに行けるわけではない。もし彼女が自分の能力をコントロールできなければ……」

「分かってる！」と彼女は言った。「私の能力は私をおとしいれて、たぶん私は死んでしまう」

「ならば、我々はもっと頑張らんとな」と天狗は言った。

「しかも、急がないと」と僕は言った。「何が起きているのか分からないけど、事態は深刻になっている。それを感じるんだ」

「スピードは不適切だ」と、先生モード全開の天狗が言った。「焦ったところで何も達成できん。予定にそって訓練計画を進めよう」

「いいえ、ケイレブの言う通りよ」とエミリーは言った。「これは待てないわ」

「知識と技術は自分に合ったペースで身につく」と天狗は大きな鼻を膨らませて答えた。「お前たちの、手っ取り早く満足を求める文化においても、歩く前に走れないことは分かるはずだ。準備ができていないのに先走るのは無謀だ。理解に穴があき、潜在的な危険になる」

「そうかもしれないけど、時間がないのよ」とエミリーは言った。「私たちの家の前で人が殺された。きっと、もっと増える。でも私たちは、人のため自分たちのために戦う準備ができていないのよ。今はそれが必要なの」

天狗は首を振った。

「アメリカ人だな」と彼はつぶやいた。

「ママの父親が、手紙で彼女に言ったことをどう思います？」と僕は話の方向を変えた。「バアチャンには悪魔の血が流れているってこと？」

「他の日なら、何も気にしなかった」とエミリーは、ママが家中に貼ったお札の一枚を手に取って、言った。「でも洞窟の監視カメラに映っていた彼女の写真を見てからは……」

「悪魔は妖怪の誤訳だ」と天狗はまだ先生モードのままで言った。

「言葉の細かい点は、今はあまり問題じゃないと思うよ？」と僕は言った。

「言葉の細かい点は、常に重要だ」と天狗は、その巨大な鼻には似つかわしくない威厳をもって言った。「危険が高まっている時は、なおさらだ」

「分かったよ、賢者」と僕は言った。「でもなぜそれが問題なの？　バアチャンの夫は彼女が邪悪で、怪物や悪魔の子孫だと思っていた。辞書で言葉を調べたら彼女への疑いが晴れるとは思えないよ」

「妖怪は悪魔ではない」と天狗は、相変わらずイライラしながら平然と言った。「すでに言っただろう。注意するがいい。妖怪は超自然的な存在であり、生き物であり、存在感なのだ。あるものは物理的な実体を持ち、あるものは持たない。動物や人間や物体の、ひずみや混ぜ合わせとして現れるものもいる」

「バアチャンのティーポットみたいに」とエミリーは言った。

「いたずら好きで遊び好きなやつもいる」と天狗は続けた。「のっぺら坊のように」

「何だっけ？」

「男子高校生たちの前に現れたものだ」と天狗は言った。「顔のないもの。それは相手が何を考えているかに応じて、さまざまな形をとることができる」

「頭の中を覗いているのね？」とエミリーは言った。「やっぱり！」

「少しだけだ」と天狗は言った。「それは、相手の脳内の短期記憶や、欲望とか期待とかを制御する部分にアクセスして、その外見、行動、発言を作り出す。それだけだ。それらを除けば、相手が誰であるかも分からない。しかし、ここが私の言いたいポイントだ。通常、このような生き物はペテン師に過ぎない。人を怖がらせる、ただそれだけだ。ところが、このポーターズビルにいる妖怪は、より暗い目的に向かって他の妖怪と協力している。妖怪の中には、恐ろしいものや血に飢えたものもいる。しかし、彼らはお前たちが理解しているような意味での悪魔ではない。彼らは単一の道徳的志向を持っていないからだ。彼らは絶対的に邪悪な精神の生き物ではない。妖怪は邪悪かもしれないし、そうではないかもしれない。そして、一つの妖怪は、それがどのように扱われるかによって、その行動が変わるかもしれないのだ」

「つまり、妖怪は人間と同じだと言いたいわけね」とエミリーは言った。「超自然的な能力を持っているだけで」

「そうかもしれん」と天狗は言った。「とはいえ、ある種の妖怪が、しばしば危険であることは明らかだ。彼らの目的は、人間の世界やその文化、そして人間そのものを破壊することに集中している。だが、鬼のように、一貫して悪意を持っている妖怪はごくわずか だ」

「鬼って何？」と僕は尋ねた。

「オーガと呼ばれる人食い怪物に少し似ている」とサイトウさんは言った。「とても大きく、とても強力で、とても破壊的だ。彼らは人間を憎んでいて、人間を殺して食べてしまう」

「素敵な話」とエミリーは言った。「でも、私たちがポーターズビルで遭遇した中には、そんな感じのものはいなかったわ」

意外にも天狗は笑った。驚きのあまり、僕らも思わずホッとして同調したい気持ちになった。

「いや、いや！」天狗は目を拭いながら言った。「ポーターズビルで？！　はっ！　鬼は巨大な生き物だ。隠れていることはできないし、その破壊の跡はすぐに分かるだろう。いやはや」彼は笑いながら言った。「もし鬼が関わっていたら、我々にはすぐに分かるし、恐れる理由も十分にある。ただし、ほんの一瞬だがな」

「なぜ、ほんの一瞬……？」と僕は言いかけた。

「なぜなら、すぐに我々全員を殺してしまうからだ！」と天狗は大笑いして、椅子から転げ落ちそうになった。「そいつは我々を細かく引き裂いて食べてしまう。とても恐ろしいが、ほんの少しの間だけだ。すぐに……」

彼は大きな手を叩き合わせて、グシャグシャという音を立て、手のひらを唇に当てて、噛むふりをした。

「なるほど」と僕は言った。「やばすぎる」

「了解」とエミリーは嫌悪感に少し震えながら言った。「じゃあ、鬼がいなくてよかった」

天狗は大声で笑った。「ああ、とてもよかったよ。我々は死んでいたからな！」

「ああ、ありがとう」と僕は口を挟んだ。「よく分かったよ」

「この国の一番いいところは」と天狗はため息をついた。「鬼がいないことだ」

エミリーは立ち上がった。

「日本では鬼に出会ったの？」と彼女は尋ねた。

「かなり昔だが」と彼は言った。「ほとんどは遠く離れていた。ライコウは何度も戦っている」

「何だって？」と僕は言って、急に不安になり、椅子の上で少しずつ前に進んだ。

「山梨の山には恐ろしい鬼がいた」と天狗は言った。「とても大きく、とても凶暴だった。ライコウは何度も戦った」

「それが彼の妻を殺したの？」と僕が言うと、サイトウさんは横目で僕を見た。「バアチャンが教えてくれたんだ。バアチャンは、ライコウがそれを倒したけれど殺したわけではないと言っていた」

エミリーが僕の不安を感じ取ったことが分かった。

「それってどういう意味なの？」と彼女は言った。「彼はそれを監禁したの？」

「我々の世界にはない、妖怪エネルギーの場所に閉じ込めた」と天狗は言った。「そこは、遥か彼方の山に埋められた神秘的な牢獄だ」

「彼は鬼を神秘的な次元に縛り付けた。でもそこは現実の場所なのね」とエミリーは言い、目を半分閉じて考え込んだ。

「その通り」と天狗は誇らしげに言った。「安全を強固にするためだ。鬼だけではなく、他の多くの妖怪もそこに閉じ込められた」

「それで、その山はどれくらい遠いの？」と僕は尋ねた。

「山梨からは遠い」と天狗は軽く言った。「ライコウは、鬼に襲われている村々から遠く離れた適切な場所を見つけるために、いわゆる『次元の門』を通ったのだ」

「たとえば、日本の外？」とエミリーは言った。

「そうだろうな」と天狗は言った。「魔法を効かせるためには、彼らが戦った場所と似た地形の必要があるだろう」

「山と森」と僕は言った。「温暖な亜熱帯の夏と、寒い冬」

「おそらくな」と天狗は自信ありげに落ち着いて言った。

「だからあなたはここが好きなんでしょ？」とエミリーは言った。「日本を思い出させるから」

天狗は大きな目を丸くして見つめた。

「ここ？」と彼は言った。

「だからヒロクニは妻をここに連れてきたのね？」とエミリーは言った。「目を離さないため。念のために」

「そして、その次元の門は」僕は、メモ用紙の切れ端と、電話の横のマグカップから赤ペンを取って、話を続けた。「こんな感じじゃない？」

僕は、一対の柱と、その頂上に乗せられた、のある横木の絵を走り書きした。

「鳥居だな」と天狗は言った。「おそらく」

「ただの鳥居じゃない。あの鳥居だよ」僕はエミリーに言った。「このすべてが始まったあの鳥居だ。レッド・スカー・マウンテンの神社の外にあって、ライコウが僕らの名前を呼んだ、あの鳥居だよ」

「ああ、なんてこと！」エミリーは紙の切れ端をちらっと見て叫んだ。「お札よ！」

「お札がどうしたの？」と僕は尋ねた。

「この家に貼ってあるお札じゃなくて」と彼女は言った。「洞窟の中のお札！　あれは悪を中に入れないためじゃなかった。悪を中に閉じ込めるためにあったのよ。あの場所は、山の奥深くに埋められた、神秘的な牢獄の一部だった」

突然、それまで見えなかったことが信じられないほどはっきりと見えた。

「そして、牢獄の物理的な一部が、破砕工事で起きた地震によって破壊された！」と僕は言った。「その陥没によって、妖怪を閉じ込めていた束縛の一部が引き裂かれたんだ！」

「彼らは外に漏れ出している」とエミリーは言った。「逃げている。もちろんそれは良くないことだけど、小さな妖怪たちが外に出られるなら、いつかは……」

「鬼が自由になるだろう」と天狗は言って、青ざめた顔で急いで立ち上がった。「鬼はとても大きいが、それを束縛しているものの裂け目を広げれば、いずれは……お前たちの言う通りだ。我々は急いで行動しなければならない」

「僕らに何ができるの？」と僕は尋ねた。

「すでに逃げ出した妖怪に対しては、それが何であれ、戦おう」と彼は答えた。「まだ逃げていない妖怪は、お札を修復し、物理的な牢獄を封印することで閉じ込める」

「間に合うかな？」とエミリーは尋ねた。

「何とも言えん」と天狗は言った。「おそらく、鬼はすでに自分の力で自由になっているだろう」

「もしすでに外へ出ていたら？」と僕は尋ねた。

「ならば我々は死ぬ」と彼は言った。「そしてこの町も死ぬだろう。お前たちの世界はまだ鬼への準備ができていないからな」

エミリーはショックを受けたようだった。

「絶望的な感じがする」と彼女は言った。「無意味よ」

「それでも我々は挑戦するしかない」と天狗は言った。「たとえ無駄でも、戦うことに尊厳と美徳がある」

僕が期待したような、心を高揚させるスピーチにはほど遠かった。

「ジャア」と天狗は決意を固めて言った。「ガンバリマショウ」

「それって『どんなに状況が悪くても、僕らが勝つと確信している』っていう意味かな？」と僕は言った。

「よく分からない」とエミリーは言った。「でも、どちらかというと『大変なことが山ほどあって、たぶん手に負えないけど、やりましょう』みたいな感じだと思う」

「ああ」と僕は悲しそうに言った。「素晴らしいよ」

「それでバアチャンは？」とエミリーは言った。「彼女はどうすればいいの？」

「もし彼女が、次元の壁のこちら側から、妖怪のために働いているとしたら」と天狗は言った。「とても危険な存在になるだろう」

「でも、彼女は留置場にいるんだ！」と僕は言った。「あそこで彼女が、どれだけの害を及ぼすことができるっていうの？」

「もし彼女が、我々が恐れているような存在なら、彼女は留置場から出る必要がないと感じているから、そこにいるだけだ」

「もし彼女がその言葉通りに僕らの味方だったら？」と僕は食い下がった。まだ彼女をあきらめる気はなかった。

「それなら彼女は貴重な力になるだろう」と天狗は認めた。

「だから、彼女の意図を明らかにする必要があるわ」とエミリーは言った。「でも、どうやって？」

「彼女に聞いてみればいい」と僕は提案した。

「もし彼女が、巨大な人食い悪魔をこの世界に放とうとする邪悪な怪物なら、こちらが優しく頼めば正直に答えてくれるだろうって？」と姉は言い返した。

僕は肩をすくめた。

「やり方はあるかもしれん」と天狗は言った。「彼女に真実を語らせる方法が」

僕はその響きが気に入らず、エミリーをちらっと見たら、天狗はそれを読み取った。

「彼女に危害は加えない」と彼は言った。「特別な儀式によって作られた豆を、何かの中に入れて食べさせるだけでいい。たとえば、おにぎり、とか」

「ライスボールのことよ」とエミリーは翻訳した。

僕はその案をイメージした。

「はっきりさせておきたいんだけど」と僕は言った。「僕らはある意味、神秘的な大災害の危機に瀕している。それで僕らの戦略は、魔法の豆を作ることだというの？」

「月明かりの良い夜が、何晩か必要だ」と天狗は言った。

「家の牛と交換すればいいよ」と僕は言った。

「お前は牛を飼っていないだろう」と天狗は言った。「取引できる相手もいない」

「いや冗談だよ」と僕は言った。「ジャックと豆の木のジョーク」

天狗は僕を真剣に見つめた。

「たぶん、そのようなジョークを使えば、鬼がお前の足を引きちぎるのを止められるだろうな」と彼はつぶやいた。

「ちょっと！」僕は叫んだ。

「私も冗談を言っただけだ」と彼は言った。「だが、冗談抜きで、豆の準備を始めるつもりだ。お前たちも訓練しておけ。そして油断するな。妖怪は強くなって、やってくる。彼らが牢獄から逃げる以外に何を意図しているのかは分からないが、お前たちが彼らの主たるターゲットになるのは間違いない。脅威となりそうな者は、誰であれ始末したいだろうからな。たとえ相手が弱くても、準備ができていなくても」

「ありがと」と僕は言った。

「たとえ相手が半分でも、薄まっていても、って付け加えるのを忘れてるわよ」とエミリーが口を出しても、天狗はひるまなかった。

「お前たちはライコウのような強敵にはなれない」と彼は言った。「しかしお前たちは絶好の標的にはなるだろう。鬼や他の妖怪たちは1世紀以上も埋められていた。彼らは、自分たちを埋めた男に復讐したいはずだ。しかし彼はもういないので、彼の血を追うだろう。彼らはお前たちを追ってくる」

英希　18

天狗は魔法の豆の儀式を始めるために、自分の家に帰った。そして、僕が真顔で言うとは思いもしなかった言葉だけど――エムと僕は、学校に戻っての自己開発トレーニングに備える食事をした。ママはいつもと違っておとなしく、パパは心配そうな目で食事中ずっとママを見ていた。僕はパパを安心させるような正直な言葉を思いつかなかったので、すべてが普通のふりをした。これが全部終わったら、パパにすべてを話すかもしれない。でも、連日の危機を生き延びたとしても、どうやってその特別な話題を切り出したらいいものか、僕には分からなかった。『あのね、面白い話があるよ。僕らは日本古来の姿を変える怪物に狙われていてね……』

　僕はパパにチキンフライドステーキを譲った。30分後、姉と僕は納屋のすぐ西にある小さな空き地に座って、コオロギやセミの日暮れ前の声を聞いていた。天狗は長い袋を開けて木刀を何本か取り出したので、僕はがっかりした。

「本物は使えないの？」と僕は尋ねた。

「最高の剣士は、手足のほとんどが残っているものだ」と天狗は、つり鐘のように響く声で言った。一理ある。

「豆はどうです？」とエミリーは尋ねた。

「ハーブと酒に漬けている」と天狗は言った。「家に帰ったら煮て、特別な鉢に移し、月明かりの下で一晩寝かせる」

「そして、それを食べると誰でも真実を語るの？」

「最終的な準備として、いくつかの言葉を唱える必要はあるがな」と彼は言った。「しかし、その通りだ。食べる人が知らない限り、嘘をつくことはできない。その効果をなくす対抗呪文はある。私は自分で準備していない食べ物を食べる時、いつもそれを唱える」

「被害妄想すぎない？」とエミリーは言った。

「山は敵だらけだ」と彼は答えた。

「ごもっとも」と彼女は認めた。

「暗くなりすぎる前に始めよう」と彼は言って、袋から電池式のランタンを取り出すと、スイッチを入れて地面に置いた。ランタンは均一の緑がかった光を放って、空き地の周囲を照らし、木々のあたりまでを明るくした。「私はヒデキとトレーニングしよう……」

「ケイレブ」と僕は反射的に訂正した。

「君の方は、狐の姿に変身して、自分の意志で元に戻ることを試みる」と彼は続けた。「それには、まず地面に自分の名前の文字を書く。次に狐の姿でそれに意識を集中し、それを使って人間の姿に戻るのだ」

「文字？」とエミリーは言った。「どんな文字？」

「カズコ」と天狗は言った。「君の名前だよ」彼はためらいながら、彼女について思案した。「君は自分の名前の書き方を知らないのか？」

「彼女の名前はエミリーだよ」と僕は言った。

彼は目を閉じて頭を下げ、小さなため息をついた。そして再び顔を上げた。

「見ろ」と彼は言った。そして棒を取り、一連の複雑な模様を地面の土に書いた。

嘉壽子

「読めないよ」とエミリーは言った。「私は絶対に書けない」

天狗はまばたきをした。

「じゃあ、ひらがなだ」と彼は言って、その文字をこすって消し、新たに土に書いた。

かずこ

エミリーは字形を思い描きながら、音読した。

「か・ず・こ」と彼女は言った。「了解」

彼女は納得していないように見えた。

「読めるの？」と僕は言った。

「だいたい」と彼女。「カタカナはおぼつかないけど、ひらがなは分かる。ほとんど」

「いいね」と僕は用心深く感心しながら言った。「がんばって」

彼女が天狗をちらっと見ると、天狗は小さくうなずいた。彼女は目を閉じた。

何も起きない。

「これから始めるの……？」と僕は口を開いた。

「やってるのよ！」と彼女は怒鳴った。「できそうにないわ……」

「自分の中のキツネを見つけるんだ」と天狗は言った。「君は狐であり、女の子である」

「若い女性」とエミリーは急いで言った。

天狗は唇をすぼめて、もう一度息を吸った。

「君は狐であり、若い女性である」と彼は言った。「同時に両方なのだ。君はただ、自分をどちらで表現するか、その時に身を置く形を選ぶだけでいい」

「そうね」とエミリーは言った。「そちらは二人で何かを始めてくれた方がいいかもしれない。二人に見られながらこんなことできないから」

天狗は彼女に反論しそうだったけど、僕が割り込んだ。

「いい考えだね」と僕は言った。「さあ、サイトウさん。あなたをぶっ叩くよ」

彼の顔が困惑で曇った。

「何だって？」と彼は言った。

「剣を持って」と僕は答えて、エムに場所を与えるために空き地の端まで移動した。

彼も僕に加わった。僕は右手に木刀を持って、右肩を彼の方に向けた。

「フェンシングのフルーレじゃないんだぞ」と彼は言った。「体を開いて両手で持て」

「そうするとターゲットが広くなってしまう」と僕は言った。「こっちの方が、打たれにくい」

「それは我々の戦い方ではない」

「たぶん、あなたの戦い方じゃなくて…」と僕は話し始めた。

彼は僕の太ももを強く叩いた。

「痛い！」僕は叫んだ。

「もし剣が本物だったら、君の足を切り落としていただろう」と彼は言った。「言われた通りにしろ」

「学習における対等なパートナー、とは思えないよ」僕は、ある教師が使った言葉を思い出しながら言った。「これが最も進歩的な教育方法とは思えない……痛い！」

今度は僕の頭を叩いた。その一撃は僕の左側から入ってきた。

「私を横目で見るからこうなるんだ」と彼は言った。

「オリンピックのフェンシングではこれでいけるよ」と僕は不機嫌に答えた。

「それはルールのあるスポーツだからだ」と天狗は言った。「誰も相手を殺そうとはしないからな。まずは中段の構えから始めよう。攻撃と防御のバランスがよい」

僕は彼の姿勢をまねた。右足を少し前に出し、左足のかかとを地面から数センチ浮かせた。両手で剣を持って上向きにした。彼は批判的な目で僕を見てから、僕の後ろに回って肘を調整した。

「これが、中段の構えだ」と彼は言って、その流れで新しい構えに移ろうとした。

「変な感じがする」と僕は、姿勢を正してくれた彼に言った。「戦いを型では学べないよ。数日では無理だ。もっと直感的なことを教えてくれない？」

「自分のスタイルを確立する前に、基本を学ぶ必要がある」と彼は剣を頭上に掲げた。「上段の構えだ」

「僕はそれをするところまで長く生きられないよ！」と僕は言って、剣を下ろした。

「君は性急すぎる」と彼は構えを保ったまま答えた。

「それに、あなたは時間を無駄には出来ないと認めたでしょう。だから、単純に……スパーリングとか？」

「基礎を学ぶことは無駄ではない」と彼は憤慨した。「しかし、どうしてもと言うなら……」

彼は僕に向かってきた。表情一つ変えず、エネルギーの旋風となって、鍛錬された正確さで踏み込み、斬りつけた。僕は激しく振り回したものの、1撃も防ぐことはできなかった。彼が僕を数回打ち込んだところで、僕は剣を投げ捨てた。

「うわ！　うわ！　まいった！」と僕は叫んだ。「いいよ、分かった！　あなたの言いたいことは伝わったよ」

彼はわずかにうなずいた。先ほどまでの嵐のような動きが、今は完全に静まっていた。

「中段の構え」と彼は言った。

僕は言われた通りにした。

１時間ほどで、８つの構えと４つの基本的な動きを――彼によれば、急いで――習得した。言葉の意味は分からないので、それらの名前は覚えられなかったものの、実戦とはまったく違うにせよ、体が覚えていくのを感じた。数週間かけてたくさん練習すれば、僕は歩くウィキペディアみたいな存在になれるような気がした。もし誰かが僕を攻撃すれば、僕は数秒で殺されるだろうけど、死ぬ間際に相手のテクニックの欠点を指摘することはできるかもしれない。

エミリーはあまりうまくいかなかった。僕が天狗の訓練を受けている間に、彼女は尻尾を生やし、耳を尖らせて、テレビゲームのエルフのような外見になっていた。天狗が彼女をチェックすると、彼女は天狗に匹敵するような鼻と数本のヒゲを追加することに成功したけれど、それでも人間のままだった。とはいえ今は、旅回りの見世物小屋で将来有望なキャリアを積んでいる段階だ。僕は二人から離れて、あまり気乗りしないながらも、戦いの構えを練習した。そして振り返ると、彼女は完全な狐に変身していた。今は空き地の真ん中に座り、頭を片方に傾けて、天狗が土に刻んだ文字を困ったように見つめていた。正直言って、とても可愛かったけれど、それを言ったところで彼女が感謝するとは思わなかった。

僕が剣の動きを練習していると、目の端に、木々の中の動きが見えた。周辺はすっかり暗くなって、明かりは、空き地の中央に置かれた緑がかったランタンの光だけだった。しかし僕はその動きが、風に揺れる木の影以上の何かだと確信した。僕は動きを止めて、感覚を研ぎ澄ました。

また動いた！　慎重な動きだ。そして今度はエメラルド色の光の点が２つ輝いた。

目の光だ！

「先生！」と僕は言った。「エミリー！　あそこに何かいる……」

しかしそれは１つの何かではなかった。それは３つの何かだった。猫だ。人間と同じくらいの背丈で、後ろ足で立ち上がっていた。全員が全く同じ姿勢をとっている。片方の後ろ足でバランスを取って、片方の前足を前に伸ばし、もう片方をダンサーのように頭上に上げていた。

3匹も！　その気になれば1匹でも僕を倒せるはずだ。僕らはまだ準備ができていない。

すると天狗は変身した。彼が両腕を大きく広げると、その動きは木々の薄暗さの中で眩しいほどの青白い光のパルスを生み出した。その異様なエネルギーがおさまると、彼は別の姿になった。野生的で力強い外見だ。肩からは大きな羽根の翼が広がり、滑稽な鼻の代わりにカギ状に曲がったくちばしがあった。彼は目を光らせると、飛んで——文字通り、投げ槍のように長い跳躍で飛んで——最も近い猫の怪物に向かった。

僕は本能的に彼を手助けしようとした。ところが他の2匹がこちらへ向かってきた。その足は走るというよりも、空中に模様を描くようにして、なぜか前に進んでいた。エミリーは、まだ狐の状態で、地面の文字から顔を上げて吠えた。彼女は姿を戻すことができないようだ。

「逃げろ！」と僕は彼女に向かって叫んだ。「ここから出るんだ」

僕は彼女の前に飛び込んで、彼女に覆いかぶさる猫へ木刀を振り下ろした。猫はのけぞって、僕の手の届かないところで、シャーと怒りの声を上げた。エム狐は甲高い声で吠えて、警戒するように顎を鳴らした。猫は後ずさりした。しかし残りの1匹は僕の目の前まで迫っていた。僕は振り向きざまに木刀を振った。怒りとパニックのあまり、これまでのレッスンは頭の中から消えていた。数メートル離れたところでは、猫の1匹が、天狗の木刀を腹に受けて、うめき声を上げたけれども、その爪で強烈な反撃に出た。天狗は後ろに跳んで、空中で宙返りし、戦いの構えに戻った。

僕はまだ残りの猫のどちらとも対決していなかった。僕が木刀を振って突進しても、猫はかわしたり、フェイントをかけたりして、常に手の届かないところにいた。僕は速くて強かったけれど、猫たちは最後の瞬間にかわしたので、薄暗い中では僕の木刀が相手の体を貫いたのではないかと思うことがあった。

エム狐は必死で、跳ねたり噛んだりしていたけれど、僕と同様に運がなく、猫の怪物にどれだけ近づいても、彼女の歯はいつも空気を噛むだけだった。

「代われ！」と僕は叫んで、彼女が攻撃していた猫に突進した。この奇襲でこちらが有利になることを期待した。僕は体を回転させながら、ありったけの力とスピードで夜の闇を切り裂いた。骨に当たって木刀が折れる音が聞こえるはずだ。

何も聞こえない。そこにあるは、僕の素振りの風の音と、僕の必死のうなり声、そして逃げ回る猫たちの満足そうな鳴き声だけだった。僕は攻撃の激しさでバランスを崩したものの、1回のバネで立ち上がり——かなり器用だね、スミス——足を振り回して、猫の鼻先にガンガン蹴りを入れた。

そのまま通り抜けた。

あり得ないけど、否定はできない。その瞬間、僕は気づいた。

「化け猫は1匹だけだ!」と僕は叫んだ。「他のはただの、のっぺら坊だよ!」

その時、振り向くと、本物の猫の怪物が天狗の受け身をかいくぐって、歯と爪の攻撃で、彼を地面に押し倒すのが見えた。

「やめろ!」と僕が叫ぶと、僕とエムに対峙していた2匹の猫が、本来の姿になった。着物を着た人間の姿で、毛が消えて、顔は真っ白で卵のように滑らかになった。彼らはもう僕を邪魔しようとはせず、僕が天狗を助けるために動くと、僕の体はそのうちの1体を通り抜けたのだった。

化け猫は天狗の体にしがみつき、爪を食い込ませ、血まみれの口で喉元を噛んでいた。天狗の翼は効果なく羽ばたき、そのくちばしを猫に向けようとしても、強い締め上げを招くだけだった。彼が何をしても、怪物には何の効果もなかった。

僕は怪物の背中を強く打った——初めての本当の打撃だ——すると、怪物は彼を解放し、転がって跳ねていった。僕が追いかけると、それは僕の不器用なスイングを横っ飛びでかわした。そして、地面に横たわる天狗を目を細めて振り返り、十分にやったことを確認した。満足して、微笑んだように見えた。するとそれはまた、ただの猫に戻り、小さくしなやかに木々の中へ逃げ去って、捕まえるのは不可能だった。

振り向くと、のっぺら坊たちが滑るようにそれを追いかけていた。目のない顔をこちらに向け、彼らも夜の闇に消えていった。僕は彼らを無視して、天狗にかがみ込んだ。その体には残酷な傷があり、その下の埃っぽい地面には血が溜まっていた。

「エム!」僕は狐に向かって叫んだ。「戻ってきて! 君の助けが必要なんだ！」
　しかし、僕の姉だった狐は、血を流す体に寄り添い、クンクン泣くことしかできなかった。
　僕は、ひどい切り傷に両手を当てて、温かくぬるぬるした部分を強く押さえた。テレビの警察番組で見たように。
　『直接押さえろ。出血を抑えるか、止めるんだ』
　これでは不十分だ、と僕は思った。すると、天狗の翼がしぼんで、彼は再び、レストランの経営者兼パートタイムの大工であるサイトウさんに戻っていた。彼は仰向けになって、目を閉じていた。３匹のうち２匹の猫が単なる邪魔者だったことに、僕が気づくのが遅すぎたせいで、彼は死にかけていた。僕は傷口を圧迫したり、合わせたり、押さえたりした。しかし傷が多すぎる。手が足りなかった。
　「一体何が起こったんだ？」木々の向こうから声が聞こえた。
　僕は顔を上げて、声の方に首をひねった。そこにいたのは、エミリーではない。背が高く、黒人の、運動神経のいい少年……。
　デマーカス。
　「ケイレブ」彼は恐れおののいて、ショックを受けた声で言った。「今俺は何を見たんだ？」
　僕は彼をじっと見つめた。
　「助けて」と僕は言った。「彼は死にそうなんだ。助けてくれたら、全部話すよ」

英希　１９

「どれくらい見ていたの？」僕はぼんやりと尋ねて、ランタンの光に照らされた、傷ついた天狗を見つめていた。そんなことはどうでもよかった。僕はただ、いま起きていることの恐ろしさを忘れるために話しているだけだった。
　「かなり長く」とデマーカスは言った。彼はトレーナーの袖を破って、それを天狗の傷ついた腕に巻いていた。僕の方を見ることなく、その声は緊張のあまり、低く不安定だった。彼を責めることはできない。彼が再び言葉を口にした時、それはただ頭の中で言葉を並べているだけのように聞こえた。何かノーマルで合理的なものにしがみつき、その文章を最後まで完成すれば、すべてが理にかなっていることに気づけるだろうと言わんばかりに。「フットボールの練習の後、ジムに行った。管理人が遅くまで残らせてくれた。ちょっと走ろうと、また外に出たら、光が見えた。そして君の姿。そして……これだ。あれは何だったの？」

100万ドルの質問。

「まったく分からない」と僕は答えた。

「君はよく分かっているように見えた」と彼は、傷を巻くことに集中しながら言った。

「前にも見たことがあるんだ」と僕は言った。「ママに電話しよう。迎えに来てもらう。彼を明るい所に動かさないと」

「病院に連れて行く必要があるな」とデマーカスは言った。「大量に出血しているし、内臓の傷がどれくらいか分からない」

ポーターズビルには病院がなかった。一番近い病院でも30分ほどかかるヘンダーソンビルだ。でも僕は心配せずにはいられなかった。サイトウさんの現在の外見に反して、厳密には人間でない者に基本的な検査をしたら、どんな狂気の沙汰になるのかと。

「それがいい考えかは分からないよ」と僕は言った。

「彼が死ぬのを見ているよりはましだ」とデマーカスは言った。

「ここで傷を押さえてて」と僕は言った。「僕は電話をかける」

手を動かすと、血がしたたり落ちるのを感じた。すぐにデマーカスが布の束をくれた。僕は片手でポケットから携帯電話を取り出し、ママに電話した。彼女が電話に出ると、すぐに言った。「今すぐ学校まで車で来てほしい。サイトウさんが怪我をして、ひどい。体育館の裏の林の中にいる」

唖然とした沈黙が続いた後、彼女は言った。

「すぐ行く……７分で」

「できれば５分で」と僕。「その方がいい」

電話を切って、再び天狗の方に意識を戻すと、デマーカスが僕を見ているように感じた。

「彼は何者なんだ？」とデマーカスは言った。「ついさっきまで、翼とくちばしがあった」

「彼は天狗だ」と僕は言って、その言葉が自分の完全な失敗を物語っていることに、心が沈んだ。あれほど重要に思えた秘密は、もうどうでもよかった。

「そうか」とデマーカスは言った。「それは君が思っているほどヒントにならないな」

「僕もよく分からないんだ」と僕は認めた。

「でも日本のものなんだろ？」

僕は唇を噛んで、まばたきをした。天狗の呼吸は荒く浅かった。

「そう」と僕は言った。

「そして、君がペットの狐を飼っているのは……」

「ペットじゃない」と僕は言った。天狗の喉に指を当てても脈が見つからなかった。「僕の姉だ」

「ああ」とデマーカスは言った。「そうなんだ」彼は少し考えているようだった。「小学生の時にこんな感じの作文を書いたよ。最後の行は『そして目が覚めたら、すべてが夢だった』これは夢じゃないよな、ケイレブ？」

「残念ながら、夢じゃない」と僕は言った。

「そして、これは、最近起きている他の奇妙な出来事と何かつながりがあるのか？」と彼は言った。彼は、うっとうしいほど賢い人間であることが判明した。「あの猫みたいな奴と、破砕工事の行方不明とかが？」

「そうだ」と僕は答えた。

「ブレイク・ワイルドも？」

「不運だけど、そう」

「そうか」と彼はまた言った。「これって、善と悪の対決ものだよね？　コミックみたいな。だってあの猫みたいなのは……よくない気がする」

「そう思う」と僕は言った。「でも複雑なんだ」

「すると、君はスーパーヒーローか何かなの？」

「違うよ」と僕はすぐに答えた。「つまり、彼は僕を訓練して、手伝わせようとしていたんだけど……」

僕はその言葉を最後まで言えなかった。彼はまた少し考えるようにしてためらうと、首をかしげて僕を見た。

「だから君はミカンをキャッチできたんだ」と彼は言った。「そしてこの前の俺のパスも」

「そう思う」と僕は答えたものの、それについては話したくなかった。あの小さな勝利が、今では愚かなものに思えた。それを喜んでいた自分が恥ずかしくなった。

エム狐が動いて、天狗の首に深く寄り添った。まるで母親の温もりを求める子熊のように。

「あれがエミリー？」とデマーカス。

「うん」

「これって何かのドッキリじゃないよな？」とデマーカスは言った。「何かの隠しカメラ。アメリカで一番笑えるホームビデオの番組とかの？」

「違う」

「違う」と彼は、がっかりしたように繰り返した。「俺もそうは思わない。もうそろそろ君のママが着いてもいいんじゃないの？」

「まだほんの２、３分しか経ってないよ」と僕は言ったけど、彼の言いたいことは分かった。もう何時間も経ったように感じた。天狗はこの世から去りつつあった。それを感じた。ママが来ることでそれを変えられると、なぜ期待していたのか分からない。でもママが来る前に、そして誰かもっと知識のある人、もっと応急処置に長けた人が助けようとする前に、彼が死んでしまうのは、あまりにも辛すぎる。もし彼が今死んだら、それは本当に僕の責任だ。

「なぜ狐が光ってるんだ？」とデマーカスは言った。

何のことか尋ねようとした時、僕もそれを見た。柔らかく奇妙な光が、鼻から尻尾まで脈打っていた。それは消えて、また現れた。今度はより明るく光って、狐は赤よりも金色に見えた。その光は内側から出て、毛皮から放射されているようだった。固く閉じられていた目が開かれると、その目はまるで溶鉱炉の中心で白熱する金属のように輝いた。狐は口を開き、弱々しいすすり泣きを漏らした。

「何が起こってるんだ？」僕は息をのんだ。「エム？　エム、戻ってきて！」

そして光が消えると、まるで体が空洞になったかのように筋肉がたるみ、狐は縮んで見えた。小さく、平らになって、毛皮から色が抜け落ちた。それは、州立公園の管理所でカビやクモの巣に覆われている、地元の野生動物のひどい剥製のように見えた。

「エム！」と僕は叫んだ。

「どういうことだ」とデマーカスは言った。「彼女は……？」

しかし次の瞬間、いくつかのことが同時に起こった。まず、ヘッドライトが運動場を横切り、体育館のレンガの上で跳ねるのが見えた。

ママ！　僕は安堵と苦悩がこみ上げた。彼女にエミリーのこんな姿を見せられない。

次に、天狗の目と口が開いた。彼が息を吸い込むと、大きな胸がふいごのように膨らみ、まるで心臓に1000ボルトの電流が流れたかのように、彼の背中をぐいっと持ち上げた。彼の目は頭上の木々を見回した。そして、起きたことの記憶をつなぎ合わせようとして、彼の顔は疑念にゆがんだ。すると、すぐ隣に彼女の存在を感じたのか、彼は左肩の方に転がって、縮んだ狐を両腕に抱きしめた。

彼は早口の日本語で話しかけて、何度も何度もカズコと呼んだ。しかし狐は動かない。それは僕らの目の前で灰色になって、しなびていく。その半開きの目には、生気も姉の痕跡もなかった。

天狗はどうにか座った姿勢になり、地面に、以前書いた彼女の名前の文字を刻み始めた。

「カズコ！」彼は呼んだ。最初は強く命令するように、そして優しく懇願するように。

しかし狐の目はうつろだった。

「カズコ！」

でも僕の姉の名はエミリーだ。

「エム！」僕は叫んだ。「エム！　戻ってきて」

そこにママが現れた。何が起きたのかと周りを押しのけ、狐を見て言葉を失い、膝をついてその弱り果てた生き物を胸に抱いた。

「エミリー！」と彼女はささやいた。「私のエミリー。戻ってきて、愛しい人。エム。私の赤ちゃん。かわいいエム。ママはここよ。あなたを愛している。どうか戻って」

すると暗闇がやわらいだ。僕はそれが狐のお腹の数センチ上の一点から発せられていることに気づいた。それは彼女の心の中にある小さな光のようだった。ママはその上に身をかがめ、愛をささやき続けた。まるで残り火の炎に息を吹きかけているように。周囲の光が強くなり、僕らの顔を金色に照らした。その時、狐はもう狐ではなかった。

「背を向けて」とママが言った。一瞬にして昔のママに戻ったようだ。

デマーカスも僕も、そして天狗さえも言われた通りにして、ママは裸の姉を腕の中に抱きしめた。

「ハイ、ママ」とエミリーはつぶやいた。

「理解するのが難しいことは分かるよ」と僕は言った。

「この10年で一番控えめな表現だ」とデマーカスは答えた。

僕らは天狗を車まで連れて行った。その間にエミリーは服を着た。二人ともとても弱っていて、自分で立つのがやっとだったけど、少しずつ力が戻っているようだった。車のヘッドライトに照らされた天狗の傷口は、血が乾いて茶色く変色し、ほぼ塞がっているように見えた。エミリーがなんとか成し遂げてくれた。彼女は必要以上の代償を払ったけれど、彼の命を救ったのだ。その点について、僕は何の疑いも持っていない。しかし、二人を失いそうになったことと、天狗がすぐに僕を訓練できる状態ではないことは、思い悩まずにはいられなかった。

事態は手に負えなくなっていた。お決まりのセリフで言えば、太平洋のど真ん中で、ボウリングの玉を足首にくくりつけられ、サメが集まってきたような、どん底の状況だ。

「さあ、どうする？」全員が慎重に車に乗り込んだところで、デマーカスが尋ねた。

「分からない」と僕は正直に答えた。空を見上げたけれど、星は見えなかった。山からは嵐が来ていて、雲はすでに厚くなっていた。月明かりが足りないと、天狗の豆の儀式に影響するのではないかと、ぼんやりと考えた。「家に帰るよ。ありがとう。でも、このことを誰にも話さないでくれたら、さらにありがたい」

「なあ」とデマーカスは言い、僕の手を取って握手した。何かの絆で結ばれた新しい友達のように。「話すったって、どこから話せばいいのか分からないよ」

翌日、学校で、デマーカスは距離を置いていたけれど、英語の授業が終わると僕の机に立ち寄った。

「エミリーはどうしてる？」と彼は何気ない態度で尋ねた。「病欠って聞いたけど」

「よくなってる、ありがとう」と僕は言った。「少なくとも体は」

彼はためらって、もっと話すべきか決めかねていたところ、カイル・リチャーズが彼の名前を呼んだので、僕にぎこちなくうなずくと、去って行った。

「エミリーは病気なの？」

それはマディソンだった。ネイビーブルーのトップスを着て、髪はディズニープリンセスのような信じられない輝きを放ってい た。

「ああ」と僕はいつものようにスムーズに答えた。「やあ、はい、いや、つまりその、彼女、ちょっとだけ、天気のせいか具合が悪いんだ」

「天気といえば、昨日の夜の雨を見た？」と彼女は叫んで、漫画みたいに口で驚きのを作った。「アクション・ニュース１２によると、もっと降るみたいよ。チアリーディングは中止になるわ。あなたも納屋の作業はできないでしょうね」

彼女は内心喜んでいるみたいだったけど、僕はその理由が分からなかった。

「たぶん中止だね」と僕は同意して、廊下に出た。

「それで……私たちは二人とも放課後は自由だよね」と彼女は言った。

「ああ」と僕は言った。彼女をじっと見ていると、僕の胸の中でディズニーの輝きが花開くのを感じた。こんなことってあるの？　「そうだね」と僕は同意したものの、こんな状況を信じる勇気はなかった。「というか……」その時、すべての思いが蘇ってきた。エミリーと天狗のこと。バアチャンから答えを引き出すこと。化け猫が僕を狙って戻ってくる可能性があること、いや、間違いなく戻ってくること。そして僕にはその準備が必要なこと。「実は、ダメなんだ」と僕は言った。「ごめん。そうしたいけど、やることがある」

「あら」とマディソンは、まるで僕が彼女のランチにくしゃみをかけたかのように言った。「どんなこと？」

「ええと、宿題と、外出禁止」と僕はでっち上げた。「納屋のせいだ。それにエミリーを医者に連れて行かないと」

「運転できるの？」と彼女は、とまどいながらも期待しつつ尋ねた。

「いいや」と僕はいつも以上にバカになった気分で言って、それは少し有効だった。「ほら、あれだよ、付き添ってなきゃいけないだけ。親は忙しいから」

「あら」とマディソンはまた言った。「まあ、週の後半にでも」

「うん」と僕は言った。「たぶん」

彼女はいつもより弾みが少ない足取りで去っていき、僕はその後ろ姿を見つめた。

「彼女はお前には高嶺の花だよ、変人」

振り返ると、廊下の少し先から二人が僕を見ていた。一人は知らない女の子。もう一人はタイラーだ。

僕は顔が赤くなったけど、彼に屈伏する気は毛頭なかった。僕はフットボールをキャッチしたし、さらに怪物と戦ったのだ。

「君には関係ないよ、タイラー」と僕は言った。

「この学校では」と彼は言った。「すべてに僕が関係する」

彼は僕をじっと見つめて、僕が萎縮して逃げ出すのを待っていた。しかし、僕は目をそらさなかった。

「君がどう関係するんだ？」と僕は言い返した。「どんな理由で自分が特別な存在だと思ってるんだ？　フットボールか？　父親が市長だからか？　何なんだ？」

彼はニヤリと笑った。

「思うに、僕が完璧なパッケージだからだ」と彼は言った。彼の隣にいた、厳しい表情のブルネットの女の子は、僕が見た時から不敵なあざ笑いをやめなかったけれど、満足そうに同意して笑った。

「でも、何のパッケージなんだよ？」僕は本当に困惑して尋ねた。「君が大柄でスポーツマンなのは分かるけど、ちょっと頭が悪くて、実は誰からも好かれていない。本当に好かれていないんだ。みんなは君を好きになりたいと思っている。君がこのくだらない小さな学校と、さらにくだらないこの町の、ちょっとした大物だからね。でもみんなは君を好きになれない。君の家族は、ポーターズビルの基準では金持ちで権力があるけど、ニューヨークやロスの基準ではパッとしないよね？　仮にそうだとしても、君が個人的にパッとしないという事実は変わらない。さらに言えば、君の父親だってそうだ。彼はスーツを着て笑顔を見せているけど、テレビで彼を見るたびに思うのは、彼が話し終えるとすぐに衣装係が現れて、スーツを脱がせ、もしかしたら笑顔も脱がせて、そこには何も残っていないんじゃないかということだ。心も、スキルも、本当の人格も、何もない。メイクを落とせば、顔全体が消えてしまうようなものだ」

「お前は口に気をつけた方がいいぞ」とタイラーは言って、僕に一歩近づき、本物の怒りで顔を曇らせた。「僕の父は偉大な男だ。自分もいつか父のようになるだろう」

「そうだね」と僕は微笑みながら言った。「半分は本当だ」

タイラーは、顔に一瞬の疑問を浮かべたけれど、彼のやりたいことを学校は止められないと判断した。

「僕の父は市長だ」と彼は怒りを爆発させた。「いつか僕も市長になる。お前はいつまでたっても何者でもない。親が小さなぼろい店を経営している、混血の奇妙な変人だ」

そして彼は拳を振り上げて僕に向かって来た。

彼は実際にはパンチを出さなかったのだろう。でも僕は前に出て、とにかくそれを受け止め、片手でしっかりとつかんで保持した。彼の目は、彼が殴るための口実を僕が与えたことに喜び、次に混乱し、最後は痛みに変わった。なぜなら、僕は彼の手をその位置でぴたりと固定し、ギュッと握りしめたからだ。いとも簡単だった。そして、彼の高い頬骨を駆け巡る怒りと苦悩の感情は、僕へのご褒美のように感じられた。僕のみじめな日々への。

いや、年月への。

「ちょっと不便なコンビニではあるけど……」僕は彼の顔から数センチのところで言った。「それは、いい、店、だ」

彼は目をうるませながら、僕をじっと見つめた。

「器用さが、意地の悪さに変わったんだね、スミス？」

それはジョーイだった。いつからそこにいたのかは分からないけど、ロッカーの向こうから批判的な目で僕を見つめていた。

「当然の報いだよ」と僕は言って、彼を放した。

タイラーは後ろに倒れ、怒りで顔を暗くした。僕をにらんで、もう一度攻撃しようとしたものの、気が動転して思いとどまった。そばにいる女の子のあざ笑いは変わらなかったけれど、彼が向きを変えて立ち去ると、彼女もついて行った。去る前に僕に向かって、長く悪意に満ちた視線を送って。

「人々をその功罪に応じて扱うなら」とジョーイは言った。「誰が鞭打ちを免れようか?」

「何だって?」と僕は言って、タイラーの気が変わらないかと、まだ彼を見守っていた。

「ハムレット」とジョーイは言った。「人々を、それぞれに値する扱いしかしなければ、我々みんながめちゃくちゃになってしまう」

「君は、彼が言ったことを聞いてないからだよ」と僕は答えて、彼らの言葉にどれほど腹が立ったかを訴えた。

「推測はできる」とジョーイは答えた。「タイラーの軽はずみな中傷は全部聞いた。君に対してではないものも含めてね。でも、彼のような人間に君を見せつけちゃダメだよ」

「それってどういう意味だよ?」と僕は言い返した。自分の勝利の瞬間が

——まさに、長い間の不当な扱いを乗り越えて得た勝利なのに——それにふさわしい喝采を浴びていないことに驚いた。

「あそこにいる男は」とジョーイは言った。「タイラーの手をつかんで、握りつぶした奴だ。今までに見たこともないぞ。自分が知っていたケイレブ・スミスとは別人だ」

「人は変わるものだよ」と僕はすぐに答えた。

「そう」と彼人は答えた。「その通り。それを注意した方がいいかもしれない」

そして彼人は立ち去った。

別の場所　5

マディソン・ヘインズは、隣にいる背の高い女の子に向かって、目を丸くして見せた。

「はい、ママ」とマディソンは携帯電話に向かって言った。「もちろん、気をつける。まだ外は暗くないから！　しばらくは暗くならないって」

『いつ家に帰ってくるの？』

マディソンは別の顔をして見せた。母親が少し過保護なのは気にしていなかったが、友達の前では憤慨しているように見えることが重要だった。特によく知らない新しい友達の前では。

彼らはポーターズビルのラッシュアワーの真っただ中に、学校から町へ歩いていた。2台のピックアップトラックが通り過ぎた。そのうちの1台は、特大の排気管とロールバーを取り付けて、側面には炎の絵がステンシルで描かれていた。

「2、3時間よ、いいでしょ？」と彼女は、自分が感じている以上に憤慨して言った。「もう、ママ。トニーの店に行くだけなの。8時に閉まるのよ！」

トニーのピザ店は、町にある数少ない非チェーン店レストランの一つで、マディソンのお気に入りだった。

『私たちと一緒に夕食を食べないの？』

「たぶんミルクセーキとスナックを食べるだけだから」とマディソンは言った。「家に帰ったらママと一緒に何か食べるけど、待たないで」

『そう、分かった。で、誰と一緒なの？』

「ママの知らない人よ」とマディソンは言った。実は彼女も知らないのだが、母親にそれを言うつもりはなかった。

『ああ、マディー、私はあなたが隠し事をするのが大嫌いって知ってるでしょ』と、彼女の母親は、こういう時にいつも使う、少し傷ついた口調で言った。

マディソンの苛立ちは今度こそ本物だった。

「私は10歳じゃないのよ、ママ」と彼女は低い声でキレた。

『あなたが誰と一緒にいるのかを知りたいだけよ。それで安心できるから』

「だからママの知ってる人じゃないって言ったでしょ」

『相手は一人なの？』優秀な刑事である彼女の母親は尋ねた。『男の子？　女の子？　あのケイレブ少年に会わせたくないのは分かってるでしょ』

マディソンは、ひそかに笑みを浮かべた。母親がケイレブを認めていないことを、むしろ気に入っていた。ケイレブは、いい人だというだけではなく、意外にクールだと思っていた。さらに、かわいくもあった。これも意外なことに。

そうよ、と彼女は思って、新しい友達のことは一瞬忘れた。彼女はケイレブに期待していた。タイラーとその仲間がそれを気に入らなかったとしても、それは彼らの問題だ。その考えは、まるでバックフリップをして着地を決めたかのように、彼女の心にバラ色の輝きを与えた。

母親はまだ話していた。

『彼の祖母が逮捕されたことを知ってるの？』

マディソンは知らなかった。それは奇妙なことだと思ったが、母親のスキャンダラスな口調から判断すると、どうやら母親の考えは違うようだ。いったいなぜケイレブの祖母は逮捕されたのだろう？

「女の子よ」とマディソンは降参した。「新しく学校に来た子。私は彼女の世話をしているだけよ」

彼女は少女に、ごめんね、と口の形で言ったものの、それでも少し顔を赤らめた。誰が見ても、その少女は世話を必要としていないことが分かる。マディソンが彼女を気に入ったのは、そういうところだった。

マディソンは、電話を通さなくても母親の安堵のため息を聞くことができただろう。

『ああ、よかった』と母親は言った。『彼女の名前は？』

マディソンは知らなかった。それは奇妙なことかもしれないが、なぜかそうは感じなかった。二人はただおしゃべりを始めただけだ。その女の子は背が高くて自信に満ちあふれ、個性がにじみ出ていた。女の子が、コーヒーでも飲みに行こうかと誘い、マディソンはためらうことなくイエスと答えた。名前なんか関係ない。

「サーシャ」とマディソンは言った。隣の女の子のことを考えながら、名前を空中から取り出した。彼女はサーシャのように見えた。その名前は関心を引くもので、少し偉そうな感じがして、女の子の名前が本当にその通りであることを願った。もしそれがジェーンとかだったら、がっかりだ。

「じゃあね、ママ」と彼女は言った。「もう行かないと。また後で」

そしてマディソンは電話を切り、と同時に新しい友達の方を向いた。

「なんてこと！」と彼女は、大げさに、信じられないという様子で叫んだ。「親って何なの？　私はこうよ、もしもし？　私16歳ですけど！　彼らは許されるなら、私を鎖でつないでおくに決まってる。いったい、何が起きると思ってるのか？　ピザだよ。アンチョビを力づくで食べさせられるとでも？」彼女は、友達がずっと黙っていることを意識して、間を置いた。「あなたの親はもっとクールだと思うわ。でしょ？」

「ほとんど同じ」と少女は言った。

マディソンは喜び、少し安心した。

「で、タイラーとはどれくらいの知り合いなの？」とマディソンは聞いた。「あなたと彼とは……その？」

マディソンがさらに安心したのは、少女が首を振ったことだ。

「私は彼のことも、他の誰も、よく知らないの」と少女は言った。「私は新入りよ」

「そうだよね」とマディソンは言った。「あなたの言う通り」

「こんなにフレンドリーな人に会えて嬉しいわ」と少女は答えて、純粋な笑顔を見せた。タイラーと一緒にぶらぶらしていた、あのクールで皮肉な表情の少女とはまったく違って見えた。マディソンは小さい頃から自分が可愛いことを知っていたが、クールでも皮肉屋でもなかった。

「あなたの名前は何て言ったっけ？」と彼女は尋ねた。

「あなたに言ったとは思わなかった」と少女は言った。

「え」とマディソンは少し面食らった。

「冗談よ」と少女は言った。「名前はサーシャ」

マディソンは笑ったが、少女はそれ以上何も言わなかったので、気がつくと少女をじっと見つめていた。

「真面目な話だけど」と彼女は言った。「本当は何なの？」

「サーシャよ」と少女は真面目な表情で言った。「どうして、私がサーシャだと思えないの？」

「いや、思うよ！」とマディソンは、少し身構えて、慌てて言った。「ただ……ママを怒らせないように、そう言っただけで、知らなかったの……」

「たぶんタイラーがそう言ったのを聞いたのよ」と、サーシャと名乗った女の子が言った。

マディソンは、そうは思わないと口を開きかけたが、肩をすくめて笑顔を作った。

「そうかもね」と彼女は言った。

「それで、あなたはケイレブという男の子が好きなのね？」サーシャはニヤニヤしながら言った。

「そうかも」とマディソンは、わずかに残る冷静さを失わないように、言葉を選んだ。「彼は……いい感じ」

「いい感じ？」と、少女は頭を前に傾け、目を見開いて言った。

「つまり、彼はクールに見える」とマディソンは後ずさりしながら、新しい友達の気取った態度を真似て言った。「どうなるか分からないけど。今のところは、そうよ」

「でも、彼はあなたのことが好き」とサーシャは予想外に真剣な顔で目を細めて言った。「本当に、あなたが好きなんでしょ？」

マディソンは顔を赤らめて、その奇妙な押しの強さから目をそらしたものの、誘惑はあまりにも強かった。

「ええ、そうよ」と彼女は言った。「彼は完全に私に夢中なの」

「よかった」と少女は言った。

「どうして？」とマディソンは、ケイレブの気持ちに、あまりにも軽率に触れてしまったことに少し罪悪感を感じながら尋ねた。

少女は肩をすくめて、再び言葉少ない態度に戻った。

「理由はない」と彼女は言った。「ピザはやめましょう。あなたにクールなものを見せたいの」

「ああ」とマディソンは言った。女の子がクールだと思うものに興味を示したい気持ちと、母親との約束を守りたい気持ちの間で、心は揺れ動いた。「そうなの？　それは何？」

「こっちよ」と少女は言って、ベビントン通りの方にうながした。

ベビントン沿いには数軒の家と質屋があるだけで、その間には大したものはなかった。道はやがて渓谷沿いへと回り込み、ブレイク・ワイルドが殺された橋へ続いていた。マディソンは息をのんだ。空を見上げたが、渦巻く雲はお約束の嵐をもたらさなかった。彼女は、家に帰る口実を与えてくれる、稲妻の雷鳴を願っている自分に気づいた。

「さあ」とサーシャは言った。「楽しいよ。約束する」

「分かった」とマディソンは言った。少女は都会の雰囲気を漂わせていたが、そのアクセントはマディソンのようにやや南部訛りだった。シャーロット出身だろうか。それともアトランタか。「どこから引っ越してきたの？」

「アトランタ」と少女は言った。

「ああ」とマディソンは言った。「また、まぐれ当たり」

なぜかそれが、遠くかすかな警鐘に感じられて、彼女は不思議に思った。少女が言ったように、ただの良い推測にすぎない。少女が頭の中を覗き込んで、マディソンが聞きたいと思ったことを言えるとは思えない。

マディソンは首の付け根の皮膚がチクチクするのを感じた。まるで頭では分からない何かを、体が知っているかのようだった。彼女は少女を見つめて、屈託のない笑顔を保ち、それが緊張しているようには見えないことを願った。サーシャも笑顔を返したが、不思議なことに、光の変化で顔が変わったように見えて、学校で初めておしゃべりをした時とはかなり違った印象になった。今や彼女はほとんどサーシャには見えず、どちらかというと、マディソンがさっき冷ややかに切り捨てたジェーンに近くなった。都会の威勢のよさは消え、背も以前ほど高く見えなかった。それに、サーシャの目は緑色で鋭かったはずだ。今は普通の濁った茶色になっていた。

マディソンは取り乱して周囲を見回した。何かの病気にかかったのかもしれない。ひたいに手の甲を当て、半信半疑で発熱を期待したが、かなり冷たかった。

「あのね」と彼女は言った。「本当に家に帰らないといけないの。宿題があったのを忘れていて……」

「あと少しだけ先よ」と言ったのは……ジェーンか？　「次の角を曲がってすぐ。案内するから、そしたら家に帰れる」

「今見せてくれない？」マディソンは絶望に震えながら尋ねた。「本当に私は……」

「あそこよ！」とジェーンは言った。「見える？」

「何？」とマディソンは言って、二つの荒れ果てた建物の間に広がる夕闇に目を凝らした。「何も見えないわ」

「あそこよ！」とジェーンは微笑みながら指をさした。

雑草のからまりの中で動きがあり、灰色の猫が姿を現した。それはスフィンクスのように道の反対側に座り、まるで待っていたかのように、こちらをじっと見つめていた。

「私たちが見に来たのはこれ？」とマディソンはためらいがちに尋ねた。「かわいいとは思うけど。ここにいると、分かってたの？」

「ええそうよ」

「あなたのもの？」とマディソンは尋ねた。嘘をつかれているのは確かだが、その理由が分からなかった。

「実は違うの」とジェーンは言った。「私たちはただ……一緒に働いているだけ」

マディソンはぼう然と彼女を見た。遠くで鳴っていた警鐘が、今や彼女の頭の中でガンガン鳴り響いていた。大通りから外れなければよかったと彼女は思った。

「どういう意味？」彼女はなんとか声を出した。「一緒に働くって？」

「他の誰かのために、ってこと」とジェーンは言った。「これは重要な仕事よ。世界を変えるの。少なくとも、世界のこの部分を」

「ええと」マディソンは何と言えばいいのか、さっぱり分からなかった。「変化は良いことだと思うよ」

「ほら」とジェーンは顔に手を当てながら言った。「本当にそうなのよ」

指が動いて、撫でるような動きをしてから、その手を離すと、もうジェーンではなかった。しかし、サーシャでもない。

マディソンは、少女の顔があった部分をじっと見つめ、悲鳴を上げた。彼女は逃げようと向きを変えたが、背後にいた何か大きなものに行く手を阻まれた。それは黄色い目をした邪悪なもので、灰色の毛皮に覆われていた。

英希　20

エミリーは病欠の日の半分を、天狗の不機嫌な指示のもと、魔法の豆の世話に費やしていた。二人ともまだ万全な状態には程遠く、すぐに疲れてしまうようだった。エミリーは、天狗の痛みに対して何の世話もしていなかったけれど、天狗の相手をすることには明らかにうんざりしていた。

「彼は私のすることを、何から何まで正そうとするのよ」と彼女はぼやいた。「正しいやり方と間違ったやり方を、誰も区別できない時でさえも。『お椀を右に3回まわせ！　いや、手はこう動かす！　お経が逆さまだ！』彼を死なせておけばよかったと後悔し始めた」

「ああ、そのことなんだ……」と僕は口を開いた。

「どうやったかは、自分でも分からないのよ」と彼女は僕の質問を先回りして言った。「頭の中ではっきりとしてきただけ。何をするべきかが分かって、それをやった」

「教わらなくても」と僕は感心しながらつぶやいた。

「ええ、でもそれは変身するのに似ていた」と彼女は答えた。「一度始まってしまうと、あなたやママが私を連れ戻してくれないかぎり、止められなかったと思う。それは血管か何かを開いたようだった。私のすべての生命エネルギーが彼に流れ込んでいった。最後には、私の体に、生き続けるためのエネルギーが残っていなかったはず」

「それは彼がそうさせたと思う……？」

彼女は激しく首を振った。

「いいえ」と彼女は言った。「すべて私の意志だった。まるで重いドアを押し開けるような気がした。でも、彼に力を与えると、もうそれを閉めるエネルギーはなくなった。私が彼を救い、あなたが私を救った」

彼女は素直な眼差しを僕に向けた。エムと僕はいつも仲が良かったけど、常に目線が一致していたわけではない。だから僕は、このような正直さには慣れていなかった。たいていは、目をクルクル回したり、にやにや笑ったりするくらいだった。なぜなら、僕らを結びつけていたのは、親に対する共同戦線であって、敵陣で迷子になったような感覚だったからだ。彼女は、偽装や地図や外国語会話集を装備したスパイの達人であり、僕はエアホーンを手に持って、花火を詰め込んだバックパックを背負うピエロだ。お互いに、時には役に立つけど、いつもは迷惑な存在で、僕は厄介なことを乗り切るために、彼女を頼るのに慣れていた。彼女への感謝には慣れていなかった。だから、次に起こった彼女のハグにも慣れていなかった。

「豆の準備はできたの？」僕は話題を変えたくて尋ねた。

「彼は、まるでホープダイヤモンドみたいに、豆のチェックを続けている」とエミリーは目を回すモードに戻って言った。「でも、ご飯が炊けたから、彼からそれをもらうつもりよ」

「何を作ってるの？」

「おにぎり」と彼女は言った。「海苔で包んだライスボール。豆を真ん中に入れる」

ふと気になった。

「ママはパパに何て言ったの、なぜ台所の床に怪我をした日本人が倒れていたのか？」と僕は尋ねた。

「あなたと一緒に納屋の大工仕事をしていて、電動工具で怪我をしたと言ってた」

「ふーん」と僕は言った。「かなりいい線いってるね、傷を詳しく見られなければ」

「パパにはそれで十分よ」と彼女は言った。「何か手伝えることはないかと聞いてから、鉄道模型の製作に取りかかった」

「バアチャンはまだハルパーンの独房にいるの？」

「彼女は弁護士を拒否した」とエミリーは言った。「だから誰も彼女の起訴や釈放に動いていない。どうやら、そこに座ってるだけみたいよ。何も言わずに」

「それなら、彼女を家に連れて帰るまでだ」と僕は提案した。

「どうかな」とエミリーは言った。「町の緊張が高まっている。この問題で無理をしたくないわ。ハルパーンは証拠がなくて動けないのかもしれないけど、市長の圧力は感じているはず。バアチャンをスケープゴートにさせてはいけない」

「君はまだ彼女に確信を持てないんだね？」と僕は言った。

「だから私たちは豆を作ってるの」と彼女は言った。

僕はしぶしぶうなずいた。

「分かった」と僕は言った。「でも、保安官事務所へ行く途中に、彼女の家に立ち寄るべきだね。地元の人が報復として火をつけていないかを確認する。それから彼女の猫に餌をやらないとね。それが僕らを殺そうと待ち構えてる殺人鬼の変身怪物でなければ」

「もしそうだとしたら」彼女は無表情で言った。「食べ物は自分で見つけてるもんね」

「向こうの家で、ぜひ手に入れたいものがあるんだ」と僕は言った。

「何？」と彼女は尋ねた。

「さっき言った変身怪物に恐怖を与える唯一のもの」

「あのティーポットが欲しいのね」とエミリーはニヤリと笑った。

「本当に欲しいんだ」

バアチャンの平屋は、近隣の住民に放火されなかったものの、大まかな捜索の対象にはなったようだ。引き出しや戸棚は開いていたけれど、比較的きれいに片付いていた。もし警察が行方不明の遺体を探していたのなら、その捜索は見込みなしで終わったことになる。

蒸し暑かった。スノーボールの気配はなかったので、玄関にキャットフードの皿を置いて、鋳鉄製ティーポットの入った小さな箱を取り出した。箱の中を覗き、それが僕を見て興奮して騒ぐことを期待したけれど、ティーポットはただそこで、黒く、古く、生気なく、じっとしていた。まるで……ティーポットのように。

「これだったよね？」と僕は言った。

「他には見当たらないわ」とエミリーは言った。「眠っているのかも」

「おい！　ティーポット！」僕は箱に向かって叫んだ。「起きろ！」

「かんべんしてよ、ケイレブ」エミリーは箱を僕から奪って、蓋を閉めながら言った。「これ以上、変にしないでくれる？」

「それはかなりハードルが高いよ」と僕は言った。

「それでも、あなたなら何とかクリアできる」

「僕の新しい運動能力だな」と僕は言った。

彼女は暗い笑みを作っていたけど、その返事をした時、声から遊び心が消えていた。

「ひょっとして彼らは私たちを狙ってるんじゃないかな？」と彼女は言った。「天狗への攻撃は計画的で、狙ったものだった。彼らは天狗を排除しようとして、成功した。彼は死んではいないけれど、戦えない」

同じ思いが僕の頭にも浮かんでいた。でも口には出したくなかった。言葉には、それを真実のように感じさせる力があるから。

「バアチャンもそうだね」と僕は同意した。「彼女が悪くないとすれば、という意味だけど。彼女は、独房に閉じ込められたことで、邪魔者ではなくなった。僕らと一緒に戦うことができない。でも彼女は少なくともいろいろなことを知っている。それは助けになるかもしれないね、もしもの場合に……」

「もしもの時に」とエミリーは訂正した。

「彼らが攻撃してきた時に」と僕は言った。

「待つのは嫌よ」と彼女は言った。「こちらから戦いを挑めたらいいのにと思う。でも、まだ準備ができていない」

「ほど遠いよ」と僕は同意した。「本当に準備できると思う？」

「天狗がどうなったかを考えると……」エミリーは言いかけたけど、最後まで言えずにうなだれた。

「ああ」と僕は言った。「僕も思わない」

「それに、最悪のものはまだ姿を見せていない」と彼女は言った。「もし鬼が、天狗が考えているような危険な存在なら……」

「それが出てきたら、そこで終わりだ」と僕は言った。「ゲームオーバーだよ、僕らだけの問題じゃなくて」

「だからこそ、私たちは彼らに戦いを挑まなければならない」とエミリーは言った。「彼らを止めなければならないのよ。鬼を閉じ込めている神秘的な束縛に、彼らが裂け目を入れる前に」

「レッド・スカー・マウンテンの洞窟だ」と僕は言った。「すべてはそこから始まった。彼らはそこにいるんだ。でも、君が言ったように、僕らはまだ準備ができていない」

エミリーは長いため息をついて、僕がよく知っているイライラした表情で顔をしかめた。プールの結果が振るわなかったり、成績がAに届かなかったりした時に彼女がする顔だ。それはいつも、新たな集中力や、目標を絞った作業、さらには、障害を乗り越えるために彼女が必要と思ったことへの、時間をかけた取り組みにつながった。最終的にはいつもうまくいった。姉は、本気になれば、山でも動かせた。

でも今回はダメだ。

思わずその言葉が頭の中に現れた。僕はその真実の重みを、胃の底に感じた。

彼女には十分な強さがなく、敵はあまりにも多く、あまりにも強い。

僕らが家の外に出て、ドアをロックしようとしたら、サイレンが鳴り響いた。その音の大きさにびっくりして、僕は飛び上がった。道端には茶色と金色に配色された保安官の車が止まり、ライトが点滅していた。前に会ったことがある若い警官のウィリアムズがドアを開けて降りてきて、僕らを手招きした。

「君たちはそこにいてはいけない」と彼は言った。

「どうして？」と僕は尋ねた。「犯罪現場じゃないでしょ。それに、すでに捜索されたようだし」

「犯罪捜査の邪魔をしてはいけない」と彼は答えた。

「どうして？」と僕はもう一度言った。彼のどことなく威圧的な態度が、僕を反抗的にさせた。

「もう少しトーンダウンしたら、ロビン・フッド？」とエミリーは口の端でつぶやいた。「見て」

ウィリアムズは車の後方に回り、後部ドアを開けた。中には、うずくまって弱々しいバアチャンがいた。

「彼女は一時的に釈放される」とウィリアムズは言った。「しかし、近いうちに彼女に対して、さらなる聴取があると思った方がいい」

「彼女を引き戻すつもりなら、なぜ外に出したの？」と僕は問い詰めた。

「起訴もしないで無期限に拘束できないのよ」とエミリーは言った。「弁護士がついてなくても」

「それに最新の事件については、彼女にはアリバイがある」とウィリアムズは言った。「拘留中だったこと、などだ」

「また攻撃があったの？」と僕は言った。僕の敵意に満ちた憤りは消え去った。

「それについては肯定も否定もできない」とウィリアムズは言って、適切な公式の言葉を見つけようとしながら顔を赤らめた。「しかし現時点では、君たちの祖母は我々の主たる関心ではない」

「その新しい事件って何なの？」と僕は尋ねた。

「また誘拐だ」と保安官代理は言った。

「誰？」僕は迫った。

「私の口からは言えない」

僕はエミリーに目をやった。彼女はため息をついて、目を半分閉じていた。そのホッとした気持ちが熱のように伝わってくるのを感じた。彼女はバアチャンが無実であることに満足していた。あの監視カメラの映像に映っていたのが誰であれ、それは彼女ではなかったのだ。

「さあ、バアチャン」とエミリーは言った。「中へ入りましょう」

老人は姉にほほえみ、その手を借りて車から降りた。そして保安官代理には振り返らなかった。彼はどうすればいいのか分からない様子で、しばらく立ち止まっていたけれど、やがて運転席に戻ると、ライトを消して車を発進させた。

家の中に入ってドアを閉めると「座って」とエミリーが言った。「ケイレブ、エアコンを入れてくれる？　バアチャン、疲れているみたいね。何かほしい？」

「オミズ」とバアチャンが言った。「オネガイシマス」

「水ね」とエミリーは翻訳した。「すぐ用意するわ」

僕らがバタバタと動き回っている間、バアチャンはただじっと静かに座っていた。彼女は自分の扱いに腹を立てるようなタイプではなかったけれど、何かひどい疑いをかけられて、投獄され、犯罪者のように扱われたことが、彼女から何を奪ったのかと思った。彼女が、夫のヒロクニについて語ったことを思い出した。ヒロクニが戦争中に収容されたのは、彼が何かをしたからではなく、彼の顔が人々を不安にさせたからだった、という話だ。

「何か食べる？」エミリーが台所から声をかけた。冷蔵庫を開けて頭を突っ込んでいる。「どれがまだ食べられるか分からないな。あ、おにぎりを作ったわ！　食べる？」

「おにぎりを作ったのかい？」バアチャンは明らかに喜んで言った。

「うん」とエミリーはバッグを取って、タッパーウェアの容器を取り出した。「たぶん、そんなにおいしくはないと思うけど、ベストは尽くした。レシピはネットで見つけたの」

「カズコ、これはおいしそうだね」とバアチャンは顔をほころばせた。

彼女が自由の身になったこと、そして明らかに無実に見えることを、僕らがどれほど喜んだことか。それは、エミリーのミドルネームの使用を僕らが訂正しようと思わなかったことからもよく分かる。

「ケイレブ、食べる？」

エミリーは僕に容器を差し出した。おにぎりは丸みを帯びた三角形で、周りには紙のような緑色のシートが巻かれていた。それは海の匂いがした。

「うん」と僕は言って、一つを慎重に取り出し、調べた。前にも言ったように、僕は日本食の経験がほとんどない。

「ただかじるのよ」とエミリーは言った。「さあ」

僕はそうして、むしゃむしゃと食べ、うなずいた。

「悪くないね」と僕は言った。

「日本国民はご支援に感謝しています」とエミリーは言った。「これでなんとか生活を続けることができます」

「あの保安官代理が話していた、別の事件って何だろう？」僕は彼女の皮肉を無視して尋ねた。「バアチャン、テレビはどうやってつけるの？」

そのテレビはとても古く、灰色の戸棚くらいの立方体で、後ろが奇妙な角度で突き出ていた。

「ボタンを押すだけよ」と彼女は食べながら言って「とってもおいしいわ」とエミリーに声をかけた。「私のレシピを教えてあげる」

僕はテレビをつけたものの、チャンネルの変え方が分からず苦労していた。

「ケーブルテレビとか、衛星放送はあるの？」と僕は尋ねた。

「アンテナだけ」とバアチャンは答えた。

僕は、後ろから突き出ている金属製のウサギ耳をじっと見た。

「マジで？」と僕は言った。「いくつのチャンネルが映るの？」

「３つ」とバアチャンは嬉しそうに言った。「天気が良ければ４つ」

「アクション・ニュース１２はどれ？」僕はアンテナをいじりながら尋ねた。「あ、待って。これだと思う」

「親はいつも、自分たちがいかにチャンネルの少ない家庭で育ったかを話してるわ」とエミリーは明るく言った。「あなたはテレビを持っていないと思ってた」

「私が子供だった頃ね？」とバアチャンは言った。「ええ。テレビもない。ラジオもない。自分たちで遊びを作るしかなかった」

「このコマーシャルの後にニュース速報があると思う」と僕は少し声を張って言った。何が起きているのか知りたかった。「思い出話はちょっと控えた方がいいかも」僕はエミリーに釘を刺した。

「どんな遊び？」とエミリーは、あからさまに尋ねた。「あなたがどこから来たのか、もっと知りたいの」

「私たちは森で遊んだものよ」とバアチャンはかすかに微笑みながら言った。「ずいぶん昔の話」

「あなたの友達はどんな人？」とエミリーは尋ねた。

「近くにはあまり人が住んでいなかった」とバアチャンは言った。「だから、私たちだけ」

「私たち？」とエミリーは尋ねた。

「ねえ、ちょっといいかな？」と僕は言った。画面には、不吉な赤い文字で「ニュース速報」というタイトルが現れ た。

「私と姉だけよ」とバアチャンは言った。

エミリーは首をかしげた。

「あなたの姉？」彼女は言った。「姉がいるなんて知らなかったわ」

一瞬の沈黙があり、テレビのドラマチックな音楽が鳴り響くと、保安官事務所の外に立つレポーターの顔に明るいライトが当たった。

「このおにぎりには何が入ってるの？」とバアチャンが尋ねた。その声はさきほどまでとは違って、低くて、用心深く、僕の注意をテレビから引き離すほど奇妙だった。彼女を見ると、彼女は青ざめた顔で、おにぎりの残りを見つめていた。

「あなたには姉がいたのね」とエミリーは身を乗り出した。

バアチャンはショックを受けたように見えた。その顔は内なる葛藤と戦っているかのように苦しそうだった。次の言葉が出た時、彼女はそれを言いたくないようだった。

「シオ」と彼女は言った。

エミリーは食べかけのおにぎりを見て、ショックと不安の表情を浮かべた。実際に不思議な何かが起きていたのだ。僕はまだ半分テレビに気をとられていたけど、おにぎりの中の豆について天狗が言ったことを思い出した。エミリーは僕にちらっと視線を送った。これから言われることを、聞きたいかどうか確信が持てない様子だった。

「それが彼女の名前だったの？」と彼女は言った。「彼女に何が起こったの？」

「彼女は変わった」とバアチャンは言った。「彼女は……悪くなった。そして……」

「でも、彼女は死んだのよね？」とエミリーは真剣に言った。「つまり、ずいぶん前のことでしょ」

しかし、バアチャンは首を横に振った。

「死んだのではなく、閉じ込められた」と彼女は真実の呪文と戦いながら、目に涙を浮かべて言った。

「鬼のように？」とエミリーは息をのんだ。そして恐ろしいことに気づき、身を乗り出した。「鬼と一緒に！？」

バアチャンはうなずいた。まるで見えない手が彼女の意志に反して頭を動かしているようだった。

「それは彼女の子供だ」とバアチャンは言った。「シオには息子がいた」

エミリーは目を見開いた。

「あなたの母親を殺した怪物は……あなたの姉の息子だったの？」と彼女は言った。「つまり、あなたの甥？」

バアチャンの頬には涙が流れ、目はぎゅっと閉じられていたけど、彼女はまた同じ機械的な動きでうなずいた。僕はただ見つめることしかできなかった。そしてみんなが沈黙すると、テレビのレポーターの声が部屋に響いた。

「情報筋によると、最新の失踪者はイースト・ポーターズビル高校３年生のマディソン・ヘインズです……」

英希　21

「どこへ行くの？」とエミリーは呼び止めた。

「家だ！」と僕は肩越しに叫んだ。「剣を取って。それから……」

「洞窟に特攻でもするの？　葬儀用のお花を注文しておこうか？」

「自分でも言ったじゃないか。『敵に戦いを挑むべき』って」と僕は言い返した。

「でも、私はこうも言って、あなたも同意した。『準備ができていない』って！」彼女は叫んだ。

僕らはバアチャンの家のポーチで、鼻を突き合わせて立っていた。迷惑をかけてしまう隣人がいなくてよかった。でなければ誰かが保安官代理を呼び戻したことだろう。

「選択の余地はないよ！」僕は彼女の激しさにひるまず叫んだ。「待てば待つほど、鬼が自由になる可能性が高くなるんだ。天狗が回復して訓練に戻るのを、学校の授業みたいに、ただ待っているわけにはいかないんだ！　マディソンが連れ去られて……」

「ええ」とエミリーが口を挟んだ。「彼女がやられた。だから、ピカピカの鎧に身を包んだ騎士になって、彼女の救出へと突撃する前に、それはなぜかを考えてみたらどうなの？」

「彼女が関与しているとでも言うの？」僕は信じられない思いで尋ねた。

「罠だって言ってるのよ！」と彼女は叫んだ。「分かるでしょ？

たぶん彼らはママやパパを捕まえるために店に入ろうとしたのよ。でもお札のせいで入れなかった。だから彼らは、あなたが大切に思っている人を連れ去った」

それでもなお、怒りのあまり、どうしても行動を起こしたいと必死になっている自分に、僕は少し戸惑った。

「彼らはあなたを待っているのよ、ケイレブ」とエミリーは言った。「彼らが求めているものが、こうすれば手に入ると思っている」

しばらくの間、僕はただそこに立ち尽くしていた。彼女の言うことは真実だと分かっていた。彼女の言葉は、溶解した僕の怒りに風を吹きかけ、いくらかは冷やしたものの、炉から引き抜かれ油で焼入れされた刃のように、それをただ硬く冷たくしただけだった。

「その通りだよ」と僕は言った。「でも、僕はそうするしかないんだ。すでに人が死んでいる。僕らが知っているよりも多くの人が亡くなっているのかもしれない。それは僕のせいなんだ」彼女は抗議しようと口を開いたけれど、僕は言葉を続けた。「納屋を全焼させたとか、そんな理由じゃない。僕が何かをしたせいでもない。でも、僕のせいで起きているんだ。鬼、化け猫、のっぺら坊。彼らはライコウのせいでここにいる。僕らは彼の子孫なんだ。少し前までは、僕はそれすら知らなかった。でも今はそれを知って、背負わなければならない重荷のように感じている。僕はそこから立ち去ることができると思っていたけど、悪いことが次々と起きてしまって、これからも続くだろう。僕はこの町がそれほど好きじゃないし、この町の多くの人が僕を嫌っているのも確かだけど、もし僕が今この町から立ち去ったら、もし僕が準備ができていないからと手をこまねいていたら、きっと本当に恐ろしいことが起きてしまうんだ。多くの人が死ぬだろう。それは僕のせいでもある。他の誰にも止められないからね」

「でも、あなたもそれを止められなかったら？」彼女は目に涙をいっぱい浮かべて言った。

僕は肩をすくめた。

「やってみるしかないよ」と僕は言った。「誰にもできないんだから。僕にもできないかもしれないけど、可能性が残っているなら、それがゼロじゃないなら、やってみるべきだ。こういう時には日本語で何て言うのかな、何か難しいことに挑戦する時、うまくいかないかもしれないけれど、とにかく全力を尽くす時に使う言葉は？」

「ガンバリマス」とエミリーは言った。「ただ、この場合は、ガンバリマショウ、と言うべきかな」

「違いは何なの？　２番目は、その仕事が失敗する運命にあるという意味？」

「２番目は、その仕事に関わっている他の人に対して呼びかける言葉よ」

「それって、つまり……？」

「つまり」とエミリーは言った。「ひどい考えだけど、私も一緒に行くわ」

僕は、それを聞いてどれほど嬉しかったかを恥じて、少し目をそらした。

「君はバアチャンと一緒にいた方がいい」と僕は言ったけれど、本心ではなかった。

「彼女は病気じゃないわ」とエミリーは言って、その目にはどこか尊大さが漂っていた。「それに私は彼女の世話役じゃない。ライコウの子孫はあなただけではないし」

僕は彼女の気持ちを考えて、すぐにうなずいた。

「分かった」と僕は言った。「ありがとう、エム」

「栄光を独り占めさせてもらえるとは思ってなかったでしょ？」と彼女は言った。

彼女はニヤリと笑ってウィンクした。しかし彼女がバアチャンの元に戻って、これから何をするかを伝えようとした時、彼女の顔は固くなった。今までに見たことのない、まるで彼女の一部がすでに死んでしまったかのような、生気のないこわばりだ。

彼女は表情を変えることなく、何が起きたのか、そしてこれから何をするつもりなのかをバアチャンに話した。明るく自信に満ちた口調に努めていた。祖母は厳粛にうなずき、何も言わずに、立ち上がった。

「何をするの？」と僕は尋ねた。

「私も一緒に行きます」と彼女は言った。

「これはあなたの戦いじゃないわよ、バアチャン」とエミリーは言った。「それに、正直に言わせてもらうと……」

「私は年寄りだから邪魔になるでしょう」とバアチャンは言った。「私の姉のように魔法は使えないし、戦うこともできない。私が一緒に洞窟へ行けば、あなたたちは私を守らなければならない。それはあなたたちを弱くする」

「まあ、そうね」とエムは困惑しながら言った。「じゃあ、どこに……」

「私はあなたの家に行きます、洞窟ではなくて」とバアチャンは言った。「あなたが洞窟へ行く前に、天狗と話をしなければなりません」彼女は息を整えた。「それから、あなたのお母さんとも。その時が来たのよ」

エミリーと僕は不安げな視線を鋭く交わした。でも、バアチャンはすでに、老人風の硬い動きでせわしなく動き回っていて、まるで買い物にでも行くかのように、電気を消したりハンドバッグにまとめたりしていた。

「いいわ」とエムは絶望的な表情で肩をすくめた。「たぶん」

不便なコンビニに着いた瞬間、僕らはどうしようかとためらったけれど、もうどうすることもできなかった。外には人だかり——ポーターズビルで集められる限りの人の群れ——ができていて、険悪な空気が漂っていた。中には社交パーティーのようにビールを飲んでいる者もいた。僕らが到着すると、誰かが叫んだ。「マディソンはどこだ、ケイレブ？」

彼らの中には、学校の子供たちもいて、両親も一緒だった。タイラー・J・ミラー３世もいたけど、彼の父親は見当たらなかった。理由は察しがつく。もし騒ぎが始まったら、それが落ち着くまでは姿を見せたくないだろう。それまでは、群衆が酒を飲んで大声で叫ぶだけだ。頭に血がのぼった騒々しい連中は、ドラマに飢えた地元のレポーターにインタビューされていた。そして、その後は？　窓が割られる？　店内に火炎瓶が投げ込まれる？　マスク姿の男たちが、僕の両親から『答えを聞き出す』ために、野球のバットを持って行進してくる？

「保安官事務所に電話した方がいい」とパパは言った。

「彼らがまだ事務所にいるならね」とエムは暗く言った。

家族は、窓から離れた、店の奥の冷蔵ケースのそばに身を寄せていた。お辞儀をして天狗の様子を見に台所へ入ったバアチャンに、ママは無言でうなずいた。

「この女の子を知ってるの？」とママが言った。「行方不明の子」

「知ってるよ、うん」と僕は言った。「僕のガールフレンドなんだ」

これまで、交際相手のことを親に相談するような状況になったことはなかったけれど、こんな風になるとは予想もしていなかった。

含みのある沈黙が続いた。

「分かった」とパパはやっと言った。「そうだな。捜索隊を組織した方がいいかな？」

「すでにダウンタウンで集まっているわ」とママが言った。

「分かった」とパパはまた言った。「それなら私たちもそこへ行って、組織された捜索に参加できる……」

「僕らが歓迎されるかどうか分からないよ」と僕は言った。

「それじゃ外にいる人たちは」とパパが言った。「別の捜索隊なのか？」

「むしろ、ピッチフォークと松明を持った代表団だと思う」とエムが言った。

彼女の肌はまだ土気色で、口元は引きつっていた。

「保安官代理がバアチャンを家まで送ってきた時」と僕はふとつぶやいた。「彼は僕らとマディソンの間につながりがあることを知らなかったように見えたけど」

「今は知ったでしょうね」とエミリーは、通りの向こうで膨れ上がる群衆を見ながら言った。

「すると、もうすぐ保安官たちが来る」と僕は結論づけた。「ということは……」

「私たちは行かなきゃ」とエミリーは言った。

僕はうなずいて立ち上がった。

「裏口から抜け出そう」と僕は言った。「僕は上の階から取ってくる物があるんだ。君はバアチャンと、あの……サイトウさんを確認して」

「行くの？」とママが叫んだ。

「それだとお前たちが何かやましいことをしているように見えるよ」とパパが言う間に、エミリーが抜け出した。「待つんだ、警察が来るまで。きっとお前たちなら、警察が納得するようにうまく説明できるよ」

僕はそれを聞いて笑わずにはいられなかった。その笑いは、歯を見せて暗い表情を浮かべる、いわゆる意味ありげな笑いだ。僕は説明できないし、たとえできたとしても、彼らは聞く耳を持たないだろう。

僕は、棚に並べられたクッキーやパンの袋の間から、窓越しに通りを覗き込んだ。群衆は増えたようだ。ニュースカメラの照明も見えたような気がした。

「保安官が来るまでドアをロックして」と僕は言った。「それから弁護士を頼んで、できるだけ何も言わないこと」

「あなたはどうなの……?」とママが口を開いた。

「大丈夫だよ」と僕は言って、バアチャンの家から持ってきた箱を手に取った。

「それは何だ?」とパパが尋ねた。

「ティーポット」と僕は言ったものの、役に立つセリフが何も浮かばなかった。

「出発するのか、警察が行方不明の友達のことを聞きに来る前に」とパパは慎重に言った。「ティーポットを持って?」

「そうね」と僕は肩をすくめた。「イギリス人も日本人も、ストレスとか、困難とか、差し迫った災難を解決するのは、お茶だと意見が一致しているように思う」

パパは僕をじっと見た。

「ケイレブ」とママは言った。「この行方不明の女の子は……?」

「マディソン」と僕は言った。「彼女がどこにいるかは知らない」と付け加えてから、まだ実際には口に出していないことに気づいた。「僕は彼女を傷つけたことはないし、これからも絶対に傷つけないよ」

「分かってる」とママは言って、少し落ち着いたように見えた。「あなたはいい子よ」

「それじゃ」僕はドアに向かいながら言った。「長くはかからないよ……」

日本の古い伝説の生き物に捕まって、食べられてしまわなければ。

「待って」とママは言った。

「無理だよ、ママ。行かなくちゃ」

「上の階から何かを取ってくるって言ってたわよね」と彼女は答えた。「取って、戻ってきて」

僕はうなずくと、後ろの仕切りドアを抜けて、2階の自分の部屋へ行った。ベッドの下から特徴のない木の鞘に入った刀を取り出すと、釣り竿用のケースに入れ、ティーポットを入れるバックパックを掴んで、１分もかからずに、また下へ降りた。台所のドアから覗き込むと、天狗の傷を調べているバアチャンの横にエミリーが立っていた。

「準備はいい？」と僕は言った。

エミリーが来た。

「我々は、ここからできることを、何でもするつもりだ」と天狗は息をついた。弱々しく、うつろな声だった。「しかし、助ける方法を思いついたら、我々も洞窟に行く」

「いいえ」と僕は言った。「ここにいて、僕の家族の面倒を見てください」

天狗は僕を真剣に見つめ、その大きな眉毛を寄せると、少し体を起こして、明らかに厳格なお辞儀をした。

僕はお辞儀を返し、エミリーを従えて店に戻ると、ママがカウンターの下から木箱を取り出していた。それはほこりまみれで、年季が入って汚れていた。ママは中から、ソフトボールほどの大きさの、ほぼ球形の奇妙な物体を取り出した。石膏か紙粘土で大まかに型取りされ、赤と金色に塗られて、片面に顔があった。目は大きくて白く、黒い眉毛と口ひげの渦が囲んでいた。ホウキの柄のような鼻があれば、天狗のように見えただろう。ママは黒いマーカーで、片方の目を一生懸命に塗りつぶしていた。

僕は彼女をぼんやりと見つめた。それが何であれ、僕らにはそれをする時間はなかった。

「何ていう名前か覚えてないけど」と彼女は手作業に集中しながら言った。「これは幸運を祈るものよ。祝福、みたいな感じ。助けや保護を求める時に片方の目を塗り、願いが叶ったらもう片方も塗るの」

「達磨だよ」とバアチャンが戸口から言った。「手伝うよ」

ママと視線が合うと、二人の間に複雑なものが流れた。ママは、セールの時に値段を変えるのに使っていたペンを、もう一本取り出し、それをバアチャンに差し出した。そして二人は一緒に座り、作業に没頭した。

突然、店のガラス戸を叩く音がした。振り返ると、店の前にパトカーの青いライトが点滅していた。保安官は２つの事実を結び付けたようだ。

パパをちらっと見ると、彼は意味不明のうなずきを返した。

僕は出発した。

・・・

エミリーと僕は裏口から出た。

「変身したらいい」と僕は提案した。「狐なら見つからないよ」

「それじゃ、あなたの助けにならない」と彼女は答えた。「それに、元に戻れなければ、私にとっても助けにならない」

「それなら、森を通ろう」と僕は言った。「森を抜けてレッド・スカーに向かうんだ」

「本当に道を知ってるの？」

「暗くなる前にたどり着ければ、大丈夫だ」と僕は言った。

最初の部分が最も大変だった。なぜなら、ウルシの群生する険しい山腹を、落ち葉の中に潜む若いマムシに目を凝らしながら、道なき道を進まなければならない。マムシの尻尾の先のネオングリーンを見つけなければ、マムシを発見できないのだ。廃墟となったウォルマートの真後ろから数百メートルのところに、シャクナゲ、ブナ、キハダカンバが自生する、急坂を上る尾根道があった。僕はこのあたりで、狐、ポッサム、スカンクを見たことがある。クロクマの親子も何度か見た。ボブキャットも一度見た。今日は何を見ることになるのか、まったく予想がつかなかった。

僕の胃は、くねって逃げ出そうとするかのように、のたうちまわった。

尾根に上がると、少しは楽になったけれど、人目に付きやすい道のため、僕らは声を潜めて、他に人がいないか常に警戒した。一度だけ、遠くから機械の音が聞こえた。オフロードバイクか４輪バギーかもしれない。でも、心配になるほど近づいてくる前に消えていった。若い２頭のオジロジカが、僕らの接近に驚いて、不規則な長い跳躍で下草の中に飛び込んでいった。遠くの方の少し未熟なフクロウの鳴き声を除けば、森は静かだった。

「どこに向かっているのか、本当に分かってるの？」とエミリーは声をひそめて聞いた。

「うん」と僕は答えた。「本当にそこへ行きたいかどうかは分からないけど、分かってるよ」

「一緒に行くよ、弟、一緒に行く」

太陽は低くなり、森の密集した場所では影が長く深くなっていた。気温も下がってきた。谷底では日が沈んでも暑さはそれほど変わらないけれど、広葉樹からモミの木に変わるこの辺りでは、ありがたい涼しさを感じることができた。それは、さきほどまでどれだけ暑かったかを思い出させるのに十分なものだった。僕はその涼しさを吸い込んで、少し生臭い湿った樹脂の香りを嗅いだ。最初のコウモリが頭上を飛び交った時、あと半キロもないと思った。右手のどこかに、エムと僕が鳥居の道をたどって、ライコウの神社まで導かれた場所があったはず……。

もう何年も前のことのように感じる。

僕はその方向を見た。何か神秘的な存在があるのではないか、今までそこにはなかった光や像があるのではないか、僕らに技術や知恵や希望を与えてくれる何かがあるのではないか、と期待して。

なぜなら、その最後のものが僕らには不足していたからだ。天狗抜きで化け猫に挑むのが正しいと、僕は感じていた。選択の余地がないのは明らかに思えた。人々が危険にさらされ、それを止められるのは姉と僕しかいないのだ。それは難しいことだけど、同時に……必要なことだった。でも今、僕らはこの静かな暗い山の中で、視界は悪くなり、目的地に着いたら何に遭遇するのかも分からない状態だ。突然、それは愚かで無駄なことに思えた。ゴブリン猫は天狗を簡単にやっつけてしまった。その天狗という超自然的な生き物から、僕は生き延びるための十分な知識を学びたいと思っていた。剣を持って、安全な校庭で振り回していた時はクールに感じたものの、今ではただの金属片のように感じられた。敵にダメージを与えるのと同じくらい、自分の大事なものを切り落としそうだ。姉は狐に変身できるけど、それは自分が誰であるかを忘れてウサギを追いかけるようになるまでの片道キップの旅だ。彼女がどのように助けてくれるのか、僕はまったく分からなかった。

「大丈夫？」とエミリーは聞いた。

「もちろん」と僕は言った。「平気、っぽい」

「じゃあ、ダメってことね」

「実はよくないんだ」と僕は認めた。「君は？」

「このすべてが、ある種の共有された幻覚であることを願っている」と彼女は言った。「今月のすべてが、熱に浮かされた夢みたいに感じる」

「胞子だね」と僕は言って、このすべてが始まった夜のことを思い出し、ニヤリとした。

「胞子よね」と彼女は同意した。「怪しいキノコはどれだ」

顔を上げると、僕の笑顔が消えた。

「ちょっと待って」と僕は言って、僕らが背の高い岩山の下に立っていることに気づいた。その岩山は、片方の端が書物の山のようで、もう片方は拳のように盛り上がっていた。「もうすぐだと思う」

破砕現場の本部は岩山の反対側、井戸のすぐそばにあった。そこにあったのは、ほとんどが止まった状態の、トレーラー、トラック、貯蔵タンク、大量のパイプやケーブル類で、すべて金網のフェンスで囲まれていた。しかし、現場が稼働していなくてもまだ人はいるかもしれない。今は顔を合わせたくなかった。僕は立ち止まって自分の位置を確認した。僕の記憶が正しければ、破砕現場に着く前に洞窟に着くはずで、気をつければ、アクセス道路にぶつからずに行けるはずだ。

「ケイレブ！」エミリーがささやいた。彼女がじっとしているのを感じた。その不安が伝わってきたのは、彼女が空気を嗅いでいるのに気づいたからだ。まるで犬のように。いや狐のように。

前方に、じっと動かない人影があった。それは、彼よりも少し背の高い岩のそばに立っていた。なぜ彼と思ったのか、自分でもよく分からない。しかし、そう思った。彼は暗い光のせいでほとんど見えなかったので、目を凝らしても、そこにいるとは確信が持てなかった。それは、つるの絡まった切り株とか、岩石の奇妙な重なりとか、あるいは動物、先ほど見つけた２頭のオジロジカの母親かもしれない。

いや、それらではない。僕はゆっくりと頭を下げた。フクロウが、攻撃軌道を計るために、必要な情報を集めるかのように。そして足をゆっくりと動かし、少しずつ前進した。エミリーの警戒の息づかいは無視して。すると角度が変わったので、老人——バアチャンと同年代かそれ以上の——男性の姿が見えた。禿げ頭で、痩せて骨ばった体に、ベルトのついた着物を着て、目を固く閉じていた。その姿は、まるで盲目の彫像のようだった。ところが彼は、奇妙な歩哨のように僕らの方を向いた。そして非常にゆっくりと、くれだった片手の握りこぶし拳を、頭上に高く上げた。

のっぺら坊だろうか？　しかしこんな予想外の形をとるとは思えな

い。僕らの思考に入り込めるなら、たとえそれがどんなに浅くても、僕らを警戒させるような形を選ぶはずがない。

エミリーは僕をちらっと見て、肩をすくめてから、慎重に一歩踏み出した。そしてまた一歩。老人は動かなかった。集中しているのか顔を少し下に傾けていた。まぶたは閉じられたままで、老人に近づくにつれ、まぶたがまったく開かないことが分かった。老人の顔には年齢による深いしわがあるものの、まぶたの間には継ぎ目がなかった。まるで皮膚が目の上を覆っているようだ。僕の横から、警戒するような低いうなり声が聞こえた。

それはエミリーだった！　頭を下げ、歯を食いしばり、見知らぬ男をにらんでいた。うなり声は喉の奥から聞こえてきた。彼女がそれを意識しているかどうかは分からない。その声に、僕は首の後ろの毛が逆立った。彼女は空気の匂いを嗅いだ。匂いを嗅ぐというより、情報収集のような、長く探るような吸気だ。その男の匂いが何を意味しているのか僕には分からなかったけれど、彼女はその匂いが気に入らないようだ。

妖怪の一種だろうか？　しかし、どんな妖怪だろう。それはただの盲目の老人だった。

すると、彼は握りしめた拳を開いたので、僕は飛び上がるほど驚いた。その手のひらの真ん中には、丸くて明るい目玉があって、僕らをじっと見つめていた。僕がその場に釘付けになっていると、彼はもう片方の手を胸の高さまで上げ、指をパッと開いた。

暗がりの中で黄色がかった二つの目が、手の皮の内側からこちらを見つめていた。老人は、いやらしい笑いで口を広げ、舌で舐め回された唇が濡れて光っていた。僕は内臓が縮み上がり、嫌悪感から一歩後ずさりした。

しかし、エミリーは反対の動きをした。彼女は身をかがめ、鼻から先に彼に近づき、目は釘付けで瞬きもせず、うなり声の音程と音量を上げていった。その瞬間、僕は何が起こっているのかを理解した。

彼女は姿を変え始めた。

その恐ろしい小男が何であれ、それによって彼女の中のスイッチが入り、彼女は望むと望まざるとにかかわらず狐に変身し始めたのだ。

「エム！」僕は強引に彼女の元へ行き、その手を握って叫んだ。「僕と一緒にいて、エム」

しかし、彼女の手を握っている時でさえ、その手が変化し、縮み、柔らかくなり、そしてまた硬くなって、今度は以前と違って、小さくなり、硬い毛で覆われているのを感じた。一瞬、足の裏の肉球や、強くて鋭い爪の感触があった。すると、その足をひったくるようにして、狐がエミリーの服から抜け出し、目玉を手に持つ妖怪に襲いかかった。

その目玉は一瞬大きく見開かれ、指は広がった。老人は急いで後ずさりし、岩や倒れた枝を乗り越えて逃げようとした。狐は下草の間をすばやく駆け抜け、吠えながら、足首を噛んだ。僕はそれを追った。全力で走っても、ついていくのがやっとだった。奇妙な小男は超自然的なほど機敏で、狐は瓦礫や木の隙間を駆け抜けたので、僕は隙間を乗り越えるか、回り込む必要があった。僕はかつてないほど速く走り、世界最高のアスリートと同レベルにジャンプや着地や方向転換ができたけれど、彼らについていくことはできなかった。背負っていた剣の鞘が蔓に引っかかり、それを外そうと振り返った時、根の間のくぼみに足をとられて、僕は転んでしまった。倒れながらもなんとか転がったものの、ドタバタしたあげく、古い杉の根元で不格好に止まった。

僕は慎重に立ち上がると、剣を含めて、折れたり捻挫していないことを、ざっと確認した。そして僕が受けた唯一の深刻なダメージは傷ついたプライドだけだと結論付けた。その上で、僕は本当の災難を理解した。僕は全力疾走によって巨大な花崗岩の岩山を回り込んだ。そして今、目の前に、大きな口を開けている山腹が見えている。洞窟だ。

しかし、目玉を手に持つ不気味な老人の姿はどこにもなく、さらに悪いことに——もっともっと悪いことに——エミリーの姿もない。

僕は一人になった。

英希　22

洞窟の入り口には黄色い犯罪現場テープが張られていた。それは暗闇の中で不自然に光り、風が触れると不吉に揺れた。僕は、明るいポータブルライトとか、ＣＳＩで見たような特別な鑑識テントとかを期待していたけれど、テープを除けば、最近誰かがそこにいた形跡はなかった。どうやら警察と救助隊は、洞窟の秘密がすべて明らかになったと判断したようだ。

　僕はもっと知っている。ただ、それを確かめたくはなかった。

　しばらくの間、僕はただそこに立ち、周りの木の葉のざわめきに耳を傾けていた。エム狐や、彼女が追っているものの気配を探ろうとしているのだと、自分に言い聞かせながら。でも実際には、時間稼ぎをしているだけだった。勇気を出せるか、確信を持てるか、それを見極めるために。

　できない。そこにあるのは風と暗闇、そして、僕を飲み込もうとあざ笑うような、ぽっかりと口を開けた山の穴だけだ。僕は背中から剣を下ろして、抜いた。鞘から滑り出る刀身は、わずかに音を立てた。僕は天狗に教わった構えをとり、頭を下げて目を閉じ、呼吸に集中した。何かが起きるかもしれない――突然力が湧き、不思議な風が髪や服に触れ、頭の中に響くライコウの声、僕は彼の後継者であり、世界の闇の力と戦う正義の戦士である……。

　何も起きなかった。いくら待っても、何も起こらず、僕は目を開けて、自分がちっぽけで愚かだと感じた。つまり僕だ。聖なる侍でもなければ、神秘な存在でも、戦士でもない。いつもと同じ、ただの子供なのに、今はバカみたいに剣を振り回して、それがクールだと勘違いしている。

ケイレブ・スミスです、淑女ならびに紳士の皆様。負け犬の中の負け犬です。

エミリーはいない。マディソンもいない。ブレイク・ワイルドは死んだ。他にも、たぶん、もっとだ。天狗が正しければ、もっとたくさんだろう。鬼は逃げ出して、妖怪を従え、ポーターズビルやその先まで足を進める。人々は何に襲われたかに気づきもしないだろう。

それを止めるために、僕のような者に何ができるというんだ？

「ケイレブ！」

僕は顔を上げた。洞窟の中から誰かが僕を呼んでいた。

女の子だ。

「エミリー！」僕は叫んだ。

「シーッ！」彼女はささやいた。「来て、でも静かに！　私は奴らがどこにいるか分かる。マディソンも見つけた。彼女は生きてるわ！　やるべきことは分かってる！」

僕は洞窟の中へ素早く入った。

「あの目玉の男はどうしたの？」と僕は尋ねた。

「私が捕まえた」と彼女は険しい顔で答えた。「彼が警報を発する前にね。他の連中は寝ている。今がチャンスよ！　急いで。この近くよ」

彼女は洞窟の奥へと進んだ。僕も後を追った。勇気を出してというより、暗闇の中で一人になりたくないという理由だ。

「どうやって行く先が見えるの？」僕は花崗岩の出っ張りにつまずきながら尋ねた。

「まだ狐の視力が残っているの」と彼女は言った。「離れないで。ここを通るのよ」

僕らは崩れた瓦礫の周りを進んで、洞窟が瓶の首のように狭くなっているところまで来た。岩壁に貼り付けられた古いお札が切れていることから、地震で岩が裂けた場所であることが分かった。

「ここを通って」とエミリーはささやいた。

「どこ？」と僕は尋ねた。「岩の固い壁だよ」

「そうじゃない」と彼女は答えた。「ある種の幻影が隠しているけど、通り抜ける道はある。私の声に従って」

僕は彼女の方へ、よたよたと数歩進んだ。

「まだ見えないよ！」僕は、パニックの叫びに聞こえると感じながら言った。

すると、何の前触れもなく、見えるようになった。まるで光が差し込んだかのようだ。周辺にキラキラとした青い粒子が散らばり、狭い縦の割れ目がそこにあった。まるで巨人の斧で切られたかのように洞窟の壁を裂いていた。それは体を横にして入らないといけないほどの狭さで、中は真っ暗だった。僕がためらっていると、姉が近づいてきて、また彼女を見ることができた。少しだけ。

「早く！」エミリーは僕を急かした。「彼らが目を覚ます前に！」

「見えないよ」

「通り抜けたら見える」と彼女は身を乗り出して、蜘蛛の足音のように静かな声で答えた。「ランタンがあるから」

彼女は石壁の割れ目に入っていき、僕もその後を追うしかなかった。僕は肩から先に入り、顔を横にひねったので、後ろの洞窟の暗がりしか見えなかった。膝と肘は岩にぴったりとくっついている。僕は背中の剣に右手をかけていたけど、剣を振りかざす余地はなかった。洞窟の裂け目は曲がりくねって、僕が離れた洞窟のわずかな光さえもかき消した。体を圧迫する石の締め付けは、まるで巨大な万力の顎のように感じられた。もしまた地震が起きたら、割れ目はまた閉じて、山の重みで押しつぶされてしまうかもしれない、と僕はあせった。片方の腕を前に伸ばし、石の表面を指で確かめながら、不安な足取りで体を引っ張って進んだ。心臓の鼓動が早くなった。

もう動けない、と思った。前にも後ろにも進めない……。僕はグイっと体を動かして、頭をぶつけた。一瞬、頭の中に閃光が走って、動けなくなってしまった。胸はドキドキして、呼吸は速く浅くなった。肺に空気が入らないため、裂け目が胸を締め付けているように感じられた。僕は目を閉じて、天狗なら何と言うか考えた。

止まれ、と自分自身に言い聞かせた。息をしろ。

僕はじっと静止した。急ぐことはできない。自分のペースで進まなければならない。スピードを落とそう、たとえエミリーが何と言おうと……。

すると、新しい考えが浮かんできた。僕は目を開け、実際には何も変わらなかったけれど、ある程度の落ち着きと確信を感じた。僕はまた動き出し、暗闇を少しずつ前に進んで、緑色の光が前方のどこかから差し込む所まで来た。さらに２歩、そして４歩と進むと、周囲の圧力が弱まるのを感じた。蒸し暑かった空気が冷たくなり、新しい洞窟が周りに広がっていくのを感じた。

割れ目の通路から抜け出すと、僕は周囲を見回して、息をのんだ。

そこはまるで、永遠に流れる水の力や他の力によって、岩にくり抜かれた劇場のようだった。そのすべてが厳密には自然のものではなかった。入り口を覆っていた青い輝きのようなものが岩の構造全体に存在し、緑がかったランタンの明滅とともに、石の上を波打つように、全体として脈動する燐光を放っていた。まるで自分が海の中にいて、月明かりに照らされて波立つ海面を見上げているような気分だった。この世のものとは思えない輝きによって、構造の一部が崩れて、周囲に山のように積み重なっているのが見えた。この洞窟を劇場のように感じるならば、舞台となる場所は、この空間の中で最も奇妙で魅力的な部分だった。そこは砕けた石で縁取られ、その向こうには蝶の羽のように虹色に変化する、不均一なエネルギーのパターンがあった。しかしその中心は、テレビ画面に映る弾痕のように、硬く不規則な暗黒だった。その先には……何もなかった。そして、それをじっと見ていると、中央の割れ目が大きくなっていくのが分かった。穴からは黒い応力線が蜘蛛の巣のように伸びていた。色のエネルギーを帯びた小さな破片が落ちて、死んだように灰色に変わった。

ここは、ライコウが敵を封じ込めた神秘的な牢獄の端だ。しかし、それは壊れて、裂け目は広がっていた。僕が見ている間にも、蛇かムカデか、長く光沢のある体に人間の顔をつけた何かが外を覗き、外界の様子をうかがいながら、ぞろぞろと這い出てきた。

妖怪たちがやってくる。

不自然な暗闇に目が慣れてくると、天井からサナギのようにぶら下がっている大きな塊がいくつも見えてきた。それらはまるで葛のつるで縛られているようだった。一瞬、それらが何か分からなかったけれど、首をかしげてよく見ると、恐ろしい特徴が浮かんできた。作業靴、青いネクタイと数センチほど残った上着、骨の上に黄色く変色した皮膚しか残っていない乾燥した顔。

僕はサザン・シェールの行方不明の作業員たちを見つけた。

そんな光景を見たら僕は逃げ出そうとしたはずだ。しかし、なぜかその逆だった。不思議な落ち着きが自分に降りてくるのを感じた。力をもたらしてくれる信念だ。まるで僕の血管が溶けたで満たされ、それが硬く固まったようだった。ただし、それはいい意味であって、僕は痛い思いをして死ぬつもりはない。

僕は両手で剣を握って、バランスよく構えた。

「おい、エム」僕は声を低く抑えようともせずに言った。「どうしてその服を着ているんだ？」

彼女は一瞬ためらってから、僕を見ずに言った。「服を取りに戻ったのよ。どうしたの？　早くこっちへ来て！」

「そうは思えない」と僕は言った。「君は人間の姿に戻ることができた——これまでは助けなしにできなかったけどね——しかも僕を通り越して戻り、服を着たというのか、ほんのわずかの間に？」

「どういう意味？」とエミリーは作戦を変えた。「服を着てないよ」

そして今、彼女は服を着ていなかった。彼女は僕に背中を向けていた。彼女ではないと分かっていても、僕は目をそらした。

「君は本当のエミリーを何も知らないんだろ？」僕は天狗が語った、のっぺら坊は相手の心の一番浅い部分に入って、その形をとることができる、という言葉を思い出しながら言った。「僕のことなんて、まるで知らないくせに！」

「もちろん、あなたのことは知っているわ」と、今はマディソンが言った。彼女は薄手の浴衣——だけ——を着ていた。体の前で帯をとてもゆるく結んでいた。彼女の髪は冬の太陽のように肩からこぼれ落ちた。「私のために来てくれたのね。きっと来ると思ってた」

僕がためらったのは、ほんの一瞬だけだった。期待と欲望、それがのっぺら坊の仕掛ける餌だ。妖怪に対して何か十分な備えを持っていない限り、自分の脳が投げかける、これはおかしい、現実ではない、という小さな警告を脇に追いやってはいけない。

「もうたくさんだ」と僕は言い、前に進み出て、剣の長い刃を振り下ろして、致命的な一撃を加えた。

のっぺら坊の反応は遅すぎた。僕の刃は、その左肩から右腰にかけて荒々しい弧を描いた。しかしその皮膚には血の代わりに、黒い稲妻の線が走った。その顔は、痛みと怒りの慟哭で広がり、卵のように滑らかになって、真っ白に輝く静かな閃光とともに蒸発した。

僕はそのまぶしい光から目をそらした。その後の静けさの中で、ゆっくりとした、冷やかすような拍手の、柔らかで乾いた音に気づいた。音のする方へ振り向くと、フード付きの着物を着た老女がきちんと拍手をしていた。一瞬、バアチャンかと思ったけれど、彼女は顔を覆っているフードに手をかけ、それを後ろにやった。

僕はゾッとして後ずさりした。老女の顔はただ老けているだけではなかった。その顔は古風で、悪意に満ちていた。黒い目が突き出て、こめかみからは鋭いが一対突き出ていた。しかし、最悪なのはその口だ。それは幅広く裂けて、長く尖った歯でいっぱいだった。彼女は着物に手を入れると、長い包丁を取り出し、それを残忍な目で見た。彼女の背後から、一匹の猫が足の間をすり抜けて洞窟に現れ、その見慣れた黄色い目で不吉に僕を見つめた。

「剣を下ろせますよ」と角のある女は言った。

実際には、その低いガラガラ声は、日本語か、僕が日本語と思う言葉で発せられ、なんとか理解はできたものの、僕が耳にしたのは奇妙な洞窟による、彼女の声の反響音だった。どういうわけか、その反響は英語になって僕に聞こえてきた。

「でも、やっとうまくなり始めたところなんだ」と僕は冗談を言った。冗談を言うつもりはなかったけれど、あの黒い飴玉のような目と、あり得ない牙のニヤニヤ笑いから、自分の気をそらすような口調にならざるを得なかった。

「お好きなように」と角のある女が言うと、猫は彼女の足元に座って、高性能自動車のように喉を鳴らした。「必要なのは、あなたたちの一人だけだから」

彼女は僕の後ろの方をちらっと見て、長い爪の親指を喉元でクイっと動かした。その冷淡で無慈悲な、ちょっとした仕草に、僕は後ろを振り向いた。

竹を縛って作られた檻の上に座っていたのは、両手に目玉を持つ不気味な老人だった。片手を上げ、手のひらを開き、目玉は瞬きもしない。もう片方の手には湾曲したナイフが握られていた。檻の中には、赤みがかった毛並みと一対の怯えた目がちらっと見えた。

エミリー。

「やめろ！」僕は角のある女の方を向いて叫んだ。「待て」

そして、とても慎重に、僕は剣を置いた。

指を離した瞬間、僕は自分の弱さと愚かさを感じた。でも、他に選択肢があるだろうか？

「その方がいい」と角のある女は言った。「さあ、私と一緒に来なさい。そうすれば、あなたの目的が分かるわ」

「僕の目的だって？」僕は軽口で反抗的に聞こえるよう言った。「僕の目的は魔物を殺すことだと思うね」

「いいえ」と女は言った。まるで僕が独立宣言と奴隷解放宣言の日付を取り違えたかのように、その愚かさを否定した。あたかも出来の悪い学生なら当然だと言わんばかりに。彼女は僕を見ようともせず、神秘的な牢獄の壁の穴に向かって、よたよたと歩いて行った。バアチャンとほとんど同じ動きで。「それは天狗があなたに望んでいることです。しかし天狗のたぐいはいつも人をだましてきた」

「それじゃ、あんたは僕の利益を考えてくれているのか？」と僕は言った。「よく言うよ」

「私たちの利益は重なっている」と彼女は言った。依然として僕を見ていない。手に持っていたナイフは今は脇にしまわれ、忘れられたようだった。歩いている猫でさえ、その視線は僕ではなく彼女に向けられていた。「欲しいものがあってね、あなたはそれを私に与えてくれる」と彼女は言った。

「もし僕が断ったら？」

彼女は立ち止まって、とてもゆっくりと肩をすくめた。まるで、これほど重大なことは他にないかのように。それから僕の方を向いた。

「あなたは必ず私を助けることになる。あなたが望むと望まざるとにかかわらず」と彼女は言った。洞窟は奇妙な翻訳エコーを続けた。「しかしそれが問題ではない。問題は、あなたが助けること——つまり、与えること

——を選ぶか、それとも私が奪うことを選ぶかです」

「ああ」と僕は、その言葉の用法に気づいた。「これは、楽な方法か、苦しい方法か、どっちにするかというパターンだね。あなたがここに千年くらい封印されていたのは知っているけど、ポップカルチャーをもっと勉強した方がいいよ。ドラマチックな尋問テクニックを磨く必要がある」

彼女は無視したので、僕は態勢を立て直した。

「選択の余地はなさそうだ」僕は何をすべきかを考えながら、言葉を濁した。「最終的な結果は同じように聞こえる」

「そうでもない」と彼女は言って、またネズミの足取りのような、

よちよち歩きを始めた。僕は用心深くそれに続いた。「少なくとも、あなたにとっては」

重苦しい沈黙が続いた。

「聞いてるよ」と僕は言った。

「私はです」と彼女は言った。その声は重く、憎しみに満ちていた。「あなたの曽祖父は、私の子供をこの牢獄に閉じ込めた。子供も、私も、そして他の多くの妖怪たちも。牢獄の中は広大で恐ろしい空間だった。その地獄の全次元で、私たちは何世紀も捕らわれていた。その間ずっと私たちを支えてきたのは、脱出したら何をするか、つまりライコウとその後継者への復讐だけだった」

「まだ脱出していないぞ」と僕は言った。「ライコウの力は僕らの中に生き続けている」

すると彼女は笑った。歯を見せて大きく笑ってから、頭を後ろに傾けて、満足げな湿った笑みに変わった。

「あなたたちがライコウの後継者？」彼女はあざ笑った。「ペットの狐と、同級生にも無視される無防備な少年が？」

僕はまるで平手打ちされたようにまばたきをしたけれど、昔の反抗心が少しだけ残っていた。

「もし僕らがそんなに取るに足らないものなら」と僕は反発した。「なぜ僕らをここへ連れてくるのに、こんなに苦労したんだ？　なぜ猫の怪物は僕らを殺さなかったんだ、チャンスはあったのに？」

彼女は柔らかい笑顔になって、思慮深くなった。

「だから」と彼女は言った。「アメリカ人は完全にバカというわけではないのね。たとえ古い世界や、意味のある世界について、何も知らないとしても。あなたの言う通り。私たちにはあなたが必要。他の連中は」彼女は乾燥した死体の山を指しながら言った。「ただの食べ物。でも、あなたは特別よ、少なくともある意味では」

「マディソンも？」と僕は尋ねた。「彼女を食べたのか？」

彼女はそれを聞いてにっこりした。

「ああ、あなたはあのかわいい生き物が好きなのね？」彼女は嬉しそうに言った。「いいでしょう。あなたは私に何かしてくれるのだから、私もあなたに何かしてあげましょう」

彼女が指を鳴らすと、天井の網で覆われた死体がドスンと落ちてきた。彼女は長い爪の指を一本立てて、それで空気を切り裂いた。すると、死体の形をしたさなぎの一つに長い裂け目が現れ、淡い黄色の髪がこぼれ出た。そして手が、その指がゆっくりと目覚め、次に腕が現れ、マディソンが姿を現した。

彼女は行方不明になった日の、学校と同じ服装をしていたけれど、その顔はうつろどころか無表情だった。心は空っぽで、怯えきっているように見えた。

「彼女は大丈夫よ」と鬼婆は笑った。「しばらくはね」

マディソンはぎこちなく立ち上がると、周囲の恐ろしい光景を見回した。

「あっちだよ、バカな子」と鬼婆は嬉しそうに割れ目を指差した。

マディソンは目を凝らし、それから走り出した。よろめいては倒れ、ふらふらと走りながら、すすり泣きを続ける。進むにつれて泣き声は高くなっていった。

「かわいい子ね」と鬼婆は言った。「いつか、彼女を食べるのが楽しみよ」

「彼女を逃がしたんだな……」僕は困惑して言った。

「今のところはね。彼女は目的を果たしたから」

「どんな？」

「彼女があなたを連れてきた」

「それでライコウに復讐できるわけか」と僕は言った。

鬼婆はニヤリと笑った。

「部分的には」と彼女は言った。「でも、それだけじゃない。あなたには特別な、名誉ある、詩的とさえ言える目的がある」

「そうか？」と僕は言った。「例えばどんな？」

「妖怪の牢獄は少ししか開いていない。しかし力だけでは門を広げることはできない。そこには魔除けや古い魔法が存在するので、それに対抗しなければならない。だから、見て」

彼女は骨ばった指で、洞窟の床を指差した。そこはエネルギー・フィールドの裂け目の真下だ。床の石は、くぼみが彫られ、丸い洗面器のようになっていた。そこからの水路が、不規則な黒い裂け目へと続いていた。水路は茶色く染まっていた。いくつかの岩の深い亀裂には、滑らかでネバネバしたものが付着していた。金属的な匂いのする血のようなものが。

僕は息をのんで、天井から吊るされた死骸を見上げた。

「そうよ」と鬼婆は言った。「彼らを使って門を開こうとした。でも彼らはただの人間。必要なのは、我々の宿敵の血。たとえ、混ざりあったり、薄まったりしていても」

「あんたが意図する選択肢が、僕にはまだ見えてこないよ」と僕は言って、悪臭を放つ洗面器から目をそらした。

「簡単なことです」と鬼婆は言った。「あなたと雑種の姉を縛って、門の中に送り込み、その命を捧げる。アメリカでの妖怪時代の幕開けのためにね。あるいは、あなたが進んで血を分けてくれてもよい。我々はあなたを生かしておくことができるし、あなたは我々の征服に加わって、天狗では教えられない力をすべて手に入れることができる。あなたは長い間、望まれない人間の平凡な人生を送ってきた。いじめられ、笑われ、無視されることに満足してきた。今こそ、自分の遺産の残り半分を謳歌できる。なるべき姿になるのです！　人間の道徳という、ちっぽけな制限を捨てるのです！　妖怪としての自分を引き出して、人生で初めて、偉大な存在になるのです。実に簡単な選択です。あなたは知らなかったかもしれませんが、それはあなたがずっと望んでいたことです」

彼女の声には不思議な催眠術のようなトーンがあった。それはまるで水のように僕の頭に流れ込んできた。僕はただそこに立って、脳のスイッチを切って、聞いていた。しかし、最後の一行が僕の中の何かを揺さぶった。その言葉が頭の中をぐるぐると駆け巡り、僕は不安で眉をひそめ、今度は疑問符がそのあとに続いた。僕がいじめられ、笑われてきたことは否定できない。だからといって特別に、他の人が持っていない能力を、彼女の言葉を借りれば、僕が『偉大な』存在になるために使うなんて……。

僕がずっと望んでいたことだろうか？

僕はタイラー・J・ミラー３世に立ち向かうことを考えた。負け犬の中の負け犬であるケイレブ・スミスとしてではない。ライコウの後継者ヒデキとして、手に剣を持ち、背後に妖怪軍団を従えてだ。もう、無視されるのを望んでコソコソすることはない。不便なコンビニに帰り、そこが自分の大人になってからの生活になると考えた時の、落ち込んだ敗北感もない。もう不安や恐怖はない。僕は強くなれる。自信を持てる。やりたいことをやって、みんなに愛される。頭の中でそのすべてが見えて、角のある女の言葉は、花火の残光のように輝いていた。

偉大なるヒデキ。

遠くで犬の吠える、甲高い声が聞こえた。

犬じゃない、と僕は漠然と思った。狐だ。

僕は檻の方を向いた。両手に目玉を持つ男が立って、手のひらをこちらに向けて開き、じっと見ている。エミリーは吠えていたけれど、なぜか彼にではなく僕に向かって吠えているような気がした。

本物の妖怪として、彼女はキツネが持つどんな能力も利用できるだろう。彼女のために決断を下すことは、優しさではないだろうか？　僕が少し血を与えれば、姉はもう檻に閉じ込められないのではないか？　自分の姿に板挟みとなって、制御不能になることもなくなるのではないか？

「その通り」と鬼婆は言った。「門を開ければ、彼女は妖怪のお姫様になるでしょう。美しく力強い狐の女神です。誰の命令も及ばない存在です」

もしかすると、檻に目をやったことで、僕の心が見抜かれたのかもしれない。それにしても鬼婆の洞察力は少し図星すぎる。

「檻に入れられているのは、あなたの姉だけではない」と鬼婆はささやいた。「あなたたちは二人とも、人間というちっぽけな姿の中に閉じ込められている。その弱弱しい肉体は、あなたたちが従うルールによってさらに弱くなっている。しかしそんなルールに従う必要はないのです。人は変わるものです」

その言葉に僕は不意を突かれた。タイラーと言葉を交わした後に、僕がジョーイに言った似たような言葉を思い出した。そのやり取りが何だったかはよく思い出せない。僕が『人は変わるものだ』と言ったら、ジョーイが何かを言ったっけ……。僕は意識を集中してそれを探し、やっとジョーイの返事を思い出した。

『そう、その通り。それを注意した方がいいかもしれない』

僕は顔をしかめた。

「あんたは僕の頭の中にいる」と僕は言った。僕自身の耳にも、その言葉はあいまいで不可解だった。

「何のこと？」と鬼婆は一瞬動揺した。

「あんたはのっぺら坊と同じことをしている」と僕は言った。「僕が何を望んでいるかを読んでいる。または、考えている」

「私はあなたが何を望んでいるかを知っています」と角のある女は言った。「わざわざそうでないふりをする必要はありません。私は常に人の気持ちが分かるのです。心の本当の欲望を理解することに関しては、私は決して間違いません」

「そのようだ」と僕は同意して、死んだ作業員たちの死体に視線を戻した。そして彼らの名前を知らないことに気づき、突然それがひどく間違っているように思えた。最初に恥ずかしさを、次に怒りを、さらには古い鐘の響きのように強く単純ではっきりしたものを感じた。それは……確信だ。「あんたは間違っていない」と僕は言った。「でも、何かを望むだけでは終わらないんでしょ？　できるからと言って欲しいものをすべて手に入れたら、モンスターになってしまう。あなたはそれを理解できないでしょう。なぜならあなたはすでにモンスターだからだ。かならずしもそうではなかったのかもしれないけどね。あなたは自分を鬼婆と言った。でもかつてあなたは別の何かだった。別の誰かだった。かつてあなたはシオだった」

老女は、まるで顔に熱湯をかけられたかのような反応を示した。怒りと苦痛に吠えて、身を縮め、両手を耳に当てた。それからペチャクチャと日本語でしゃべったけれど、今回は何の翻訳も返ってこなかった。彼女の厳しく小さな目は僕を見つめ、今やその顔に友好的な説得力は微塵もなかった。あるのはただ怒りと深い恨みだけだ。脇にぶら下がっていた重い包丁は、今は節くれだった拳に握られている。

彼女の足元にいた猫は、後ろ足で立ち上がって大きくなり、2メートルにまで成長した。以前と同じように、猫は地面から数センチ浮かび、ゆったりとした着物が、まるで僕には感じることのできない風にあおられているかのようにはためいていた。その目は僕に釘付けとなり、その爪はナイフのように滑り出した。

僕の剣は洞窟の入り口近くにある。

僕は無防備だった。

英希　23

死は誰にでも訪れると哲学者は言う。それはそれでいいと僕は思う。少し敗北主義かもしれないけど、それでもかまわない。以前に真剣に考えた時は、それは何年も先に、重い病気や交通事故や、それに類する合理的な何かのせいでやってくると想像していた。2メートルもある浮遊する猫の爪で切り裂かれて死ぬことは、決して予定にはなかった。

　だから僕は、怒りに満ちた不信感を持って、後方に飛び上がり、空中で1回転して、足からきれいに着地した。この行動によって、僕は肩をすぼめてバックパックを引き上げ、それを開ける時間を稼ぐことができた。僕はプレイステーションのコントローラーのようにブルブルと振動する木箱を取り出し、蓋を引っ張った。中から、鋳鉄製のティーポットが飛び出して、小さな足で化け猫に向かっていった。その蓋はカチカチと音を立てて、まるでおもちゃの蒸気機関車と、鼻があるべきところに注ぎ口があるロボット犬の中間のようだった。

　着物をまとった大きな猫はシャーという音を立てて身を縮めた。これだけでは、猫の歯や爪に対抗できないことは分かっていた。ただ少し時間を稼いでほしかった。僕は向きを変えて、剣が置いてある場所まで、洞窟を横切ってダッシュした。そこはエム狐が檻に入れられている場所からわずか数メートルのところだ。手に目玉を持つ不気味な男は、僕が近づいてくるのを見て、まるでフラッシュライトで僕を照らすかのように片手を動かした。もう一方の手は僕の剣の長い柄に向かった。僕は新しいスピードがあれば、彼に先んじることができると自信を持っていた。

それが油断につながった。一瞬だけ。彼の手が僕よりほんの少し早くそれに届いた。彼は剣を掴み、振りかざそうと構えた。しかしそれは長い刀で、特に小柄な男には片手で扱えない両手剣だった。両手で柄を握った瞬間、彼は目が見えなくなった。僕は横に回り込んで、ティーポットの木箱で彼の側頭部を強く打ちつけた。

彼はドスンと床に倒れ、僕は剣を奪い取った。僕はそのままの動きで檻に向かって駆け寄った。ところが鬼婆はなぜか異様な速さで動いていた。彼女は長い包丁を歯で挟んで、四つん這いになって洞窟を横切っていた。まるでカニが横ばいするような不気味な動きだ。僕の心と体はそれに拒否反応を起こして、向きを変えて逃げたくなった。しかし僕の力ではどうしようもない状況でも、エミリーだけは連れ出さねばならない。門の入り口では、化け猫が咬みつきティーポットと格闘している。猫は触られるのを恐れているかのように後ろ足で動き回っていた。鬼婆が猫に向かって、僕には理解できない何かを吠えると、猫は飛びかかった。猫はティーポットを捕まえて転がし、少しジャグリングをしてから、巨大な前足で叩いた。

ティーポットは洞窟の岩壁に激しく衝突し、くるくる回転して、死んだ。

「子供のおもちゃが、あなたを救ってくれるとでも思っているの？」と鬼婆はささやきながら、まるでゴキブリのように両手両足で僕の方に駆け寄ってきた。「なんてかわいそうな戦士たち！　ライコウは墓の中で、背を向けたに違いない。自分の姿を制御できないキツネと、自分の刃を制御できない剣士」

「いつでも試してみるがいい、あんたが……」と僕が言いかけると、彼女は僕に襲いかかり、包丁を口から取って僕に切りつけた。僕はそれを乱暴にかわし、まれに切り返すことができても、彼女はそれを簡単にかわした。彼女はずっと、あり得ないほど大きな笑みを浮かべて、硬い小さな目を輝かせていた。僕は反撃しながら絶望感を募らせた。天狗の評価を思い出す。僕には速さと強さと敏捷性がある。ただスキルがないのだ。

「かわいそうなヒデキ」と鬼婆はつぶやいた。「ライコウが残したアメリカの恥。あなたは死んだ方がいい。少なくともその血は役に立つ」

突然の怒りに火がついた。この戦いだけではない数々の不正義に対し、僕は怒鳴り声を上げて、剣を頭上に高く掲げ、彼女に斬りつけた。

いや、斬りつけようとした。

実際には、僕が振り下ろそうとした時、僕の腕が強力な爪に引っかかるのを感じた。僕は怒りのあまり、化け猫がすぐ後ろまで近づいてきたことに気づかなかった。

鬼婆は僕の手をつかむと、棒のように硬く乾いた指で、しかし非常に力強く、僕が握っていた剣をもぎ取った。

「時間の無駄遣いはやめましょう」と彼女は言い、両手に目玉を持つ男を蹴って、それが目を覚まし、手のひらを瞬きするまで待った。

男は立ち上がって僕の後ろに回り、僕の手をつかんで、帯の紐で縛った。紐を結ぶ時、男の目玉が僕の手首に押し付けられ、冷たく湿った滑らかさを感じた。化け猫はまるで子猫を運ぶように、僕の首元をつかんで持ち上げ、僕はトレーナーの生地が破れるのを感じた。一方、鬼婆は竹の檻を手に持って先導した。戦いの間ずっと興奮してキャンキャン鳴いていたエム狐は、今では落ち着き、身を縮めて恐怖に震えていた。姉がまだそこにいるのか、それとも本物の狐のように頭が真っ白になって、空腹と恐怖しか知らないのか、僕には分からなかった。

僕らは洞窟を横切って裂け目まで連れていかれた。鬼婆はまたもや動物のように四つん這いになってよじ登り、僕は彼女の後に押し込まれた。神秘的な牢獄だった場所の内部は、光と騒音が渦巻き、その壁は混沌とした波動の中で動いたり縮んだりしていた。まるで、死にゆく巨大な生き物の痙攣する心臓の中にいるかのようだった。外で見た燐光は、ここではもっと強烈で、多様で、変化に富んでいて、吐き気をもよおさずに目を開けているのが難しいほどだった。

目をぎゅっと閉じ、倒れそうになってうずくまりながら、これが船酔いの感覚かと思った。あるいは、めまいだ。

しかし、さらに奥へ進むと、裂け目から垣間見えたビロードのような闇が僕らを覆い尽くした。牢獄の壁の脈打つエネルギーはまだ確認できた。しかしそれは僕が立っている地面に光を与えなかった。何かが僕の足の上を這い、大きな昆虫の足先のような硬いものが僕の足を駆け上がっていくのを感じた。

鬼婆は緑がかったランタンを掲げたけれど、その光は特徴のない暗闇をほとんど照らさなかった。

「あなたが最期を迎えるのにふさわしい場所です」と角のある女は言った。「私の息子と中に閉じ込められている他の妖怪を解放したら、あなたをこの暗闇に置き去りにします。ここであなたは、敵の妖怪の優しい慈悲に苦しむことになる。彼らはすぐにあなたを殺すかもしれませんが」と彼女は言った。「あるいは、もしかしたら」と、彼女は恐ろしい歯とピンク色に濡れた舌を見せながら流し目で言った。「あなたの曽祖父が彼らに与えた苦しみを、あなたに見せるために、いくらか時間をかけることでしょう。地獄での一瞬は永遠のように感じます。永遠とはどんな感じだと思いますか？」彼女は一人で笑いながら言った。僕は答えなかった。言う言葉も、その気力も、そして希望もなかった。「さあ、あなたの二流のキツネがこんな姿では、儀式を完了させることはできません。彼女を引っ張り出さないといけない」

彼女はランタンを置くと、檻の中に手を入れて狐の喉を指で掴み、檻から引きずり出した。狐は抵抗して泣き叫び、むなしく竹をひっかいたものの、鬼婆の握力は鋼のようだった。彼女は包丁を腰の袋に入れてから、空いた手で狐の口先を握って、その口を閉じさせた。それから狐の顔を自分の顔に引き寄せ、鼻と鼻がくっつくまで近づけると、僕には分からない言葉をぶつぶつとつぶやいた。

僕は天狗がエミリーを元に戻すのを見たことはあったけれど、こんな風ではなかった。天狗はエミリーをなだめ、招き、自分が何者であるかを思い出させ、彼女が自分の意志で戻るまでそれを続けた。しかし鬼婆のこれは、荒々しく暴力的で、獣を檻から引きずり出すのと精神的には同じだった。獣がその爪を格子に引っかけ、それが裂けるまでもがいても気にしない。僕は見ていて気分が悪くなったので顔をそむけて、姉が裸で泣きながら床に倒れる瞬間は目に入らなかった。

周りでは、牢獄の中に閉じ込められた者たちの理解不能な叫び声が響いていた。僕は化け猫に引きずられ、滑らかで冷たい石が頬に当たるのを感じた。僕は岩に彫られた溝の上に押さえつけられ、顔は洗面器にしっかりと固定された。

僕の血管を開くのは、鬼婆の包丁だろうか、それとも化け猫の爪だろうか？　僕の戦いは、たとえ剣と力の両方を失わなかったとしても、僕の手には負えなかっただろう。エミリーが同じような姿勢に追い込まれたのを、僕は目で見たのではなく、耳で聞いた。いったい、どのくらいの量の血が門を開くのだろうか、僕はぼんやりと考えた。針で刺したくらい？　コップ１杯？　もっとたくさん？

そんなことはどうでもいい。僕らが生きていたとしても、鬼が出てしまったら、僕らはそう長くは生きられないだろう。

「女が先」と鬼婆は怒鳴り、髪の毛から箸ほどの長さの金属製のかんざしを引き抜き、その先端を姉の手首の下側に当てた。

「ごめんね、エム」と僕はつぶやいた。「努力したけど……」

「シーッ」と彼女は言った。彼女が手探りで僕の手を探り当てたのを感じた。彼女は弱々しく僕の指に自分の指を絡ませた。「大丈夫よ」

そして突然、大丈夫ではなくなった。そのあまりの不当さに。会ったこともなく、数週間前まで聞いたこともなかった先祖のために僕らが犠牲になるという考えに。僕は燃えるような怒りでいっぱいになった。僕は化け猫の腕の中で暴れ、怒り叫んだ。化け猫は僕を保持するのに苦労した。その爪が僕の腕と肩に深く食い込むのを感じた。しかし相手を驚かせたので、一瞬、向こうが望むよりも動ける余地があった。僕は肘で打ち、足で蹴った。直撃によって、苦痛のうめき声が聞こえると、僕は頭を後ろにガツンと動かし、背後で骨が砕けるのを感じた。激痛の叫び声が聞こえて、僕は一瞬自由になった。しかし、僕の両手は背中で縛られたままだ。

僕が激しく蹴ると、化け猫は後ろへ飛びのき、体勢を立て直した。僕は腕に力を込めて、僕を縛っている紐を切ろうとした。その様子を、不気味な男は両手を振り回して、よく見ようとした。

背後から聞こえてきた音は、まったく予想外だった。それは低いくすくす笑いで、面白がっているだけではなく、喜んでいるようだった。

振り向くと、鬼婆の虫のような目が僕をじっと見ていた。牙のある顎を開き、ピンク色のウナギのような舌をユラユラさせていた。

「とても勇敢ね」と彼女はあざ笑った。「ただし、その勇気が実は死への恐怖でしかないことを別にすれば。しかも、無駄でしかない。ほらね？」

彼女が僕の左腕を見てうなずいたので、僕は思わず目をやった。そこは猫が僕をつかんだところで、その爪が僕の肩に刺さっていた。三本の細い血液の流れが僕の腕を伝って石の洗面器に飛び散っていた。

「もう遅い」鬼婆は鉄のかんざしでエミリーの手首を刺しながら言った。

血が岩に落ちると、すぐに洞窟が揺れ始めた。

「かようにして、我が美しくも恐ろしい息子は、再び生まれる」と彼女は唱えた。「彼が近づくと、世界はおじけづくだろう！　ひれ伏せよ、彼は怒りであり、破壊であり、死なのだ！」

洞窟の天井から岩が落ち、牢獄の外殻の発光エネルギーが色の渦を巻いて燃え上がり、そして消えた。洞窟は真っ暗になった。明かりを消した寝室とか、遠くの街灯や星の光で窓が灰色になったような暗闇ではない。これは地下深くの暗黒であり、光の記憶すらない、コンクリートのように厚く硬い暗闇だった。視覚が発明されたことのない、触覚と嗅覚と聴覚しかない世界だ。

僕はその中に立ちつくし、一瞬、自分はすでに死んだのかと思った。

そして、それは話した。

「オカアサン？」

それは悪夢のような声だった。山の地下空間のように深く低く、洪水で動く岩のようにゴロゴロと響く、無慈悲な声だ。それは軍隊をも打ち破る声だった。

そして洞窟は再び明るくなった。赤い閃光が、炎のように強く明るく輝いて、鬼婆が姿を現した。その両手は、自分が生み出した炎の輝きを支えるように頭上に掲げられ、まるで重さがあるかのようにそれを持ち上げていた。僕は思わず目をそらして、目をかばったものの、鬼がいないところを見ることはできなかった。

それは洞窟を埋め尽くす、深紅の肌をした獣だった。母親と同じように角があり、筋肉が波打っていた。それは巨大な頭を下げて僕らを見た。その口も戦慄の光景だった。尖った黄色い歯は、僕の腕と同じくらいの長さがあった。大きなよだれをロープのように垂れ流し、舌は太く茶色で、剛毛に覆われていた。球根のような目を三つも持っていて、一つは額の中央にあった。動物の皮でできた汚れた腰布を巻き、幅広の革ベルトには普通の人間用のナイフがついていた。その巨大な拳には、それが握っていた棍棒の方が似合っていた。棍棒は木の幹ほどで、その重い先端は、まるでそれを振り回す怪物に地面から引き抜かれたような根元の塊を見せていた。

その裸足の周りには、トラクターほどの大きさの、名も知らない生き物たちが群がり、解放されたことに歓喜の声を上げていた。

妖怪の侵略が始まった。

英希　24

鬼婆は踊った。そう呼ぶのがふさわしかった。しかし、妖怪たちの勝ち誇った喧騒以外に音楽はなかった。彼女は跳びはねて、歓喜の叫び声を上げ、狂ったように腕を振り回した。一方、彼女の巨大な息子は大きく伸びをして、血と殺戮で世界に挨拶する準備をしていた。時折、二人は言葉を交わしていたけれど、前に鬼婆の言葉を翻訳していたものはもはや機能していなかった。しかし二人が意見を交換し、時々大笑いしていることは分かった。鬼の笑い声は地面を震わせた。彼らが何を話しているのかは知りたくなかった。

エミリーは化け猫の着物をなんとか身につけて肩をすくめていた。打ちのめされ、壊されたようにさえ見えた。目はうつろで、口は閉じられ、二度と話せないかのようだった。僕らはここに長くいられないだろうし、僕らに対する彼らの軽蔑した視線を見ると、鬼の親子が話し合っているのは僕らの処分ではないかと不安がつのった。僕らを殺すか否かではないことは、分かっている。その方法だ。どの方法が一番満足できるか。一番楽しいか。

鬼は木の幹の棍棒を好んでいた。それが、彼について知るべきことを、教えてくれているように思う。彼はそれを振り回し、小さく叩く仕草をしては、その結果を想像してニヤニヤしていた。僕らの残骸を大きな口の中に押し込むつもりなのか、すするような音を立てた。

手に目の不気味な男は、沸き立つ妖怪の群れと、今や粉々になった牢獄の覆いを指さした。

中に閉じ込めろ、と彼は言っているようだ。僕らをたくさんの妖怪たちと一緒にして時間をかけろと。

しかし、鬼婆には別の考えがあった。その正しさがあらゆる衝動を満足させるかのように、彼女の顔は悪魔的な喜びで輝いた。

「どうしたんだろ？」と僕はエミリーにつぶやいた。「なぜ僕らにとどめを刺さない？　望んだものは手に入れた。もう終わったのに」

「シーッ」とエミリーは目を閉じて言った。「聞き取ろうとしてるの」

「言葉が理解できるの？」と僕は尋ねた。

彼女は首を横に振った。

「ちょっと変な言葉だわ」と彼女はささやいた。「静かにして」

僕は言われた通りにした。自分の希望と同じくらい、僕はすり減っていた。希望は消えてしまった。

「タント」エミリーは、鬼婆が言った言葉を繰り返しながら息をついた。「どういう意味だろう？」

僕に聞いても無駄なので、僕はそう言った。

「ライコウのタント」とエミリーは言った。「彼女はそれを言い続けている。ライコウの何か」

「それが、どうしたの？」と僕は言った。

「鬼はその何かが『アブナイ』と言っている。それはきっと『危険』という意味よ」

僕は顔をしかめた。

タント。

前にも聞いたことがあった。僕は思い切って顔を上げてみた。妖怪たちのお祭り騒ぎの中で、鬼は、洞窟には大きすぎる背を丸めて立っていた。その巨大で醜い顔は、疑いの気持ちでゆがんでいた。三つの目を同時にパチパチとまばたきさせ、片手をベルトのナイフに当てていた。

短刀！

僕は思い出した。天狗が僕にくれた、刀の種類についての本に載っていた。そして今、まさに鬼の巨大な手がそれを握り、光沢のある黒い鞘に何かが描かれているのが見えた。円の中にダイヤモンド、その下には金の漆で漢字が巧みに書かれている。そのシンボルは以前にも見たことがあった。

「あのナイフだ！」僕はささやいた。「ライコウのナイフだよ。あの印は神社にあったものと同じだ」

「彼女は私たちの先祖の武器を使って、私たちを殺そうとしているのよ」とエミリーは荒い息で言った。「じゃあ、なぜ彼は抵抗しているの？　なぜそれが危険なの？」

僕が返事をする前に、両手を縛った紐が何かに引っ張られた——または、かじられた——ような不思議な痛みを感じた。僕が首をひねると、驚いたことに、小さな黒いティーポットが見えた。それは、水を入れる穴と蓋の間に紐をくわえて、激しく『かじって』いた。僕は目を丸くした。

「エム」と僕はささやいた。

彼女は僕に視線を送り、僕はティーポットに軽くうなずいた。彼女は体をこわばらせて、急いで周囲を見回した。

鬼とその母、化け猫、手に目の男は、熱心に話し合っていた。僕の剣は３メートルも離れていない地面に捨てられ、忘れ去られていた。

僕は紐が緩むのを感じたものの、じっとしていた。ティーポットがエミリーの縛りを解くまで、妖怪がこちらを見ないことを祈った。

それから、どうする？　走る？　どこへ？

鬼に見つからない場所はどこにもない。自由といっても、ただそれだけだ。そびえ立つ鬼をどうやって倒せるか分からなかった。でも、やってみるしかない。

エミリーの縛りが解けた瞬間、彼女は転がって立ち上がり、僕は剣に飛びついた。

鬼は、洞窟が崩れるほどの怒声をあげて、棍棒を振り下ろした。僕はそれを飛び越えたものの、僕が立っていた岩は砕け散り、その破片が顔に刺さった。妖怪は悲鳴を上げ、鬼婆は奇声を上げて包丁を取り出し、こちらに向かってきた。化け猫はエミリーに飛びかかり、エミリーは消えたかと思うと、狐になって現れ、洞窟の中を跳ね回った。鬼は狐を見るや僕のことを忘れ、棍棒を思いっきり振り上げると、突風と衝撃音を立ててそれを落とし、洞窟を埃と騒音で満たした。

僕は息を止めて最悪の事態に備えた。しかし土埃の雲が晴れると、残骸の中にずたずたになった毛皮は見えなかった。鬼は苛立ちをあらわにして吠えた。するとエム狐が再び現れて、走り、跳び、噛みついた。しかし近すぎて、鬼は棍棒で殴ることができない。エム狐の跳躍は鬼の腰の高さにまで達した。何度も何度も鬼は彼女を押しつぶそうとする。しかしエム狐は身をかわして、足の間を通り抜け、足首にかみついた。

それに触発されたように、ティーポットは化け猫を悩ませ、僕は手に目の男を追い払った。鬼婆は包丁を振りかざして僕に向かってきた。彼女の喜びは、カンカンの怒りに変わっていた。しかし僕はワイドレシーバーとして、走るタイミングを慎重に計った。僕は鬼婆をきれいに飛び越えると、真っ先に鬼の深紅の胸に剣を突き刺した。

剣の先端は怪物をそのまま串刺しにするはずだった。

しかし、そうはならなかった。その刃は、まるで硬い鋼鉄に叩きつけたかのように砕け散り、その破片は洞窟の床へ無残に落ちた。

僕は愕然として見つめた。僕の全ての力をもってしても、鬼は僕の剣に傷ひとつ負わなかったのだ。

すると鬼は、また頭を後ろに傾け、樽のような胸をいっぱいに膨らませて笑い始めた。その母親も加わって高らかに笑い、その声は、今の状況はともかく、僕の髪の毛を逆立たせた。鬼が歓喜に吠えると、他の妖怪たちも一緒になって、その不死身を確信したように、喉の奥を僕にさらした。

この茶番を永遠に祝うために、すべてのものが止まったように見えた。そのためらいの瞬間、彼らが勝利の歓喜に浸った半秒の瞬間に、エミリーは、まだ狐の姿で僕のところに来た。そして口にくわえたライコウのナイフを、僕に差し出した。

僕は彼女が鬼のベルトからそれを奪うのを見ていなかったし、鬼も気づいていなかった。しかし、彼女が何を考えているかは分かった。

『アブナイ』と彼は言った。危険という意味だ。

彼が肌身離さず持っていた宿敵の刃物。それはライコウの血統の残りを殺すために使うべきものなのだろう。

僕は大きく３歩を踏み出した。次第にスピードとパワーを増し、最後の力と僕が受け継いだ魔力のすべてを使って、できるだけ高く跳び上がり、鬼に突進した。これこそが僕の一撃であり、勝利への最後の試みだった。

鬼はあまりにも反応が遅く、あまりにも大きかった。彼は僕に向かって棍棒を振り下ろしたものの、僕はすでに棍棒をよけていて、彼の体の上に乗り、カミソリのように鋭い短刀で斬りつけた。

その刃はあまりに鋭かったので、切り込んだ感触はほとんどなかった。彼の首の切り口が開くのが見え、そこから黒く濃い血が湧き出るのが見えた。僕は地面に降り立ち、彼が喉を押さえて崩れ落ちる横に、突進した。彼は口を大きく開いてゴボゴボとあえぎ、妖怪たちはうろたえて悲鳴を上げた。

「エム！」と僕は叫び、大の字に伸びた巨体を飛び越える狐の方へ手を伸ばした。狐はあっという間に、洞窟の入り口までの半分ほどを進んだ。僕は彼女を追いかけた。頭の中は真っ白で、まだ外の世界に出られるとは思っていなかった。

エムは狭い通路を通り抜け、外側の洞窟に入った。その足元にはティーポットがいる。僕の方が遅かった。

もう少しだ、と自分に言い聞かせた。外に出て、体制を立て直し、次に来るものに備えよう。

牢獄の封印は破られた。妖怪たちは鬼婆の後を追って、ポーターズビルへ、そして世界へ出ていくだろう。しかし彼らを導く鬼はいない。僕はこれを勝利と呼んだ。次に来るのは明日の課題だ。僕らは一度彼らに勝った。またできるはずだ。とにかく外に出るしかない。

狭い通路の中で、僕は横に数センチずつしか動くことができなかった。あとどれくらい進まなければならないのか見当もつかず、頭をひねっていたので、背後がぼんやりとしか見えなかった。しかし僕は鬼婆の顔を見た。角の生えた眉の下に狂気の獰猛さを感じ、包丁が迫っているのが分かった。その刃先を感じる前に。

どうしても止められなかった。

どういうわけか、痛みは悲しみよりも少なかった。

別の場所　6

エミリーは、裂け目から外側の洞窟へ出る時に、狐の姿を脱いだ。狐の姿は役に立ったが、今は人間の姿に戻る必要があり、それこそが自分に必要だと気づいた。初めて頭の中でその選択が明確になり、変化への道筋はほんの少しの集中力を必要とするだけだった。彼女は裸足に人間の姿でフラッシュライトの光の中に現れた。

目の前には母と祖母がいた。二人は頭を垂れていた。そして——エミリーは初めて見るが——手をつないでいた。二人は簡単な日本語の言葉を何度もつぶやいていた。エミリーはその意味が分からなかったが、二人の間に入って手を握り、その音を繰り返した。

彼女は二人が何をしているのか知っていた。どうして知っているのか、それが合っているのか、彼女には分からなかったが、水泳でプールの水を感じるように、それは彼女が理解している要素であり、彼女にとって安らげる場所のようにも感じた。

彼らは牢獄を封印しようとしていた。背後からは、天狗が祈りをささげる低い息遣いが聞こえた。誰かが彼女にコートをかけてくれたので振り返ると、デマーカス・マーフィーだった。彼は恥ずかしそうに、そして不安そうに、すぐに身を引いた。

目の前の石壁、つまりメインの洞窟への狭い通路を覆っていたイリュージョンが、何かのエネルギーできらめき、彼女の弟がよろめきながら外に出て、激しく倒れた。彼の背後には、復讐に燃える怒りの表情をあらわにした、あの鬼婆の顔が見えた。

「バアチャン」とエミリーは言った。

隣の老婦人が顔を上げてそれを見た。

「ダメよ、姉さん」と彼女は言った。その顔は苦しみと悲しみに打ちひしがれていたが、意を決して彼女との対面に動いた。「あなたは出てこられない」

少しの間、二人の老女は鼻と鼻を突き合わせ、何か恐ろしい格闘をしているかのように視線を合わせていた。すると、角のある方が押し返されて、何かが彼女の上を覆った。

鬼婆は恐ろしい牙をむき出しにして、怒りの叫びを上げた。しかしエネルギーの結合は完全であり、鬼婆がいくら引っ掻き破ろうとしても、牢獄の表面は色とりどりに脈打ち、その叫び声さえも遮断して、固まった。

静寂、安堵、そして悟り。

「ケイレブ？」その母親は、息子の体の上に身を寄せて言った。「ケイレブ！」

エミリーは母親のそばに倒れ込み、弟の体を抱きかかえた。傷ついた天狗に手を当てたように、弟に手を当てた。しかし彼は動かず、急速に冷えていた。エミリーは、心の中で生命の火花を探した。弟が必要とする、自分のエッセンスを与えて、生命の炎を吹き込むことができるかもしれないと。しかし、何もなかった。

彼女は腰を落とし、目を大きく見開いた。涙が頬に流れた。

優しくて、間抜けで、勇敢で、負け犬の弟、ケイレブ・ヒデキ・スミスが死んだ。

天狗はまだ青ざめ、疲れきって頭を垂れていた。バアチャンは娘の手を握り、ぼんやりと撫でていた。デマーカスはぼう然として、恐怖に打ちのめされたマディソンと一緒に座っていた。

そしてエミリーは怒っていた。

彼女は頭を低くすると、人間とキツネのすべての力を込めて、弟の肺に息を吹き込んだ。それでも彼の目は開かず、心臓も動かなかったので、彼女は弟を腕に抱いて、立ち上がった。

「何をするんだ？」とデマーカスは言った。「救急車を呼ばないと」

「治療には、もう遅すぎる」と天狗は言った。

エミリーはケイレブを抱いたまま、洞窟の出入り口まで歩いていった。

「エム？」と母親が声を絞り出した。「どこへ行くの？」

しかしエミリーは答えなかった。

彼女は洞窟を出て、森の小道の端に張られた注意書きテープをまたぎ、決意に満ちた素早さで歩き出した。心の中は怒りでいっぱいで、それが彼女に力を与えた。彼女は足跡、というか、匂いの跡（彼女は見るのと同じくらい、匂いを嗅ぐことができた）をたどって、森を歩きまわった。下がったり、また上がったりする彼女に、混乱した森の生き物たちは彼女の目的を感じ取って、道を譲った。

ついにエミリーは、緑がかった松明と、朱色の鳥居を見つけた。実際にはそこに存在しない神社へ続くものだ。そこで初めて立ち止まった。彼女は、まばゆい狐の石像の間に弟を横たわらせると、大きな青銅の鐘に歩み寄って、かつて弟がしたように鐘を鳴らした。鐘は夜の空気を揺さぶり、腹の底まで響き渡る深い音を立てた。

彼女はおのかおりを胸に吸い込んで、待った。周りでは緑の松明がちらつき、この時この場所にしか生えない竹が、この世のものとは思えない風に揺れていた。神社の中では、金色の光が漆塗りの箱と蓋の隙間から漏れていた。箱には、円の中にダイヤモンドの見慣れた紋章が描かれていた。箱が、飾り縄の結びを弾き飛ばして、その蓋が開くと、エミリーはそこに立ち尽くした。現れた光は突然背が高くなり、おおよそ人の形になって、彼女の目の前の空中に浮かんだ。

頭の中に言葉が現れた。彼女の知らない古い日本語の言葉が、なぜか英語に置き換えられていた。

「よくやりとげた」とそれは言った。天狗のようにゆっくりとした厳しい男の声だった。「脅威は去った。弟を安らかに眠らせるがよい」

エミリーはまばたきをした。風が顔を打ち、目は刺すように痛んだが、彼女は目をそらさなかった。

「彼を連れ戻して」と彼女は言った。

「ヒデキは目的を果たした」とその声は言った。

「それは、あなたの目的を果たしたということでしょ」と彼女は叫び返した。「彼には、彼自身の目的があったの。あなたや、怪物や、日本とは関係のない」

「彼は先祖をったのだ」

「素晴らしい」とエミリーは言い返した。「これでみんなが彼を敬うわね。さあ連れ戻して！」

「そういうわけにはいかない」

「たぶん、あなたにとってはね」と彼女は反論した。「でも私たちはあなたじゃないし、これはフェアじゃない」

一瞬の沈黙の後、困惑した言葉が返ってきた。

「フェア？」

「そう、フェア！　彼はヒデキじゃない。というか、彼はヒデキだけじゃない。私がカズコだけじゃないのと同じようにね。私たちはケイレブとエミリーなの。私たちには自分の人生があり、自分のやり方がある。あなたの過去を私たちに押し付けるのはフェアじゃない！　私たちには自分で背負うものが山ほどあるのよ」

「君たちは歴史によって形作られたのだ」

「そうよ。でも、私たちはそれによって定義されたわけじゃない。私たちは過去以上の存在なの。私たちに今を与えてほしい！　彼は自分の役割を果たした。今度はあなたの番よ」

「君たちが生まれる前に、私は自分の役割を果たした……」

「そんなの関係ない！」エミリーは涙を流しながら叫んだ。「弟を戻してほしい。彼はまだ消えていない。まだ完全には。医者も彼を戻せないの。私にもできない。でもあなたならできる。私には分かる」

「それは我々のやり方ではない」

「なら新しくやれ！」と彼女は叫んだ。「あなたは彼に借りがある」

「敬意を払うのだ、年長者や死者に対して」

「敬意は相手からもらうものよ！」と彼女は答えた。「彼はあなたからの敬意を得ていない！」

また長い沈黙が続いた。竹を揺らす風の音だけが聞こえていた。

「それに、まだ終わりじゃない」と彼女は付け加えた。「次元の牢獄の裂け目は塞いだけれど、私たちの力はあなたに及ばない」

戻ってきた声は、沈痛なものだった。

「それは事実だ」と言った。

「それで、また同じことが起きたらどうするの？」とエミリーは迫った。「誰が妖怪から私たちの世界を守ってくれるの？　いったい誰があなたの代わりを務めるの？」

今度の沈黙はさらに長く、さらに重かった。松明が再び燃え上がり、エミリーは、ライコウと思われる存在が決断したことを確信した。

「私はそんなことはしない」と、それは言った。「しかし、君が望むなら、してもいいだろう。ただし、今回の一度きりだ。だが、よく考えろ。終わった命を蘇らせるのは途方もないことであり、大きな責任を伴う……」

しかし、エミリーはもう聞いていなかった。

「分かってる」と彼女はつぶやき、弟の体に身を落とし、自分のエネルギーが弟のものになるまで、胸に抱きしめた。「どうなってもいい」

最後に突風が吹いて、静寂が訪れた。森の暗闇だけが残った。神社は消えた。

お願い、と彼女は思った。お願い。

そして彼は動いた。

「やあ、エム」とケイレブは言った。「どうしたの？」

英希　25

姉の回復には1週間かかった。ストレスと過労と医者は言ったけれど、誰もそれを信じなかった。彼らは何が悪いのか分からなかった。それで彼女は1週間、昏睡に近い状態で部屋で横たわっていた。そのあと目を開けて、バアチャンの手作りおにぎりを頼んだ。

神社で何が起こったのか、誰も正確には知らなかった。僕は彼女と一緒に目を覚ましたことを覚えている。その時、ライコウの気配が薄れ、松明が消えるのを見て、彼女が僕を救ってくれたことが分かった。しかし彼女に聞くまで、僕がどれほど重症だったのか分からなかったし、さらに彼女は何かを隠していたと思う。彼女は、化け猫に襲われた天狗を救うためにしたのと、同じことをしたように言った。しかし、それでは、なぜ彼女がわざわざ僕を抱えて神社まで行き、曾祖父の霊を呼んだのかが説明できない。僕はさらに詰め寄ったけれど、彼女は、はぐらかしてニヤニヤ笑い、僕が悪ガキで迷惑をかけたから彼女には借りがあると言った。

それはそのままにした。

ママとバアチャンは、不穏な平和とでも呼ぶべき状態で、お互いの距離を測っている様子だった。二人は礼儀正しく接していて、それは変化ではあるけど、なんだか気味が悪かった。祖母はほとんど毎晩、夕食に来て、ただ単純に奇妙だった。達磨の残りの目を黒く塗るのに数分かかったこともあって、それはまるで儀式を完結するかのように、奇妙な沈黙の中で行われた。

パパは、すべてが崩壊した夜、店を守るために残っていたけど、すべてに対して陽気に戸惑っていたようだ。どうやらデマーカスは、不便なコンビニの前に暴徒が集まっているニュースを見てやって来たらしく、パパは何の疑問も持たずに彼を味方として迎え入れたのだった。そして保安官によるママとバアチャンへの尋問が終わるや、サイトウさんがデマーカスに対して、二人も一緒に洞窟まで車で送ってくれと頼んだ時も、パパはその理由を尋ねようとはしなかった。一度だけ、パパが用心深く、考え込むように僕を見ているのに気づいたけど、目が合うと、パパはいつもの笑顔を浮かべて何も言わなかった。

そんなことがたくさんあった。マディソンは保安官や報道陣に、山をハイキング中に縦穴に落ちて抜け出せずにいたところを、僕の家族がいかにして彼女を見つけて助け出したかという、はっきり言って奇妙な話をした。ばかげていたけど、町の人々は黙ってそれを噛みしめた結果、それ以上に奇妙な説明には耐えられないかのように、それを受け入れることにしたようだった。地質調査員は、マディソンが再び姿を現した夜に『岩盤の落下、地震、地盤沈下につながる構造的不安定性』があったことの証拠を発見しており、それは以前の破砕事件の直接的な結果であるように思われた。新たな発掘調査で行方不明の作業員の遺体が発見され、その干からびた状態は、動物による捕食や季節外れの暖かさが原因で、洞窟によって何らかの形で悪化したせいだとされた。

なぜ皆がそれを受け入れたのか、それとも心の底からそう思ったのか、僕には分からなかったけれど、それは事件を整理して、けじめをつけることであり、ポーターズビルに必要なものだった。死者を悼む日があり、明らかに痛ましく、心に響く一日だったけれど、その後はすべてが通常に戻った。ひと時の話題が、行方不明の作業員、拉致、ブレイク・ワイルドの死に限定されたと思ったら、急に、何の前触れもなく、それらを二度と話題にしないと合意したかのようだった。外から来たジャーナリストはみんな去り、ポーターズビルは、スモーキー山脈でも観光客の少ない、ただの眠たい山間の町になってしまった。

「人は必ずしもすべてを理解する必要はない」とパパは謎めいた口調で言った。「前に進んだ方がいい」

サザン・シェール社は、少なくとも一時的に工事を中止して、専門的または法的な調査を行う。僕の予想では、彼らはすぐに戻ってくるだろうし、町の多くの人々は、報酬さえ得られれば、それを喜ぶことだろう。会社が実際の構造物に穴を開けてしまったり、異次元の存在を溢れさせたりしない限りは。人々はそれを嫌っているのだ。

もちろん、人々が嫌うものは他にもある。僕らがポーターズビルの未来を賭けて妖怪と戦った夜、不便なコンビニの外には怒った地元の人たちが集まっていた。大変なことになっていたかもしれない。そうならなかったのは、ケビン・ウィリアムズという若い保安官代理が厳しい警告を発したおかげだ。その横に並んで立っていたデマーカスのおかげでもある。さらに、表に出てきてパンサーズのパスラッシュの弱さを嘆いたり、この秋の試合は去年よりも白熱するだろうかとおしゃべりしたパパのおかげだ。言い換えれば、彼は町の気性の荒い連中にいつもの仕事をしたわけだけど、それがなぜか連中が僕らの家を燃やさないことにつながって、これはもう一種の魔法と思わざるを得なかった。僕らがマディソンを連れて無事に戻ってきた時は、厳密にはヒーローじゃなかったけど、もはや容疑者ではなくなった僕らに対して、パパはただこう言った。「みんな、よくやったね。お茶にするかい？」

こうして平常が戻った。

その平常には、僕が学校で不器用な間抜けに戻ることも含まれていた。それはエムのアイデアで、僕はそれを激しく嫌がったんだけど、賢明だったのかもしれない。たとえ納屋作りの居残りから解放されても、僕がフットボールのスターになるのはありえなかった。注目を集めるのはリスクが高すぎるからだ。皮肉なことに、それを教えてくれたのはマディソンだった。

彼女がどこまで覚えているかは分からなかったけれど、ハイキング中の事故という話が、髪の毛のあるグリーリッシュ先生なみに嘘くさいことは彼女自身が自覚していた。でも、僕が学校で彼女のそばに寄って様子を聞こうとしたら、彼女はお尻に火がついたように、慌てて逃げ出した。数日後、彼女が落ち着いたように見えたのでもう一度声をかけてみたら、彼女はよそよそしくこわばり、僕が、学校の外で、コーヒーとか、勉強会とか……本当に何でもいいから会おうと提案した途端に、言い訳をした。

「彼女はまだ準備ができていないのよ」とエミリーは賢明に言った。

「いつできるの？」と僕は尋ねた。

エミリーは申し訳なさそうな顔をした。

「たぶん、できない」と彼女は言った。「彼女は、あなたが特別で変わっていると思って、好きになった。でも、そういうのは程度問題なのよ」

「今の僕は特別すぎるってこと？」僕はがっかりした。「素晴らしい」

「彼女は普通の人間だよ、ケイレブ。あなたは彼女が一日だけ垣間見た世界の一部なんだ。それはとても悪い一日だった。彼女の人生で最悪の、最も奇妙な日だった。彼女はその世界が現実であってほしくないと思っているのに、あなたを見るたびに、それがよみがえる」

「デマーカスは、ちゃんと対応してるよ」と僕は不機嫌に言った。

「デマーカスは大勢の死体と一緒に天井から吊るされなかった」

「それはそうだ……」と僕は認めた。

「みんな特別なものが好きなのよ」とエミリーは言った。「休暇に出かけるのと同じようにね。マートルビーチの１週間は最高……」

「でも、そこに住みたいとは思わないな」と僕は彼女に代わって結論づけた。「僕という存在は、妖怪から救われたい時はそばにいるのがいいけど、コーヒーや勉強会の時は……」

「普通がいいのよ」とエミリーは言った。「あなた個人を否定しているんじゃないの。ほかにも女の子はいるから」

「そう？」

「ほぼ間違いない。まあ、たぶん。その、つまり、ほかにも女の子はいるでしょう。あなたに興味を持つかどうかは……」

「じゃあ、どうして誰も君を見て、動揺しないんだ？」僕は彼女の鋭いウィットを電動ノコギリで切り裂いた。

「ここが私たちの大事なポイントだと思う」とエミリーが言った。「私はクールで、弟のあなたはクールじゃない」

「でも、マディソンは君がキツネとして、変身したのを見たんじゃないか？」

「メギツネよ」とエミリーは訂正した。「女性のキツネはメギツネと呼ぶの。狐が私だと気づいたかどうかは分からないわ」と彼女は肩をすくめた。「それに彼女は私とデートしたいなんて思わないし」

「分かったよ」と僕はしぶしぶ言った。「メギツネか。君は思っていたよりずっと日本語を勉強していたんだね」

「いいえ」と彼女はニヤリと笑った。「まさにベビーメタルそのもの」

僕は彼女をぽかんと見つめた。

「バンドよ」と彼女は答え、僕の無知にあきれて首を振った。「信じて、あなたはきっと好きになる」

「君は、僕の文化教育面を監督しているわけ？」

「誰かがやらなきゃいけないでしょ」と彼女は答えた。「そういえば、天狗を見た？」

「いいや、でも、彼は回復して納屋の仕事に戻ったと聞いたよ」

「ええ」と彼女は考えながらつぶやいた。「そのことだけど……」

「何？」僕は変な気配を感じて言った。

「ちょっと見に行った方がいいかも」と彼女は答えた。

「どういう意味？」

「行けば分かる」

僕はそうした。

昼休みに納屋作りの場所にふらりと立ち寄った。そこはもう納屋作りではなかった。納屋だった。全体が建てられ——僕が見る限り——完成していた。それはピカピカに輝く、きれいな新しい松でできた最高傑作で、森の香りがした。見事という言葉しか浮かばない。複雑な大工仕事と大胆なデザインの融合であり、オリジナルよりもはるかに優れていた。真新しくもあり、とても古めかしくもある。どことはいえないが、なにか異世界のおもむきがあった。反対の声はないようだ。それどころか、実際はその逆だ。僕が到着すると、木工教室の教師であるワトキンス先生と一番弟子のダレンが、言葉を失ってそれを見上げていた。

「ずいぶん早くできましたね」と僕は言った。「ここ数日いなくて、すみませんでした。家族の緊急事態で……」

「早い？」ダレンは愚か者に話しかけるように言った。「そんなもんじゃない！　あり得ないよ。ほとんどをサイトウさん一人が、一晩でやったんだ」

「ワオ」と僕は言った。

「まさに、ワオ、だよ」とダレンは言って、まるで吸い寄せられるように視線を建物に戻した。ワトキンス先生は、僕がそこにいる間、ずっと建物から目をそらさなかった。

「美しい」と彼はため息をついた。「優雅だ。屋根の曲線が素晴らしい！　納屋ではあるが、見たところ……この感じは……」

「寺院」とダレンはうやうやしく言った。

「神社」と僕は訂正した。

「それはお前と何か関係があるのか？」タイラー・J・ミラー3世は非難するように言った。

彼が取り巻きで脇を固めて、僕の後ろにそっと近づいてくるのは見えなかった。彼らは今回はニヤニヤしておらず、敵意と苛立ちの両方を持っているように見えた。まるで終了間際の大逆転パスで勝ち試合を奪われたかのように。

「僕も少し働いたんだ」と僕は言った。

「でも、建築家か、なんだか知らないけど」とタイラーは言った。「あの、鼻のでっかい……」

「気をつけろ」僕は警告の指を立てた。

はっとした一瞬、3人はそれを銃のように見なしたものの、自分たちが何者であるかを思い出して続けた。

「彼はお前の叔父さんか何かなんだろ？」とボビー・ダベンハムが言った。

「いいや」と僕は言った。「血縁はないよ」

彼らは疑わしげに目を細めて、攻撃目標を定めようとしていた。なぜ僕が気に食わないのか、彼らは完全には理解していないのだと、僕は気づいた。

「昔の納屋のほうが良かった」とボビーは言った。タイラーでさえ目をそらしたほど、壮大な嘘だった。「ちゃんとしたアメリカの納屋だった」

「君が丁寧にお願いしたら」と僕は言った。「赤、白、青に塗らせてくれるかもしれないよ」

苛立ちと困惑が、ボビーの顔に浮かんだ。

「似合うもんか」と彼は思い切って言った。しかし彼の発言を擁護する言葉を待っていたら、何時間も黙って立たされることになるのは分かっていた。彼はそんな言葉を知らなかった。

「これはアメリカらしくないってことか」と僕は言った。「それなら車を走らせて、チェロキー族の近くの建築業者を呼んで、やり直してもらった方がいいかもしれないな。それ以上にアメリカらしいものはないだろう」

ボビーは顔を曇らせ、拳を握った。僕は気にせず笑った。

「行こう」とタイラーが言った。彼は仲間を連れて立ち去ろうとしたものの、顔を紅潮させて振り返った。

「誰もだまされないぞ、スミス」と彼は吐き捨てた。「マディソンが穴に落ちて、お前らバカ家族が助けたなんて話を、みんなが信じると思ってるのか？」

「彼女がそう言ってる」と僕は肩をすくめて言った。

「それに洞窟の中の乾いた奇妙な死体は？」タイラーはつぶやいた。「父さんが言うには……」

「何だよ？」僕は彼に一歩近づいて言った。「お父さんは何て言ってるんだ、タイラー？　保安官やサザン・シェールの重役たちに何をささやいているんだ？　アクション・ニュースは聞きたいと思うよ？　今、僕と家族はヒーローなんだ。両親の店を焼き払おうとした人たちの半分は、パレードを開く準備をしている。君とお父さんはどっちの側にいたい？」

タイラーはただそこに立ち尽くした。その顔には嵐の雲が渦巻いていた。

「我々はお前を見張っているからな、スミス。お前とお前のフリークショー家族の全員をな」

僕はまた笑って肩をすくめた。

「ショーを楽しんで」

いろいろあったにもかかわらず、その日の学校が終わると、僕はフットボールチームが練習しているグラウンドにふらりと行った。もちろんタイラーもそこにいたけど、僕らはお互いを無視した。しかし、水分補給のためにグラウンドから出てきたデマーカスが僕を見つけて完璧なパスを投げた時、僕はタイラーがこっちを見ていると思った。だから、観客席のさまざまな視線を気にしながら、僕はかなり無理をしてなんとかパスをキャッチしなかった。

「これが新しい君か」とデマーカスは用心しながら僕を見て言った。

「公式にはそうなんだ」と僕は言った。「実際、昔の僕みたいなもの」

「改良された君じゃないってことか」

「そう」

「君はもう能力がなくなったということ？　それとも、みんなに知られたくないから？」と彼は尋ねた。

たぶん僕は１番目を選ぶべきだったのだろう。僕が身につけたどんな奇妙な能力も、それが現れたのと同じくらい不思議に消えてしまったと言うべきだった。しかし、デマーカスには真実とさらに少しの言葉を返した。

「２番目なんだ」と僕は言った。「でも、それは秘密にしておいてくれるとありがたい」

彼は首をかしげて、観客席をちらりと見た。

「マディソンに対しても？」と彼は言った。

彼女は、デマーカスのかわいい姉アイシャと一緒にそこに座っていた。少し離れた席にエミリーがいた。

「彼女はもう十分に奇妙な経験をしてきたと思わない？」と僕は言った。

「そう思う」と彼は言った。

「ありがとうを言ってなかったね」と僕は付け加えた。「店を守ってくれたこと、家族を洞窟に連れて行ってくれたこと、僕の秘密を守ってくれたこと、に対して」

彼はうなり声を出して承諾し、目をそらした。

「それで今は？」と彼は言った。「安全なの？」

僕は長いため息をついた。

「正直なところ」と僕は言った。「分からない。今のところは」

「よしとしよう」とデマーカスは言った。彼の視線が僕の右肩を越えたので、僕は振り返った。観客席にいなかったジョーイがやってきた。

「今日はプレーをしないんだね？」とジョーイは言った。

「他の日もね」と僕は言った。

「君はああなりたいのかと思っていたよ……」彼人は、タッチダウンパスに対して観客席から拍手を浴びるタイラーの方へうなずいた。「あんな風に」

「気が変わったんだ」と僕は笑顔を作った。

「変化は良いことだ」とジョーイは言った。誰よりもジョーイはそれをよく知っているだろうと僕は思った。

「変化といえば」と僕は、まだ頭の中ではっきりさせていなかった衝動に駆られて言った。「これからはヒデキで行きたい」

「ヒデキ？」とデマーカスは言った。

「ミドルネームなんだ」僕は突然、照れくさくなった。「ただ、試してみたくなった」

「分かった」とジョーイは言った。「ヒデキ。もちろん」

「ヒデキ」デマーカスはうなずいて同意した。「クールだ。広めるよ」

「あなたは目立たないようにしたいんだと、私は思ってた」とエミリーは夕食の席で言った。「ヒデキと呼ばれて、目立たないと思う？」

バアチャンとママは顔を上げて、初めてのことではないけど、少し警戒するような意味ありげな視線を交わした。

僕は顔を赤らめた。

「何をやっても注目されるんだ」と僕は言った。「それなら自分を出した方がいい」

「じゃあヒデキと呼ぼうか？」ちょうど不便なコンビニから戻ってきたパパが言った。彼は戸惑いながらも僕を甘やかすように、喜んで従ってくれた。

「ここのみんなは違うよ」と僕は言った。「ここでは違う。僕はやっぱりケイレブだ。でも、外の世界では、そうだね」

エミリーはじっくりと考え込むように僕を見てから、うなずいて理解を示した。

テーブルには思いにふける沈黙が訪れた。僕は箸を使うのをあきらめて、スカンピを指でつまんだ。ごめん、エビの天ぷらだった。僕はまた教育されている。実際、それはかなり美味しかった。

「あのライスクラッカーはどこに並べる？」とパパが聞いた。

「窓際のコーナー」とママは答えた。「他のものと一緒に」

彼女の態度に、僕は何か注意を引かれた。慎重に自分を抑えて、こそこそしているようだった。

「どんなもの？」と僕は尋ねた。「どんなライスクラッカー？」

「センベイ」とバアチャンは言った。

「助けにはならないよ」と僕は言った。

エミリーは目を丸くした。

「ライスクラッカーの意味よ」と彼女はまるでバカを相手にしているように言った。「日本のね。ママがお店に日本のお菓子をたくさん注文したの。海苔やスルメ。イチゴのポッキーに抹茶のキットカット。いろいろあるよ」

「ちょっと試しただけよ」とママは口を挟むと、慌てて立ち上がり、空になった皿を集め始めた。「みんなが買ってくれるか見てみましょう」

僕はそれを見つめ、エミリーはニヤリと笑った。

「素晴らしいね」とパパは言った。「ほとんどが何か分からないけど、魅力的な展示になるよ」

「もし誰も買ってくれなかったら、私たちが食べればいいわ」とバアチャンは言った。

ママは反論するような表情を浮かべ、これは単なるビジネス上の冒険だと言わんばかりの視線を彼女に向けたものの、考えを変えて肩をすくめた。

「ほとんどのものは、あの時以来食べていないのよ……」と彼女は言いかけて、言葉がだんだん消え、少し悲しそうに微笑んだ。

「さあ」とパパは言った。「品物は揃った」パパはママの手を握った。「行こう」と付け加えた。「皿洗いは子供たちに任せて、どこに並べるか教えてほしい。在庫をこっそり食べてもいいよ」

「私は家に帰る」とバアチャンは言った。「スノーボールに餌をやらないとね。何かあったら電話して」

最後の言葉はエミリーと僕に向けられたものだった。

「ありがとう、バアチャン」と僕らは声をそろえた。

「すべてのことに」と僕は付け加えた。

彼女は顔中にしわを寄せるような満面の笑みを浮かべた。そのような笑顔は、僕らがとても小さかった時以来、初めてだった。

その晩、店が閉まった後、エミリーと僕は玄関の階段に座って、森に覆われた山々を眺めた。ちょうど秋の紅葉が始まったところだけど、今は暗すぎてそれが見えず、森は空虚で少し不気味に見えた。

「それで、君は人間・狐間の変身術をほぼマスターしたの？」と僕は言った。

彼女は首を振った。

「まだだけど、努力はしている。本当に変身しないといけない瞬間には変われたけど、実はどうすればいいのかよく分からないの」

「それは重要なこと？」と僕は尋ねた。

「自分の姿を完全にコントロールできるかどうか？　そして、色の匂いを嗅ぎ分けられるかどうか？」と彼女は言い返した。「ええ、それは重要だと思う。天狗は瞑想のような練習をさせてくれた。それに取り組むつもりだけど、いつでも好きに変身できて、また戻れるようになるには、時間がかかりそう」

「まあ、君は僕よりも、はるかに進んでいるよ」と僕は、初めて声に出して認めた。「いざとなったら、僕の剣術なんて役に立たない。僕は速くて強いけど、自分が何をしているのか分からないから、本当の意味で戦えないんだ」

「あなたは鬼を殺したわ」

「あれは幸運と観察力だった。そして君が僕にナイフをくれた。もし僕が一人だったら……」

「あなたは一人じゃない」と彼女は言葉を足した。「そして、これからもそうなることはない。私たちは一緒にこの世界を生きるのよ」

僕は彼女をちらっと見た。

「終わった、と思わないの？」と僕は言った。

「差し迫った脅威はね」と彼女は言った。「でも、ずっととは？　私たちは、神秘的な次元という、何千もの妖怪が永遠に閉じ込められている牢獄の、すぐ近くに住んでいる。ところが、彼らを閉じ込めている物理的な壁、霊的な壁は壊すことができる。私たちはそれを見てきたし、私たちが再び封印する前に、逃げ出した妖怪もいるかもしれない。信じたくはないけど、鬼婆が脱走を試みていると考えない方がどうかしている」

僕は重々しくうなずいた。

「そして、鬼婆がそうした時」と僕は言った。「僕らは彼女のリストのトップになるだろうね。今回は、彼女が息子を解放して、ライコウに復讐する手段とした。彼女は僕らのことをよく知らなかった。でも今は知っている。今や彼女は僕らのことを、僕らの曽祖父よりも憎んでいるに違いない」

「ニュースによると、サザン・シェール社がレッド・スカー・マウンテンでの作業再開を検討するために、調査委員会を設立するそうよ」とエミリーは言った。

僕はバカにするように吠えた。

「調査委員会だって！」僕は冷たく笑った。「山の地下のメタンをもう一度嗅ぎつけて、安全かつ効率的にそこまで到達する方法を、魔法のように発見することに賭けるってことか？」

「市長と議会が環境保護のために禁止しなければね」

彼女は僕を見て、二人で大笑いした。

「上出来だよ」と僕は言った。

僕らは静かな夜に耳を傾けた。

「何か違いを感じる？」と僕は尋ねた。「すべての経験を経て。つまり、すべてを見てきて」

「分からない」と彼女は言った。「ある意味では、自分の中の狐の部分をよく理解できるようになった。それは大きな変化だと思うかもしれないけど、別の意味では違う。私は同じように感じている」

「まだエミリーだ」と僕は言った。

「まだエミリーよ」と彼女は同意した。

僕は、蝉が最後には全く違う姿で死ぬことを思い浮かべた。僕らの人生が超自然的な方向転換をしなかったとしても、僕は同じように感じたことだろう。一つの頭の中にたくさんの自分がいて、それぞれが少しずつ違う考えや感情を持ち、それぞれが自分の思いを聞いてもらおうと叫んでいる。以前はそれが気になっていた。でも今はそれほど悪くないように思えた。

「分かったわ、ヒデキ」と、まるで僕の考えを読んでいるかのようにエミリーが言った。「スーパーヒーローにも宿題はあると思う」

「もし誰かに会ったら、聞いてみるよ」と僕は言った。「それから君にとって、僕はまだケイレブだ」

「今のところ、でしょう？」

「今のところ」

何かが愛情を込めて私の手をかじり、怒ったリスのように小さな鳴き声をあげた。僕はちらりと下を見た。

「さあ」と僕はエミリーに言った。「ティーポットにエサをあげなきゃ」

コンビニエンスストアの向こう側で、若いオジロジカが頭を上げ、耳をそば立てて、木々の中を動いていた。つやつやした大きな目を見開き、空気の匂いを嗅いだ。何かが森の小道をそっと動いた。

その何かとは、汚れてぼろぼろの着物を着た老人だった。彼は頭を下げて、ゆっくりと、きしむように移動していたけれど、木立の端まで来ると立ち止まった。数秒間固まっていたシカは、尻尾をキラっと振って、下草の中に飛び込んでいった。老人はシカが去るのを待ってから、店の方に注意を向けた。明かりは消えていたけれど、玄関からつぶやくような声がかすかに聞こえてきた。老人は葛の茂みの上からよく見ようと移動し、両手を頭の上に高く上げた。それぞれの手のひらには光沢のある目玉がまばたきをして開き、声のする方に焦点を合わせて、見つめた。その先では老人の女主人の敵たちが座って、まるで彼らが安全であるかのように、話したり笑ったりしていた。

まるですべてが終わったかのように。

終わり

あとがき

この本の制作には長い時間がかかった。その始まりは、おそらく、私が日本に住み、仕事をしていた1980年代後半に、日系アメリカ人の妻、ヒサコと出会ったことだろう。私は日本の民俗文化——つまりこの物語を支えている神話、妖怪、伝説——に魅了され、何年もの間、それらを自分の小説や脚本に取り入れる方法を見つけようとした。それがうまくいかなかったのは、物語の舞台が日本である限り（その文化は私のよく知るところになったが、本当の意味で私のものではなかったし、私の骨の髄まで染み込んでいるものでもなかった）、本物だと感じられる物語の語り方を見つけることができなかったからだ。いつもよそ者が外から見ているような感じがした。これは、日本を表現する際によく見られる厄介な特徴である（思い浮かべてほしい、日本を舞台としながらも、外国人が主役で、地元の人々は背景に過ぎないという——多くは不可解な——映画を）。

それから30年ほどが過ぎて、妻と私はノースカロライナ州シャーロットに住み、10代の息子クマがいた。人種混合家族として、私たちは気まずい思いをしたこともあった。例えば、食料品店の（もちろん善意の）女性が、息子の養子縁組にどの機関を使ったのかと聞いてきたり、小役人が、（ハーバードとイェール大学で教育を受けた）妻が英語を話せないかもと思い込んでいつも私に話しかけてきたり、レストランのウェイターが私たちを一つの家族ではなく二つのグループだと思い込んだり、など。ほとんどが些細なことだ。しかし、息子が成長するにつれて、私は世の中を少し違った目で見るようになり、いわゆる「マイクロアグレッション（自覚なき差別）」にもっと注意を払うようになった。つまり、無自覚な偏見や無視から生じる——多くは意図的でない——差別に対して、より注意深くなる自分に気づいた。正直に言うと、中には意図的なものや、あからさまに人種差別的なものもあった。息子が学校から報告された話では、息子をだしにしたジョークや、彼が唯一のアジア系生徒だった大きな高校のクラスメートによる、彼が何者かという憶測などだ。これも些細なことだが、それでもイライラさせられる。息子を初めて日本に連れて行った時のことを覚えている。彼は日本が大好きだったが、どこがそんなに気に入ったのかをうまく表現できなかった。最後に彼はこう言った。「みんなが僕と似ているところにいるのはいいことだね」

胸が張り裂けないか？

ただし、彼は悲しいとも苦しいとも感じていなかった。彼は昔も今も、立ち直りの早い冷静な子供だ。人が自分をどう思おうと、特にそれが無知から来るものならば、あまり気にしない。しかし、もし彼がそれほど自立していなかったらどうだろうか？　また、もし私たちがシャーロットのような比較的国際色豊かな都市ではなく、もっと小さな田舎町に住んでいたらどうだろうか？　それはどんな感じだろうか？　このような衝動が結果的に物語を形作った。日本そのものよりも、私たち自身の身近な環境や家族の経験に基づいているので、より本物らしく感じられる小説になった。最も重要なことは、複数の文化に足を踏み入れた人間を、より明確に表現できるようになったことだ。

妻と私は何十年も、移民２世として育った彼女の経験について話し合ってきた。ケイレブの架空の家族の歴史は、多くが彼女から直接派生している。彼女の祖父は第２次世界大戦中にアリゾナ州の収容所の一つに入れられ、当時子供だった彼女の父親は戦時中を日本で過ごすために日本へ送還された。彼女の母親は東京で生まれ育った。大人になってからはシカゴ地域に定住し、子供たちを上出来のアメリカ人に育てた。時には、今でいう人種差別を経験することもあったが、ほとんどを移民の代償として受け入れた。世代が異なれば、そのようなことへの対処も異なる。特に文化が進化すればなおさらだ。マイノリティの他者意識を抑圧したり、除外したり、または強めたりするような、行動や制度的慣行は、より意識されて、より受け入れられなくなった。このような問題について、私たちが共有した会話が、本書の核となる部分を形作った。私たちは特に、混血の背景を持つ人々が経験する、文化的なズレという特別な感覚を前面に出したものを書きたいと思った。彼らのアイデンティティは、『両方である』か『どちらでもない』かの二者択一から生まれた、明確に表現しがたい第３の選択肢になるからだ。

もちろん、このような問題に取り組むためには、特にフィクションの世界では、人々が実際に直面している問題や困難を、覆い隠すのではなく、見せなければならない。読者の中には、それに伴うトラウマに直面することなく、単に自分のルーツや自己意識を称賛したいと思う人もいることだろう。それは十分に理解できる。しかし、この作品では、最初に問題と格闘しなければ、登場人物のアイデンティティの問題を解決することはできないと考えた。そのためには、トラウマの一部と、その結果生じる内面の葛藤を表現する必要があった。私たちはこれを正確に行うよう努めたが、必要以上に長くせず、（あまりにも現実的だが）暗くなりすぎて搾取的だと感じられないようにした。

私たちがここで描こうとした物語の筋は、混血の移民が、ある意味では常に２つの世界の間にいて、自分自身を見つけようと奮闘するものだった。彼らが自分たちのルーツのさまざまな側面をどのように引き出しながら、どちらにも定義されない自己の感覚を主張するのかを探りたかった。この本が同じような境遇の人たちの拠り所となり、彼らが経験していることを、そうでない人たちに説明する助けになることを願っている。他人の目を通して世界を見る手助けをし、社会の最も基本的な構成要素である、共感を築くことは、フィクションの使命であると同時に特別な贈り物でもある。私たちの小さな物語がその一部を達成し、皆さんに楽しんでいただけたら幸いです。願わくば、ヒデキとカズコの冒険を今後もお伝えしたい。それまでお元気で、お互いに。

ＡＪ、ヒサコ、クマ

用語集

妖怪（ようかい）（神秘的な生き物／存在）

化け猫（ばけねこ）

猫の妖怪。見た目は普通の猫だが、人間の姿に変身する能力を持っている。化け猫は、普通の猫が人間の血を舐めたりすることで不思議な力を得たと考えられている。

狐（キツネ）

人間に乗り移ったり、時にはずっと何年も人間の姿になるなど、さまざまな力を持つ神秘的なキツネ。その力は年齢とともに増し、複数の尻尾を持つに至ることもある。火を操る能力や、治癒力を持つものもいる。慈悲深いものもいれば、いたずら好きもいる。

天狗（てんぐ）

古代の強力な生き物で、神とみなされることもある。鳥や犬などの動物に縁がある。通常は長くて球根のような鼻を持つ人間の姿で現れる。特に知恵や武術にすぐれ、山や森と結びついている。

のっぺら坊（のっぺらぼう）

超自然的なペテン師。本来の姿は人間だが、顔はない。少なくとも短時間は普通の人間の姿を真似ることができる。人間に会うとこの変装を使い、その後本当の姿を見せて相手を驚かせ、恐怖させる。キツネやタヌキのような変身する動物の一つの形態にすぎないと思われることもあるが、本来ののっぺら坊は別の存在である。

鬼（おに）

オーガ（人食い怪物）のような存在で、通常は大きく、肉体的に非常に強い。一般的に一本か複数の角とカギ爪を持つ。野生的な外見をしており、トラの皮の腰布を巻いていることが多い。額に第三の目を持つこともある。鬼は極めて危険な存在であり、特に人間に対しては、存在自体を嫌って、捕まえて食べてしまう。

河童（かっぱ）

水に住む妖怪で、猿と亀を組み合わせたような姿に、甲羅と曲がったくちばしを持つのが一般的。頭頂部にはお椀のようなくぼみがあり、そこに水をためて陸上を動き回ることができる。驚くほど力が強く、相撲の達人であり、人間や動物を溺れさせて神秘的な力を抜き出すことで悪名高い。キュウリと発酵させた豆（納豆）が好物で——殺人的な傾向があるにもかかわらず——とても礼儀正しい。

狸（タヌキ）

日本で最も一般的な妖怪の一つ。あらゆる人や物に姿を変えることができるアライグマの一種。通常は危険というより、いたずら好きで遊び好き。特に酒やお祭り騒ぎに夢中になると、自分のいたずらの犠牲になることもある。神社やお寺と結びついていることが多く、僧侶の姿をしている場合もある。スタジオジブリの映画『平成狸合戦ぽんぽこ』の主役であり、『となりのトトロ』の主人公の姿に影響を与えている。

女狐（メギツネ）
　女性のキツネ

物

鳥居（とりい）
　背の高い角のある門で、神秘的な空間への入り口を象徴し、神社の境内や参道の目印として使われる。通常は鮮やかな朱色や赤褐色に塗られている。

畳（たたみ）
　日本の家屋や寺院の伝統的な床材。しっかりと編まれた藁のマット。畳の上で靴を履いてはいけない！

浴衣（ゆかた）
　薄手の木綿の着物で、腰に帯を締める。特に室内では普段着として着用され、伝統的な日本のホテルや温泉の宿泊客にも用意されている。

お札（おふだ）
　力強い漢字や祈りの言葉が書かれた紙や木のお守り。悪意のある神秘的な力から身を守り、それを封じるために使用される。一般的に神社や寺院で奉納と引き換えに入手する。

・・・

刀（かたな）

最も一般的な日本の剣。長く、湾曲し、先端が尖った非常に鋭い片刃の刀身を持つ。通常は両手で扱う。しばしば良質の刀には、何年も――あるいは何世紀も――使用されたことで宿った神秘性がある。

達磨（だるま）

ほとんど顔だけで構成された、様式化された人形。購入時は目が空白になっている。願いごとをする時に片方の目が塗られ、それが叶うともう片方の目が塗られる。

食べ物

おにぎり

ライスボール（といっても普通は三角形だが）を海苔（海藻を乾燥させたシート）で包んだもの。通常は塩味の詰め物や漬物が入っている。ファーストフードとして提供されたり、弁当箱に入れて軽食として食べられることが多い。

豚カツ（とんかつ）

パン粉をつけて揚げたポークのカツレツ。そのまま食べたり、カレーや他の料理に加えて食べる。

天ぷら（てんぷら）

軽く衣をつけて、しっかり揚げたもの。通常は野菜（ナス、サツマイモ、オクラ、カボチャ、タマネギなど）や魚（エビ、カニ、イカなど）を揚げる。上手に調理すれば、サクサクして油っぽくない。

・・・

せんべい

　塩味のライスクラッカー。醤油で味付けされ、海苔を巻いたり、唐辛子が加味されることもある。さまざまな形や大きさがある。

著者について

A・J・ハートリー（別名アンドリュー・ハート）は、ミステリー、ファンタジー、ＳＦ、スリラー、超常現象、子供向け、ヤングアダルト向けなど、さまざまなジャンルで25冊の小説を執筆した、受賞歴のあるベストセラー作家です。最近の作品には、コミカルなタイムトラベル・ファンタジー『BURNING SHAKESPEARE』、ゴースト・ストーリー『COLD BATH STREET』、ダーク・ファンタジー『IMPERVIOUS』、受賞作のアドベンチャー３部作『STEEPLEJACK』などがあります。

さらに、デイヴィッド・ヒューソンと共同で『ハムレット』や『マクベス』を翻案したほか、ブリンク182のトム・デロングとUFOスリラー（『SEKRET MACHINES』、『CATHEDRALS OF GLASS』）を執筆しました。彼はノースカロライナ大学シャーロット校のシェイクスピア名誉教授であり、日本のロック音楽に特化したYouTubeチャンネルを持っています。

その興味は、本作がそうであるように、日本での生活と仕事から芽生えたものであり、日本では、シカゴ出身の２世（日系アメリカ人の第２世代）で現在は小児科医である妻のヒサコと出会いました。息子のクマはノースカロライナで育ち、現在はワシントンDCの大学生です。詳細はこちらへ www.ajhartley.net

謝辞

この本は、私たちをここまで導いてくれたそれぞれの家族の愛とサポートなしには書けませんでした。特に、ヒサコの両親、日本語の問題を手伝ってくれたマサコと漢字を手伝ってくれたジョージに感謝します。いつものように、A.J.のエージェントであるステイシー・グリック、ノースカロライナ大学シャーロット校の同僚と学生、タラ・オックス、そして長年にわたり洞察と支援を提供してくれた日本のロック音楽ファン・コミュニティのメンバーに感謝します。キツネ・アップ！

訳者あとがき

この小説の面白さは、負け犬で平凡なヒデキが、妖怪の謎に巻き込まれて、自分のルーツや能力に目覚めていくところでしょう。さらに面白いのは、日本の妖怪がアメリカに現れるという逆転の発想です。著者は、アメリカ人の視点から日本の妖怪を描くことで、アメリカと日本の文化的な隔たりを縮めたのです。

この小説では、文章の多くがヒデキの視点で書かれています。具体的には、章番号の横に『英希』と書かれている章はヒデキ自身の語りです。いっぽう、『別の場所』と書かれている章は第三者の視点です。全31章のうち、『英希』の章が25、『別の場所』の章が６ですから、全体のおよそ８割がヒデキの内なる声です。翻訳では、ヒデキの語りは、15歳の少年が話すような口調にしました。もしヒデキが日本語を話すとしたら、こんな口調で話すだろうと想定したわけです。

ユーモアもヒデキの魅力といえるでしょう。自虐的なギャグや、皮肉っぽい表現に、思わず笑ってしまいます。翻訳では、それらの英語表現を、類似の日本語に置き換えるのではなく、できるだけそのまま出して、英語の面白さを日本語で感じてもらえるようにしました。ぜひ、ヒデキの語りに耳を傾けて、この不思議な冒険を楽しんでください。

なお、アメリカは日本と学制が異なるため、15歳のヒデキは（日本では高校１年生にあたりますが）高校２年生です。同様に、16歳の姉のエミリーは（日本では高校２年生にあたりますが）高校３年生です。

ヒデキの友人のジョーイ・ファーガソンは、sheではなく、三人称単数のtheyが使われています。これは性別を明示しない表現です。単数のtheyをどのように訳すかは、まだ定訳がないようですが、私は『彼人（かのひと）』という言葉を使いました。彼人は彼や彼女という表現を使いたくない場合の、中性的な代名詞と理解してください。

原書には、アメリカのFALSTAFF社が出したアメリカ英語の本と、その後でイギリスのUCLan社が出したイギリス英語の本の、2種類が存在します。イギリス英語版は、単語や構文をイギリス式に変更しただけではなく、説明を加えたり、アメリカ的なユーモアをイギリス式に書き換えるなどの変更も見られます。私は２つを精査した上で、著者とも協議し、アメリカ版をベースにして、イギリス版での追加や変更も加えた、いわば両方の良いとこ取りのテキストから翻訳をしました。

アメリカと日本の相互理解は、この小説のテーマです。今回、アメリカの出版社から日本語の翻訳本を出すこともそのテーマに準じたものです。日本語の小説は縦書きが一般的ですが、本書は横書きで出版しました。あえて洋書と同じフォーマットにしています。アメリカと日本が理解し合えるような形を目指すという意味で、横書きはその一歩と考えました。英語と日本語を左右のページに印刷した、対訳本を作るという計画もあります。

多くの善意に支えられて、この翻訳書を出すことができました。特に、見事なカバーアートを描いてくださったMOSKIさん、日本の妖怪を素晴らしいダンスで表現してくださった金子優さん、施設の利用などで便宜を図ってくださった神戸教育短期大学の三木麻子学長には深く感謝申し上げます。日本語版の出版を決断してくださったFALSTAFF社には、その英断に敬意を表します。

そして、翻訳のための意見交換にとどまらず、私に様々なインスピレーションと知恵と勇気とユーモアを与えてくれた、著者Ａ・Ｊ・ハートリー氏に心から感謝いたします。

ヒデキの物語は続きます。第２巻でまたお会いしましょう。

日本語版翻訳者　丹羽正之　2025年5月25日

日本語版へのあとがき（ＡＪハートリー）

私が初めて日本に住んだ時から38年が経ちました。その時からずっと、私の人生は日本と日本の人々に深く結びついてきました。このつながりを日本語の本の形でついに出版できることを、私は大変光栄に思います。この出版を実現させてくださったすべての方々、特に翻訳者の丹羽さんには深く感謝いたします。丹羽さんのスキル、献身、さらにこの翻訳プロジェクトへの信念がなければ、この本は実現しなかったでしょう。また、外国語版の制作にともなう特有の困難をものともせずに乗り越えてくださったジョンとFALSTAFF出版社の皆様にも感謝いたします。

　国際的な緊張が高まり、世界の多くの権力者が文化、人種、国籍の違いで人々を分断しようとしている今、ヒデキ・スミスの本が日本語圏の人々に届くことを大変嬉しく思います。異なる背景を持つ人々が互いに手を差し伸べて、より深く理解しようと努め、共に立ち上がることが、これまで以上に重要だと感じています。世界には、民話に出てくる怪物よりも多くの悪が存在します。しかし、私たちが正義感を持ち続けて、力を合わせれば、それらに打ち勝つことができるのです。

ＡＪハートリー　2025年5月26日

www.ingramcontent.com/pod-product-compliance
Lightning Source LLC
Chambersburg PA
CBHW030356310726
48979CB00001B/328

* 9 7 8 1 6 4 5 5 4 3 6 6 4 *